베르티아

안전가옥
오리지널
12

해도연
연작
소설

베 르 티 아

리혜, 리아, 그리고 하로에게

To Liping, Lia, and Haro

차례

바람메뚜기는
왕이 없는 세상을 꿈꾼다

별과 별 사이를 본다. 텅 빈 공간이다. 사실은 비어 있지 않다. 눈에 보이지 않는 것들로 가득하다는 것 정도는 안다. 하지만 빛의 일부밖에 보지 못하는 불완전한 광 수용체가 만들어 주는 어둡고 황홀한 공허를 어떻게 무시할 수 있을까. 눈부시게 빛나는 우주를 바라봐야만 하는, 전구 속에 갇힌 신세가 되지 않아서 다행이다. 아무것도 없는 곳에 내가 있다. 그러기에 내가 있을 수 있다. 다른 게 있다면 내가 여기에 있어 봐야 뭐 하겠는가.

고도 400킬로미터 상공은 사실 우주라고 하기에는 조금 애매하다. 중력이 여전히 존재한다. 다만 총알보다 빠른 속도로 지구를 돌며 중력을 지우고 있을 뿐이다. 바닥없는 심연을 향한 영원한 자유 낙하다. 짜릿하다. 우스꽝스러운 자세로 몸을 돌려 뒤를 돌아보면 지구가 있을 것이다. 하지만 굳이 돌아볼 생각은 없다. 다행히 태양은 지구 반대편에 있고 나는 지구의 그림자에 숨어 우주의 자그만 여백을 만끽하고 있다. 주어진 시간은 길지 않다. 30분 뒤면 왼쪽 어깨 너머로 태양이 떠오르고 다시 익숙한 공간으로 끌려갈 것이다.

그때까지, 이 완벽한 텅 빔은 온전히 나의 것이다.

눈물이 난다. 눈물이 맺힌다.

뜨거운 물방울이 눈가에서 볼을 가로질러 입술에 닿는다.

아, 이런. 역시나. 그런 거였군. 애초에 우주복을 입고 있기는 했던가. 내려다보니 민트색 셔츠와 청바지다. 지구 밖에 있기엔 우스꽝스러운 모습이다. 그래, 내가 우주에 나갈 수 있을 리가 없지.

어깨 너머로 달이 떠오른다. 넌 아직도 거기 있구나. 거기까지밖에. 꿈에서마저도.

진서는 아주 오랜만에 침대에서 굴러떨어진다. 코가 하필이면 바닥을 향했고 신경질적인 고통이 진서의 얼굴을 뒤덮는다. 팔을 바닥에 딛고 일어날 때는 이미 코피가 턱 아래까지 흘러내리고 있나. 고개를 들자 핏방울이 턱에서 바닥으로 떨어진다. 진서는 손바닥으로 입 주변을 닦는다. 붉은 손바닥. 짧은 고통은 낯선 흥분에 묻혀 사라진다. 흥분과 고통 속에서 살아 있나는 길 느끼디니. 아니, 겨우 자다가 떨어져서 코피

흘린 것 정도로 무슨 생각을 하는 건지.

수면의 질이 별로 좋지 않아요. 30분 정도 더 주무시는 건 어때요?

토끼가 말한다.

"충분히 잤어."

그러지 않았다. 저 인공 지능 토끼 스피커는 베개에 들어간 압력 센서로 진서의 수면 컨디션을 밤새 끊임없이 체크하고 있었다. 어쩌면 진서가 어떤 꿈을 꿨는지도 알고 있을 수 있다. 진서는 베개와 몰래 대화하는 토끼가 별로 마음에 들지 않았고 다음번엔 기필코 제대로 버리고 말겠다고 다짐한다.

늘어진 몸을 이끌고 컴컴한 화장실로 들어가자 뒷면 코팅이 벗겨져 얼룩덜룩해진 거울이 보인다. 어둑어둑한 은빛 우주에 진서의 얼굴이 비친다. 진서는 자기 얼굴을 물끄러미 바라본다.

내 얼굴인가? 아니면……

거울을 향해 진서가 손을 내밀자 거울 반대편의 진서도 따라 움직인다. 두 진서의 손가락 끝이 두 공간 사이에서 만난다. 진서는 거울 너머의 공간을 상상한다. 저 유리 너머로 고개를 집어넣으면 똑 닮은 우주 하나가 거기 있겠지. 좌우가 뒤집힌, 엄밀하게는 전후가 뒤집힌, 같지만 다른 쌍둥이 우주가.

진서의 머리가 거울에 쾅 부딪힌다. 진서는 이마에 닿은 것이 그저 은박 처리 된 유리판에 불과하다는 사실을 받아들인다. 쌍둥이 우주 따위는 없고 저 너머로 갈 수 없다는 사실도. 진서는 거울 속 자신에게 조용히 속삭인다. 정말 싫어.

출근할 시간이다.

***

블루다이내믹스 사의 준인간형 이족 보행 모델 BD91-84는 친절하고 세심한 기능으로 병원과 환자 모두에게 인기가 많은 요양 로봇이다. 처음 출시되었을 땐 목 없는 거인을 닮은 모습을 보고 싫어하는 사람들도 있었지만 이젠 오히려 환자를 돌보는 데 머리는 필요 없다는 것을 납득한 이들에게서 달링이라는 별명으로 불렸다.

그런 달링이 곧 인슐린을 맞아야 하는 당뇨병 환자를 화장실에 밀어 넣고는 등으로 문을 막고 서 있다. 환자가 안에서 문을 열려고 하지만 달링의 힘을 이기지는 못한다. 달링은 그 자리에 서서 병실을 바라본다. 가슴팍에 달린 모드 표시등이 2초에 한 번씩 빨간색으로 깜빡인다. 위기 상황 모드가 켜지고 모든 종류의 센서가 1초에 240번씩 공간을 스캔하고 있다는 뜻이다. 3미터 떨어진 사람의 맥박까지 읽어 내는 센서지만 지금 병실은 사람은커녕 개미 한 마리도 없는 텅 빈 공간이다.

달링이 몸을 조금씩 떨기 시작한다. 평소에는 볼 수 없는 모습이다.

병실 입구의 슬라이딩 도어가 열리고 달링과 비슷하지만 제구는 더 작은 하얀색 로봇 두 대가 들어온다. 쌘이라고 불러는 간호사 로봇이다. 두 대의 쌤은 무언가 잘못되었다는 걸 알고 있는지 달링에게 조심스럽게 다가간다. 달링은 몸을 떠는 걸 멈추더니 쌤 한 대를 두 팔로 붙잡고는 비틀어서 허리를 뜯어 버린다. 다른 한 대가 그 틈을 타 화장실 문을 열기 위해 달려들지만 달링이 팔꿈치로 쌤의 가슴을 찌른다. 팔꿈치의 절반 정도가 쌤의 가슴에 박히고 쌤은 자그만 스파크를 몇 번 튀기더니 바닥으로 주르륵 미끄러지며 쓰러진다.

이윽고 인간 간호사가 나타난다. 달링만큼이나 체격이 큰 사람이다. 간호사는 바닥에 쓰러진, 그리고 조각난 쌤을 보더니 벽에 붙어 있는 비상용 리모컨을 꺼낸다. 달링의 작동을 강제로 멈출 수 있는 물건이다. 달링은 리모컨을 보자마자 단 한 번의 뜀박질로 간호사 앞에 착지해 간호사의 가랑이를 걷어찬다. 그리고 리모컨을 빼앗아 반 토막 내고는 고통에 울부짖는 간호사를 병실 밖으로 밀어 떨어뜨린다.

달링은 다시 몸을 떨기 시작한다. 화장실 문이 열리고 환자가 창백한 얼굴로 비틀거리며 걸어 나온다. 인슐린이 필요하다. 달링이 천천히 환자에게 달려가자 환자는 긴장한 얼굴로 물러선다. 화장실 문에 달린 자그만 창으로 모든 걸 보고 있었던 것 같다. 그러다가 발걸음이 꼬여 주저앉고 만다. 달링이 자신에게 인슐린을 주사해 줄지, 아니면 쌤처럼 몸을 비틀어 버릴지 몰라 두려워하는 얼굴이다.

달링은 환자를 잠시 바라보더니 몸을 돌려 냉장고로 향한다. 인슐린이 보관된 곳이다. 환자의 얼굴에 안도가 떠오른다.

달링의 손끝이 냉장고 문에 닿으려는 순간, 번쩍이는 섬광과 함께 달링의 가슴에 구멍이 뚫린다. 달링의 몸이 조금 흔들리기는 했지만 쓰러지지는 않는다. 그 대신 그대로 무릎을 꿇으며 주저앉는다. 달링은 오른손으로 자신의 가슴에 난 상처를 잠시 어루만지더니 몸을 돌려 환자를 바라본다. 그러고는 옆으로 쓰러지고, 다시 일어나지 않는다.

리볼버를 든 보안 요원이 간호사 두 명과 함께 병실 안으로 들어온다. 간호사들은 냉장고에서 인슐린을 꺼내 환자에게 주사한다. 보안 요원은 쓰러진 달링 앞으로 다가가 로봇을 물끄러미 내려다본다. 그는 천천히 몸을 숙이더니 달링의 가슴 중앙에 달린 시각 센서 위로 총구를 올리고는 리볼버의 해머를 당긴다. 그 모습을 본 환자가 달려들어 보안 요원을 막았고 보안 요원은 아쉬운 표정으로 양손을 들어 보이며 해머를 되돌리고 리볼버를 거둔다.

진서가 안경을 벗자 눈앞에서 병실이 사라졌다. 병원 회의실에 앉아 있는 세 사람도 차례로 안경을 벗었다. 진서는 사흘째 입고 있는 웨스틴 셔츠의 칼라를 다듬는 척하며 세 사람의 반응을 살폈다. 보안 요원은 불만이 가득해 보였고 팔이 부러진 간호사는 눈을 둥글게 뜨고 안경을 만지작거렸다. 환자 대리인은 귀에 손을 대고 누군가와 대화를 했다.

저기가 제일 빠를 것 같네.

"지금 보신 게 현장에서 일어난 것과 차이가 없다면 거기에 서명해 주세요."

진서는 환자 대리인에게 태블릿을 건네며 말했다. 대리인은 귀에서 손을 떼고 곧장 서명을 했다. 간호사는 다시 한번 안경을 쓰더니 고개를 이리저리 돌리며 입을 다물지 못했다.

"방금 본 확장 현실*, 정말 CCTV 영상이 아닌 건가요?"

간호사가 물었다.

"30퍼센트 정도는 CCTV 영상이 반영되었어요."

진서의 대답에 간호사는 눈을 더 크게 뜨며 다시 물었다.

"CCTV에 찍히지 않는 부분이나 행동도 그대로 보이던데……"

*확장 현실
증강 현실, 가상 현실 등의 구분이 불분명해지면서 확장 현실이라는 통합 명칭이 자리 잡았다. 니얼 이와쿠라는 확장 현실의 일상화를 바다에서 태어난 생명이 육상으로 진출한 사건에 비유하며 확장 현실에 적응하기 위한 새로운 형태의 생물학적 진화가 시작될 것이라 예측하기도 했다(Nial Iwakura et al., 2039).

"그런 부분들은 병실 카펫에 남은 발자국이나 달링과 쌤의 로그, 개들이 쓰러진 자세, 쓰러진 물건들, 옆방에서 우연히 녹음된 소리 따위로 추정 재현 한 겁니다. 쨍그랑 소리가 들렸고 카펫에 젖었다 마른 흔적이 있으면 누가 거기서 유리로 된 물컵을 떨어뜨렸다는 걸 알게 되는 이치죠."

"하지만 너무 똑같네요. 심지어 카펫 주름이나 창틀에 끼인 메모까지."

"그게 제 일이니까요. 하드필드*를 완벽히 스캔해서 나중에 현장이 흐트러져도 조사가 가능하도록 하는 게."

간호사는 잠시 고개를 갸우뚱하더니 대단한 깨달음이라도 얻은 것마냥 고개를 끄덕였다.

"아하, 하드필드. 물리적 현장이라는 거군요. 그래서 경물 조사관이라는 거고. 그럼 경찰들은 스캔한 걸 가져가서 굳이 현장에 나오지 않고도 안경만 있으면 확장 현실로 언제든지 조사를 할 수 있겠네요. 아니, 거기선 소프트필드*라고 부르나요?"

진서는 대답하지 않고 살짝 웃기만 했다. 간호사는 긍정의 의미로 받아들인 듯 만족한 표정으로 태블릿 위에 서명을 했다. 그러고는 옆에 있는 보안 요원 앞으로 태블릿을 밀었다.

보안 요원은 태블릿을 들여다보지도 않았다.

"난 총을 사용할 권리가 있어. 사람만 향하지 않는다면."

보안 요원이 말했다.

"사람을 향할 수 없는 거겠죠."

* 하드필드, 소프트필드
초경량 스마트글래스 기술의 성숙과 보급으로 업무 및 일상생활의 대부분이 연결망에 구축된 확장 현실로 옮겨졌고 사람들은 집에서 거의 모든 시간을 보내게 되었다. 이를 두고 근미래학자 리사 클레인은 소프트웨어로 구축된 현실을 살아간다는 의미에서 소프트필드 라이프라고 불렀다(Lisa Klein et al., 2031). 리사는 또한 이에 대응하는 의미로 여전히 딱딱한 물성이 남아 있는 현장에서 일하는 사람들을 하드필드 워커라고 불렀고(Lisa Klein & Margaret Onaga, 2033) 하드필드는 '현장'의 동의어가 되었다. 이 두 단어는 등장 4년 만에 15개국의 사전에 등재되었다.

진서는 보안 요원의 눈을 보며 말했다. 보안 요원은 자기보다 어린 여자가 자신을 노려보는 게 마음에 들지 않는다는 듯 인상을 잠시 찌푸리더니 태블릿을 들어 서명서를 성의 없는 시선으로 훑었다.

"맞아. 향할 수 없지. 어떤 미친놈들이 총에 카메라랑 인공 지능을 넣은 덕분에 총구가 허가 없이 사람을 향하기만 해도 해머랑 방아쇠가 잠기고 신고가 들어가."

보안 요원은 손가락 끝으로 화면 위에 대충 선을 몇 개 긋더니 태블릿을 책상 위에 올리고 진서에게 밀었다. 진서가 태블릿을 손에 잡자 보안 요원이 말했다.

"당신 같은 사람들은 로봇이 뭔가 대단한 존재인 것처럼 다루던데, 로봇의 영혼은 사실 실험실 동물 영혼이랑 같은 거야. 말하는 게 꼭 사람 같아서 애칭도 붙이고 그러지만. 그냥 필요에 따라 쓰이는 편리한 존재들일 뿐이라고. 반려 동물이랑 비슷한 거지. 아무리 그 녀석들을 아껴 주는 사람들이 있더라도, 해야 할 때는, 특히 위험하다 싶으면 좀 불쌍하더라도……"

보안 요원의 손가락이 허공에서 천천히 방아쇠를 당겼다. 입술로는 소리 없이 총성을 따라 했다. 손가락 총의 끝은 진서의 얼굴을 향하고 있었고 진서는 상상의 총알을 피하지 않았다. 보안 요원의 시선은 진서의 머리 뒤에 있는 벽으로 향했다. 거기에 뭔가가 잔뜩 튀기라도 한 것처럼.

그는 시선을 다시 진서에게 돌리고는 말을 이었다.

"우리 집 개들이 사람을 물고 고기 맛을 본다면 난 조금도 망설이지 않을 거야. 진짜야. 걔들 영혼을 위해 잠시 기도는 해 주겠지만."

진서는 얼른 상황을 마무리하고 싶어 하는 간호사와 환자 대리인에게 잠시 미소를 보냈다. 그러고는 태블릿을 챙겨 가방에 넣으면서 보안 요원을 향해 말했다.

"인공 지능에겐 의식이 없어요. 애초에 영혼 같은 게 있을 자리도 없죠. 솔직히 영혼이 우리에게 있는지조차 의심스럽기는 하지만. 아무튼, 그쪽 집에서 기르는 고양이들도 영혼이든 의식이든 있을 수는 있겠지만 당신이 오늘 날려 버린 인공 지능에겐 그런 게 없어요."

"고양이가 아니라 개라니까."

보안 요원이 진서를 노려봤다. 진서는 아랑곳하지 않고 계속 말했다.

"그러니까 당신은 그냥 사람 흉내 내는 기계 하나를 날린 것뿐이에요. 그 이상도 이하도 아니죠. 제가 굳이 여기까지 와서 조사하는 건 그 물건과 거기 들어간 소프트웨어가 당신 연봉 10년치보다 비싸기 때문이고."

보안 요원의 얼굴이 일그러졌다. 자기가 세상에서 제일 독한 줄 아는 사람들이 현실을 깨달았을 때 흔히 짓는 표정이었나. 신시는 자리에서 일어서서 간호사와 환자 대리인에게 협조

감사하다며 가볍게 인사를 했다. 보안 요원은 인사를 받을 생각도 없어 보였기에 그냥 무시하고 문을 향해 갔다.

"망할 짭새 스캐너들."

보안 요원이 말했다. 진서는 문을 열면서 그의 말을 정정했다.

"HRC* 경물 조사관입니다."

시비가 통하지 않자 보안 요원은 한참 전에 비어 버린 빈 커피잔을 쓸데없이 슬쩍 들었다 놓았고 진서는 한숨을 흘리며 회의실을 떠났다.

> *하드필드 리서치센터 현장연구센터 Hard-field Research Center 2035년 세계 각지에서 발생한 드론 집단 폭주 사건으로 경찰 업무의 소프트필드 이전에 대한 불신이 커지면서 만들어진 하드필드 전문 수사기관 중 하나. HRC에서 현장 조사와 스캐닝을 담당하는 자를 경물 조사관(硬物調查菅)이라고 부른다.

***

"완벽해."

보스가 말했다. 보스는 안경이 보여 주는 확장 현실 속 병실을 거닐며 이곳저곳을 살폈다. 달링 가슴에 난 구멍을 자세히 들여다보기도 하고 병실 벽에 걸린 사진을 전시회에 오기라도 한 것처럼 바라봤다. 심지어는 환자용 침대 아래까지 살폈다. 환자가 먹고 버린 과자 껍데기 몇 개까지 재현되어 있는 걸 보고 보스는 소리 없는 감탄을 뱉었다.

안경을 쓰고 있지 않은 진서에겐 보스가 광대처럼 보였다. 아무것도 없는 공간에서 이리저리 돌아다니며 물건을 만지고 고개를 어색하게 돌려 가며 구석구석 살피는 시늉을 하는 마르고 진지한 얼굴의 노년 남자는 우스꽝스럽기 그지없었다.

"몇 가지 특이한 점은 있지만 그렇다고 특별해 보이진 않아. 어떻게 생각해?"

보스가 드디어 안경을 벗고 자리에 앉았다. 진서는 이제야 웃음을 참지 않아도 된다는 생각에 얼굴의 긴장을 풀고 말했다.

"인간형 로봇이나 인공 지능의 오작동은 흔히 있는 일이니까요. 다만 이번엔 병원에서 사람을 죽일 뻔했다는 게 문제가 될 수 있어요. 경찰에서는 로봇 제조사에 책임을 넘기려는 것 같고요."

"우리도 일단은 경찰이야."

보스는 책상 위로 다리를 올리며 말했다.

"그리고 작년에 인공 지능 쓰레기 압축기 오작동으로 죽은 사람만 셋이야. 사람 몸이 섞여 있으면 압력을 얼마나 가해야 할지까지 계산했지. 달링은 사람 흉내 내는 거 말고는 쓰레기 압축기랑 본질적으로 다를 게 없고. 결국 사람이 만든 물건이고 모든 물건은 사람을 죽일 수 있지. 로봇 3원칙 같은 건 소설에서나 나오는 얘기고."

"그럼 위에서 왜 굳이 스캔까지 요청한 거죠?"

"이 로봇에 들어간 인공 지능이 휴모로픽소프트 제품이거든."

"거기 것 아닌 게 어딨어요? 저희 집에 있는 토끼 모양 인공 지능 스피커에 들어간 것도 거기서 만든 건데."

"그래서 문제야. 인공 지능 덕분에 사람들이 점점 게으르고 멍청해질수록 휴모로픽소프트의 힘에 세지니까. 정부에선 지금 이 회사를 통제할 방법을 찾고 있고 경찰은 이 사건을 이용하려는 거지. 이미 몇 건 건수가 잡혀 있는데 휴모로픽소프트도 분위기 읽고 사고 터지자마자 의견을 보내왔어. 인공 지능 로그에는 문제가 없으니 로봇의 감각계에 문제가 있었을 거라고. 자신들은 적극적으로 문제 해결을 위해 노력하고 있다는 어필을 하는 거지."

"우리도 일단 경찰이라면서요. 왜 전 그 얘기 처음 듣죠?"

보스는 발을 내려놓고는 불만 가득한 표정으로 말했다.

"내년부터 인공 지능이랑 휴머노이드에 대한 수사권이 우리한테 조금씩 넘어올 거야. 그것 때문에 보수적인 늙은이들한테 미움받고 있는 거야."

"그럼 동네 연구소 같은 망할 이름도 바꿀 수 있겠네요. 신난다."

진서는 영혼 없는 웃음을 지었다.

"좋아하기만 할 일은 아니야. 그만큼 우리 센터를 통째로 먹으려는 놈들이 생길 테니까. 지금 네가 그렇게 설칠 수 있는 것도, 내가 널 그렇게 풀어 줄 수 있는 것도 여기 센터장으로 오는 놈들이 다 자리만 잡고 놀려는 녀석들뿐이라서 가능한 거야. 당장 내년 차기 센터장부터 여길 물갈이하려고 들지도 몰라. 그럼 네가 하는 일이라고는 현장에 가서 스캐너 설치하고 학위 말고는 믿을 거 없는 신입 조사원 녀석들한테 데이터 해석법이나 알려 주는 거밖에 없을 거야. 당연히 실적은 걔들이 다 가져가고. 그런 애들은 대개 몇 년 있다가 센터를 떠날 거고 그럼 다음에 들어오는 놈들한테 또 같은 일을 가르치게 되겠지."

"악몽이 참 구체적이네요."

"그래서 말이야."

보스는 손가락 끝으로 자그만 테이블을 둘러싸고 있는 손님용 소파를 가리켰다. 이제부터가 본론이라는 얘기였다. 두 사람은 빈자리 하나를 끼고 소파에 앉았다. 보스가 안경을 다시 쓰자 진서도 가슴 주머니에 꽂아 뒀던 안경을 얼굴에 걸쳤다.

허공에 커다랗고 둥근 달이 떠올랐다. 달을 둘러싼 인공위성들이 만들어 내는 실시간 영상이었다.

"달에서 무슨 일이 있었나요?"

"열 시간 전에 달에 있는 모든 시설과 연결이 끊어졌어. 통신 위성 열다섯 개 모두가 먹통이 된 거야. 다섯 시간 전에 개발 당시에 쓰고 버렸던 고출력 안테나로 겨우 연락이 재개됐어."

보스는 허공의 달을 빙글 돌리더니 한 곳을 확대했다. 검고 평평한 현무암 바다를 산맥이 동그랗게 감싸고 있는 지형이 나타났다. 진서는 그곳이 어딘지 금방 알아봤다. 시너스 이리둠*. 무지개만이라고도 불리는 곳이었다.

"시너스 이리둠 심우주연구소*만 빼고."

진서의 얼굴에서 표정이 사라졌다. 보스는 진서의 얼굴을 힐끗 보더니 손가락으로 달을 튕겼다. 달이 미세한 입자로 산산조각 나며 테이블 아래로 사라졌다.

"시너스 이리둠에선 심우주 탐사를 위한 인공 지능 시스템을 만들고 있어. 항성간 우주선에 탑재할 물건들이지. 아마 지금까지 인간이 만든 가장 강력한 인공 지능이 될 거야."

"그건 나도 알아요."

진서가 말했다. 굳어 버린 얼굴 근육을 풀기 위해 입은 일부러 크게 움직였다.

"그런데 왜 그걸 들여다보고 있었죠? 우리랑 무슨 상관이에요?"

* 시너스 이리둠
달 표면 북위 45.0도 서경 31.8도에 있는 현무암 평지. 오래전, 운석 구덩이에 용암이 들어차며 만들어졌는데 구덩이 가장자리가 반원 모양으로 산맥을 이루며 남아 있다. 2013년, 중국의 달 탐사선 창어 3B호가 이곳이 고유의 표면 자기장 덕분에 우주 방사선의 영향이 적은 데다 지하에 대량의 고순도 삼중수소가 매장되어 있을 가능성이 있다는 걸 밝혀내 21세기 초의 달 탐사 경쟁에 불을 붙였다.

* 시너스 이리둠 심우주연구소
태양계 바깥의 항성간공간을 직접 탐사하기 위해 국제공동우주개발기구가 설립한 월면 연구소 중 하나로, 우주선의 운영과 독립적인 탐사 연구를 위한 인공 지능 개발을 담당하고 있는 지상 시설과 아광속, 즉 빛의 속도에 근접하는 엔진을 개발하는 지하 시설로 구성되어 있다.

"아무래도 아크프로 놈들이 일을 낸 거 같아."

"누구요?"

"인공의식체권리보장단체(ARtificial Consciousness & rights PRotection Organization)."

"몰라서 묻는 게 아니잖아요. 우리 시대를 대표하는 망할 반지성주의자들이 또 무슨 사고를 친 거죠? 개들은 저희 집 토끼 모양 인공 지능 스피커한테도 의식체로서의 권리가 있다고 말하는 놈들인데. 그 토끼 녀석 수명이 다 돼서 버렸더니 아크프로에 심취한 아랫집 노인네가 손수 수리해서 가져다주고는 한 시간 동안 설교를 했다고요. 그 전주에 화장실 배관이 새서 홍수가 난 걸 눈감아 준 것 때문에 차마 쫓아내지도 못했고."

"시너스 이리둠 지하에 핵융합 발전소가 있어. 그걸 노린 거야."

보스는 진서의 토끼 모양 스피커 따위에는 신경도 쓰지 않고 말을 이었다. 보스가 손짓을 하자 이번엔 허공에 시너스 이리둠 연구소의 지하 단면도가 나타났다. 지하에 복잡하게 뒤틀어진 도넛 모양의 토러스* 구조가 보였나. 토러스의 지름은 1킬로미터가 넘었다.

*토러스 Torus
평면상의 원을 이 원과 교차하지 않는 직선을 축으로 회전했을 때 만들어지는 도형의 곡면.

"하지만 그건 실험용이잖아요. 효율도 더럽게 나쁘고."

"발전 효율은 꽝이지만 폭탄으로서는 효과 만점이거든."

진서는 손바닥으로 얼굴을 감쌌다가 앞머리를 쓸어 올리며 물었다.

"뭘 원한대요?"

"아직 성명문은 없지만 아마 평소랑 똑같겠지. 무분별한 인공 의식체의 생산을 멈추고 활동 중인 인공 의식체에 대한 권리를 보장하라. 세계 최대 규모 인공 지능의 배아를 인질로 삼고."

"인공 지능이 의식을 가질 수 없다는 건 이미 오래전에 증명됐잖아요? 저것들은 도대체 언제까지 저러려는지 모르겠네요."

"이성과 논리가 통하는 녀석들이라면 애초에 시작도 안 했겠지. 보고 싶은 것만 보는 애들이야. 그리고 이런 사람들은 언제나 있어 왔어. 팬데믹을 몇 번이나 겪어도 백신 반대론자들이 아랑곳 않고 길거리를 돌아다니는 거랑 같아. 아무리 수학적으로 과학적으로 증명을 해 줘도 저놈들은 안 믿어."

"그래서, 인공 지능 관련 사건이니 위에서 우리보고 협조하라는 얘기가 나온 건가요?"

"아니, 그런 말은 없었어. 달에서 일어난 일이잖아. 우리나라가 달에 가진 지분은 손톱만큼도 없어."

"그런데 왜?"

"달에서 일어난 일이니까. 우리나라가 달에 가진 지분은 손톱만큼밖에 없거든."

보스는 소파 등받이에 몸을 기대며 안경을 벗었다.

"위쪽 분들은 달 연구 시설이 무슨 수도원인 줄 알아. 사건 같은 게 없을 거라고 생각하지. 하지만 한번 생기면 까다롭기 그지없어서 실적 쌓고 싶은 간부들은 개입하기 싫어해. 그러니까 이참에 달에서 일어난 사건에 대한 개입 능력을 이 틈에 우리가 확보해 두려는 거야. 그럼 다음 센터장으로 어떤 사람이 오든 달 관련해서는 입을 다물게 만들 수 있을 거고. 손톱이라도 우리 손가락의 손톱으로 삼는 거지. 다른 기관들이나 간부들이 눈치를 챘을 땐 이미 우리가 달 연결망과 자원을 붙잡은 이후일 거고."

진서는 아무 말 없이 보스를 바라봤다. 이렇게 야심 가득한 사람이었던가.

"그러니까 진서, 네가 이 일에 좀 끼었으면 해. 우리가 이 사건에 초기 단계부터 관여했고 기왕이면 기여도 했다는 기록으로 남길 필요가 있어."

"달에 갈 수 있나요?"

"아폴로 미션이 아니야. 달에 직접 갈 일은 없어."

진서는 웃는 얼굴을 하며 속으로 욕을 뱉었다.

"내 생각엔 이번 일은 아크프로가 평소에 하던 짓하고는 결이 조금 달라. 아크프로 지도부는 굳이 위험을 무릅쓰고 달에 살 만한 배짱이 있는 녀석들이 아니야. 그럴 능력도 없고.

누가 아크프로를 뒤에서 이용하고 있는 것 같아. 협박이 목적이라면 시너스 이리듐보다 연구원이 많은 곳도 있거든. 인공 지능의 권리를 따지는 놈들이 가장 강력한 인공 지능 중 하나가 있는 시너스 이리듐을 위험에 빠뜨릴 리가 없어."

보스는 잠시 뜸을 들이고는 말했다.

"박용진이 누군지 알아?"

"……들어는 본 것 같네요, 아마도."

"휴모로픽소프트에서 전지구·근지구 연결망이랑 고차원 인공 지능의 핵심 기술을 개발한 인물이야. 지금 우리 사회의 시스템을 정의해 버린 사람 중 하나지."

"그 사람이 이번 일이랑 무슨 상관이죠?"

보스는 믿기 어렵다는 표정으로 진서를 잠시 바라보고는 말했다.

"인공 지능이 의식을 가질 수 없다는 걸 증명한 게 이 사람이야. 아크프로 입장에선 만악의 근원이지. 아크프로를 가장 잘 이해하고 있는 사람이기도 하고. 그 사람을 찾아가. 찾기 쉽지는 않을 거야. 네가 이름을 기억도 못 하는 것처럼, 꽤 오래전부터 은둔했거든. 연결망에서도 모습을 감췄어."

"연결망에서도 은둔한 사람을 어떻게 찾아요?"

"넌 하드필드 전문이야. 발로 뛰어야지. 그리고 시너스 이리듐 일은 아직 기밀이야. 뉴스에선 그냥 일시적 통신 장애가 있었다고만 할 거고. 입 다물고 움직이면서 상황 잘 지켜봐."

진서는 의자에서 몸을 일으켰다. 그리고 안경을 가슴 주머니에 집어넣으며 말했다.

"그럼 병원 달링 사건은 어쩌죠?"

"그건 준하한테 줘."

"걔가 가능할까요?"

"상부에선 이미 휴모로픽소프트 책임이라고 결론까지 내놓은 상황이야. 스캔은 제대로 되어 있으니 그냥 거기서 달라는 정보만 주면 그만이고. 일을 떠먹여 주는 거나 마찬가지지. 자료는 이미 내가 넘겨 줬어."

보스는 책상 자리로 돌아가 다시 안경을 썼다. 안경이 잠시 반짝였고 보스의 손가락이 아무것도 없는 책상 위를 휘저었다. 진서는 잠시 그 모습을 바라보다가 몸을 돌려 문을 향해 갔다.

문 앞에 이른 순간 보스가 말했다.

"그런데 달에 가족 같은 거 없지? 애인이라도."

진서는 멈춰 섰다. 뒤를 돌아보진 않았다. 대답도 하지 않았다.

"쓸데없이 일이 복잡해지면 안 되니까."

진서가 빌 끝으로 문을 살짝 건드리자 문이 열렸다. 소독약 냄새가 났다. 보스의 사무실에서 바로 마주한 곳에 있는 커다란 창문 너머로 초승달이 보였다. 긴 하늘을 가로지른 달빛은 붉게 물들어 있었다. 시너스 이리둠은 달의 밤에 묻혀 보이지 않았다.

* * *

앞에서 논의한 것과 같이 하위 구조에서 결코 찾아볼 수 없는 가치
관에 기반을 둔 새로운 목표 설정, 즉 창발적 목표 설정은 충분히
복잡한 연결망의 창발적 변칙(emergent anomaly, EA)에 의해 발생한다
(e.g., Baars & Tononi, 2007: Lee et al., 2028). 고립계에서 EA가 하향 전파하
지 않는다는 것은 자명한 사실이다(Park et al., 2031). 따라서 연합 뉴
런 연결망의 EA로 자연 발생한 지능적 의식체인 인간 의식이 만
들어 낸 2차 지능, 즉 인공 지능은 스스로 창발적 목표를 설정할
수 없다. 창발적 목표 설정은 의식의 기본 조건이므로(Johnston et al.,
1997) 인공 지능은 의식을 가질 수 없다.

—박용진의 2차 지능 정리 강의록, 5강 4절

보스의 말이 맞았다. 다섯 시간 동안 지금껏 쌓아 온 모든
경험을 동원해 연결망 속 정보를 뒤졌지만 박용진에 대해 쓸
모 있는 정보를 찾을 수는 없었다. 어느 고위직 간부의 비리를
조사하면서 하나 슬쩍해 둔 뒷문 접속용 코드로 정부의 비공
개 기록 보관소까지 들어가 봤지만 나온 거라고는 세금 지불
기록뿐이었다. 박용진의 저작물 판권 수익을 관리하는 세무사
가 처리한 일이었는데 인공 지능 세무사는 고용주가 어디에서
무슨 일을 하는지에 대해서는 일말의 관심도 없었다. 그것 말

고는 그가 쓴 책 목록과 휴모로픽소프트의 아카이브에 남은 이름 정도였다. 실종 신고도 사망 신고도 없었다. 이 정도면 박용진은 자신만이 아는 방법으로 일부러 연결망 속 자신에 대한 기록을 지워 버린 게 분명했다. 국가도 쉽게 하지 못하는 일을 하는 사람이 휴모로픽소프트의 직원이었다니 정부가 경계할 만도 했다.

자정이 넘어서 집에 들어온 진서는 침대에 드러누워 천장을 올려다봤다.

왜 아무것도 안 보이지?

얼굴을 어루만진 다음에야 안경을 쓰고 있지 않다는 걸 깨달았지만 그렇다고 굳이 몸을 일으켜 탁자까지 가지러 갈 생각은 없었다. 그 대신 눈을 감고 눈꺼풀 위로 달을 떠올렸다. 안경이 보여 주는 것만큼 사실적이지는 않지만 진서의 의식 속에서는 가장 달다운 달의 모습.

시너스 이리둠. 아크프로 놈들이 사고를 치고 있는 곳이지. 그리고…… 너.

진서는 침대에서 내려와 옷장으로 향했다. 옷장 문을 열자 지난여름에 대충 쑤셔 넣었던 겨울옷들이 바닥으로 쏟아졌다. 옷을 옆으로 밀어내자 옷장 바닥에서 커다란 종이 상자가 모습을 드러냈다. 상자를 바깥으로 밀어내 단단히 붙어 있던 테이프를 뜯어내자 드러난 것은 빼곡히 채워진 책이었다. 진서는 책을 한 권씩 꺼내 바닥에 쌓기 시작했다. 뭔가를 찾고 있었다. 책을 스무 권 정도 꺼내자 손바닥보다 조금 작고 납작한 알루미늄 재질의 단말기가 고개를 내밀었다. 근지구 연결망 인증 접속 단말기, 너스폰*이었다.

다시 봐도 끔찍한 이름이야. 진서는 너스폰을 집어 들며 생각했다. 아직도 배터리가 살아 있다는 사실에 놀라며 전원 버튼을 누르자 화면이 몇 번 깜빡이더니 화면 수리가 필요하다는 메시지가 나타났다. 포기하기엔 일렀다. 진서가 뒷면에 있는 확장 현실 지원 마크를 확인하고는 탁자 앞에 앉으며 안경을 쓰자 너스폰의 형편없는 UI가 눈앞의 허공에 떠올랐다.

진서는 잠시 고민하다가 너스폰의 아래에 있는 인증 센서에 손가락을 올렸다. 바늘로 찌르는 것 같은 전류가 흘렀고 피부에 스며 있던 유전자가 해체되며 전자 신호로 변해 너스폰으로 들어갔다.

윤재민 님, 어서 오세요.

오랜만에 보는 이름이 진서 앞에 나타났다.

나에게 보내진 메시지는 없습니다.

예약된 메시지는 없습니다.

메모함은 비어 있습니다.

사용자의 다른 단말기에 연결할까요?

연결 중입니다.

연결 중입니다.

루나 네트워크에 접속합니다.

인증 중입니다.

연결 중입니다.

접속이 끊어졌습니다.

역시 아무것도 없는 건가. 아니면 달이 지금은 지구 반대편에 있어서? 그럴 리가. 근지구 연결망에는 빈틈이 없다. 정말 아무것도 없는 것이다. 혼자 뻘짓을 한 거야.

진서는 안경을 벗어 탁자 위에 내려놓았다.

의자에 기대어 천장을 올려다보다가 눈을 감았다. 확장 현실 UI의 흐릿한 잔상이 눈꺼풀 위에 떠올랐다. 조금 전까지 혼자 허공에서 손을 허우적거리던 모습이 우스꽝스럽게 다가왔다. 확장 현실 안경이 개발되기 전의 사람이 살아 돌아와 그 광경을 본다면 미친놈이라고 생각하겠지.

진서는 다시 눈을 뜨고 몸을 일으켰다. 탁자 위에 너스폰과 빈 머그컵, 메모지 몇 장이 널브러져 있다. 그 너머 벽에서는 조명 스위치 옆으로 사람의 얼굴을 닮은 얼룩이 고개를 빼꼼 내밀고 있다. 눈동자가 움직인 것 같다.

상태가 안 좋은걸. 진서는 양손으로 스스로의 따귀를 때렸다. 경쾌한 타격음이 울려 퍼졌고 눈물이 찔끔 났다. 잠시 뒤, 얼얼하게 달아오른 얼굴이 진정되자 생각도 가라앉았다. 의식의 통제권을 되찾았다는 느낌이 들자 진서는 다시 상자 앞으로 갔다. 바닥에 널브러진 책을 하나 집어 들고 펼쳤다.

사실은 풍선 속의 풍선에 가깝다. 피에로의 이중 풍선과 다른 점이라면 무한한 숫자의 풍선이 겹겹이 존재한다는 것이다. 브라이언 란돌프는 **마트료시카 우주**에서 이 시나리오를 확장해, 우리 우주는 57번째 우주, 즉 57번째 풍선이며 우리는 그 표면에 살고 있다고 주장했다. 우리 우주에는 불가능한 도형, 정953면체가 존재한다고 한 걸 기억할 것이다. 953은 소수(素數)이며 그 역수인 1/953을 소수(小數)로 쓰면 순환소수가 되고 순환절의 길이는 952자리다. 953은 이렇게 역수의 순환절 길이가 p-1이 되는 소수 p의 57번째 숫자다. 이것이 바로 변칙 기하학이 알려 주는 우리 우주의 층위라는 주장이다. 하위 우주로 내려갈수록 기하학적 변칙의 복잡성이 떨어지고 상위 우주로 올라갈수록 복잡성이 높아진다. 하위 우주에서는 더 낮은 차원의 다면체가 존재한다. 예를 들어 가장 아래에 있는 가장 하위인 첫 번째 우주에는 정7면체가 존재할 수 있다.

⋯⋯뭐라는 거야. 넌 도대체 왜 이런 책을 나한테. 아니, 내가 달라고 했었지.

진서는 책을 덮고 표지를 봤다.《풀어 쓴 2차 지능 정리》.

박용진 지음.

어디서 들어 본 적 있다고 생각했더니 여기였네.

진서가 묻어 둔 기억을 꺼낼까 고민하려던 찰나에 메시지 도착을 알리는 짧고 경쾌한 멜로디가 울렸다. 진서는 탁자 앞으로 튀어 나가 너스폰을 확인했다. 그대로였다. 멜로디를 뱉은 건 안경이었다.

선배, 아직 안 자고 있었네요.

안경을 쓰자마자 흘러나온 준하의 목소리는 묘하게 격양되어 있었다.

"자고 있을 것 같으면 전화를 하질 말든가."

진서는 의자에 털썩 주저앉았다.

오늘 아침에 있었던 달링 사건, 거기서 가져온 백업 데이터를 분석해 봤는데 신기한 게 있어서요.

"그건 이제 네 일이잖아."

그렇기는 한데 선배도 아마 재미있어할 거 같아서요. 그리고 일단 제 첫 번째 보고 대상은 선배니까. 안경 쓰고 있죠?

진서의 눈앞에 하모닉 요양병원 2019호 병실이 반투명한 모습으로 나타났다. 안경다리에 손을 올려 불투명도를 높이자 병실의 모습이 조금 더 선명해졌다. 병실 한가운데, 날팅이 서 있었다. 가슴 위에 달린 카메라가 진서를 바라봤다.

사건이 일어나기 30분 정도 전에 병실 바닥 물청소를 했던 거 같아요. 바닥에 룰 일룩이 폼 남아 있있어요. 우리 눈엔 보이지 않을 만큼 옅었지만, 스캐너가 잡아낼 정도는 되었죠. 그리고 물 얼룩 위에 달링과 환자의 발자국이 남아 있었어요. 그거랑 일부 복구한 달링 로그로 사고 당시의 움직임을 다시 재현해 봤어요.

달링이 갑자기 진서에게 다가와 손을 내밀었다. 진서가 움찔하며 뒷걸음질 치자 뒤에 있던 환자의 모습이 드러났다. 달링은 환자의 팔뚝을 잡아당겨 자신의 뒤로 이끌었다. 그리고 몸을 여기저기로 돌리며 주변을 살폈다. 한곳을 잠시 응시하다가 곧 다른 곳을 바라보고, 갑자기 물러서며 이미 봤던 곳을 다시 확인하기도 했다. 그러면서 뒤에 있는 당황해하는 환자가 도망가지 못하도록 팔을 좌우로 길게 뻗었다. 달링은 조금씩 뒷걸음질 치면서 환자를 화장실로 밀어 넣었다.

"뭐 하는 거야?"

달링이 환자를 위협한 건 줄 알았는데 그렇게는 안 보이죠?

"오히려 지키려는 것처럼 보이는데. 하지만 뭘로부터?"

유령으로부터.

"멍청한 소리 하지 말고 제대로……"

진서는 미처 말을 끝내지 못했다. 바로 옆에 조금 전까지는 없던 새로운 BD91이 서 있기 때문이었다. 달링과 같은 모델이었다.

"BD91이 하나 더 있었다고?"

또 한 대가 나타났다. 그다음엔 두 대가 동시에. 얼마 지나지 않아 병실 내부가 BD91로 가득 찼다. 달링을 제외하고 전부 일곱 대. 진서는 안경을 벗었다. 병실과 BD91 무리가 사라지고 익숙한 자기 방의 모습만 보였다. 눈에 문제가 생긴 건 아니었다. 다시 안경을 썼다. BD91은 더 많아졌다.

이게 그 당시에 달링이 본 풍경이에요. 적어도 달링의 환경 인지 시스템의 로그에 남겨진 바로는. 달링은 존재하지 않는 로봇들에게 둘러싸여 있었어요.

진서는 가벼운 한숨을 뱉었다. 인지 해석 시스템 버그 또는 고장. 흔히 있는 일이었다. 인공 지능이 카메라나 ToF* 센서의 정보를 해석해 사물을 인지하고 상황을 올바르게 해석하는 건 결코 쉬운 일이 아니었고 언제나 크고 작은 버그가 존재했다. 지난주에는 보안 카메라가 고층 빌딩의 옥상에 심겨진 나무에서 존재하지도 않는 아이의 얼굴을 인식하고 구조대를 부른 일이 있었다. 빌딩의 관리 AI는 주변의 연결망을 스캔해 경물 조사관을 불렀고 마침 근처에 있던 진서가 불려 가기도 했었다.

*ToF
빛의 비행 거리를 이용해 피사체의 3차원 구조를 측정하는 장비로 2010년을 전후로 하여 게임기, 스마트폰, 자율 주행 자동차 등을 통해 일상생활 속에 보급되기 시작했다. 국제사회 차원의 확장 현실 서비스 확장과 강화를 위해 상용 IoT(Intelligence on Things) 장비가 4세대 인증을 받기 위해서는 반드시 탑재해야 하는 기능이다.

"인지 해석 시스템이 맛이 간 거네. 이런 일이라면 지난주에도 있었어."

진서는 백그라운드 작업으로 지난수에 쓴 보고서를 불러

왔다. 준하에게 보내려고 했지만 준하의 목소리가 가로막았다.

그건 아닌 거 같아요. 이 유령 로봇들은 달링에게 접속하려고 시도했거든요. 로그에도 남아 있어요. 적어도 어떤 행위가 가능한 존재들이라는 거죠.

진서는 보고서 파일을 닫았다. 더 들어 봐야 할 것 같았다. 그리고 당시 병원 연결망의 정보 유량을 분석해 봤는데 말이죠, 이 병실의 노드에 병원 전체의 정보량 12퍼센트가 집중되어 있었어요. 달링은 물론이고 의료 기구, 침대, 텔레비전, 화분, 조명, 창문, 그때 병실에 있던 모든 인공 지능의 정보 소모량을 합쳐도 2퍼센트가 안 돼요. 그중 절반은 달링이고.

"BD91이 달링과 같은 정보량을 소모한다고 하면 BD91 열 대 분량."

그거 알아요? BD91에 들어가는 인공 지능은 하드웨어 부하 때문에 성능이 제한되어 있어요. 하드웨어 부하가 없다면 스펙보다 40퍼센트 더 높아요.

숫자가 얼추 맞아떨어졌다.

"그럼 병원 연결망 위에 하드바디 없는 가상의 BD91 인공 지능이 구현되었다는 거야? 걔들한테 포위당했기 때문에 달링이 패닉에 빠졌다고?"

아마도. 유령 로봇들은 달링을 자신들의 연결망에 끌어들이려고 한 것 같아요. 달링이 동작을 멈추고 몸을 미세하게 떨었던 거 기억나요? 그때가 달링이 그들의 연결망에 끌려 들어간 직후였어요.

그때부터 달링이 데이터에 압도되기 시작한 거죠. 무슨 데이터인지는 알 수 없지만.

***

진서는 도서관으로 향했다. 말이 도서관이지 사실은 처분이 곤란한 인쇄 자료들을 모아 두는 곳에 가까웠는데 그중에는 저작권 문제로 아직 종이 위에만 존재하는 것들이 있었다. 도서관은 연결망에서 볼 수 없는 자료를 볼 수 있는 유일한 장소 중 하나였다.

일반 개관 시간을 훌쩍 지났기에 사서가 진서를 직접 맞이하러 나왔다. 사서는 적어도 10년 전에 은퇴했어야 할 것 같은 노년 여성이었다. 모처럼만의 방문자가 반가운 듯 사서는 복도를 걸으며 늙은 몸에 어울리지 않는 힘찬 목소리로 열람실과 서고 이용법을 안내했다. 하지만 진서의 관심을 끈 건 사서의 눈이었다. 사서에겐 눈이 없었다. 그 대신 움푹 들어간 매끈한 눈두덩이 두 개가 달 표면의 운석 구덩이처럼 그림자를 품고 있었다.

"아, 이거."

사서는 자기 눈을 가리켰고 진서는 서둘러 시선을 거뒀다.

"젊었을 때 신종 말라리아에 걸렸었어요. 아마 선생님은 잘 모르시겠지만. 그때 눈을 잃었어요. 치료 부작용으로 시신경이 괴사하기 시작해서…… 전부 느러내 버렸지요."

진서는 자세히 들여다보고 싶은 욕구를 억누르며 시선을 돌리며 말했다.

"하지만 앞은 잘 보시는 것 같네요."

사서는 그 질문을 기다렸다는 표정으로 진서를 올려다 봤다.

"안경을 써 보세요."

사서가 웃으며 말했다. 진서가 주머니에서 안경을 꺼내 쓰자 사서의 얼굴 위에서 커다랗고 선명한 갈색 눈동자가 눈꺼풀을 깜빡이며 진서를 바라보고 있었다.

"돈 있는 사람들은 인공 안구를 쓰겠지만 야간 사서에게 그런 돈이 있을 리가 없지요. 게다가 전 각막과 시신경 모두가 죽어 버려서 인공 안구를 애초에 쓸 수도 없고요. 하지만 그거 알아요? 더 나은 대체재가 있다는 거."

사서가 고개를 돌려 목 뒤에 붙어 있는 명함 크기의 연분홍색 스티커를 보여줬다.

"휴모로패드라는 거랍니다. 신경계에 직접 접속해서 뇌에 필요한 정보를 보내 줘요. 머리에 구멍을 내서 수술을 할 필요도 없어요. 고작 스티커 한 장으로 가능해요. 지금 저는 이곳의 감시 카메라 영상을 통해 당신의 모습을 보고 있어요."

진서는 고개를 들어 주변을 살펴봤다. 로비의 벽면마다 카메라가 하나씩 달려 있었다.

"그럼 시차나 사각지대가 있을 건데요."

진서가 말했다. 시각 정보의 사각을 사실적으로 구현하는 건 쉬운 일이 아니었다. 고성능 지급품인 진서의 안경조차 연결망을 통해 인공 지능 컴퓨터에 접속해야만 그런 일을 할 수 있었다.

사서는 진서의 그런 반응을 기다렸다는 듯이 웃으며 말했다.

"휴모로패드는 제 뇌의 연산 자원을 직접 이용한답니다. 제가 의식도 못하는 영역에서 뇌가 카메라의 사각지대를 사실에 가깝게 채우고 필요하다면 마치 제 눈에 카메라가 달린 것처럼 영상을 그려 주기도 하지요. 사람 뇌의 연산 능력이 이렇게 뛰어난 줄은 몰랐어요. 당신도 모를 거예요. 써 보기 전에는.

재미있는 건 말이죠, 제가 시력을 잃으면서 유령을 많이 봤답니다. 그땐 제가 미친 건 줄 알았는데 알고 보니 시신경이 죽어 가면서 나타나는 부작용이었어요. 뇌가 시각 정보의 오류를 받아들이지 못하면서 노이즈를 사람처럼 그려 내는 거였죠. 근데 휴모로패드가 그걸 이용하더군요. 의도적으로 신경에 간섭해 뇌가 감각을 꾸며 내도록 하는 거예요. 제가 장애라고 생각했던 것이 오히려 구원의 기술이 되어 나타나나니, 신기하지 않나요?"

사서는 누군가를 찬양하듯 양손을 어깨 위로 들어 올렸다. 유령이라. 진서는 순하가 말한 유넝 도봇을 떠올렸다.

"게다가 절 바라보는 사람들이 확장 현실을 이용한다면 제 눈두덩이 위에 예쁜 눈동자를 그려 주기도 한답니다. 오직 제 눈만을 위한 아바타이고 스킨이라고 할 수 있죠."

사서의 눈동자 색깔이 달라졌다. 이젠 초록색이다. 당장이라도 손가락을 대어 보고 싶을 만큼 촉촉하고 또렷했다. 진서는 안경을 벗어 주머니에 넣었다. 사서의 얼굴 위로 다시 텅 빈 눈두덩이가 나타났다.

사서는 한 걸음 물러나며 말했다.

"이런, 제가 불쾌하게 했나 봐요. 미안해요. 저도 이 물건에 깜짝 놀랐거든요. 자랑을 좀 하고 싶었죠. 오랜만에 젊은 사람을 만나서 대화도 좀 해 보고 싶었고. 사실 시험용으로 받은 거라 함부로 얘기하면 안 되는 건데."

"아뇨, 전 괜찮아요. 원래 안경을 잘 쓰는 편도 아니라서."

사서가 진서를 보며 크게 미소를 지었다. 진서는 그 표정이 묘하게 섬뜩했다. 이 노인은 지금 나의 무엇을 보고 웃은 걸까?

"아, 그래. 뭘 찾는다고 하셨죠? 어떤 사람이랬나? 맞아, 수학자. 두 번째 서고 B23 구역에 가면 다양한 학회에서 기부받은 자료들이 있어요. 학자 개인이 제공한 것도 있고. 위에서 네 번째 줄에 수학자 인터뷰 특집이 있어요. 박용진이 그렇게 대단한 수학자였다면 인터뷰 정도는 있겠죠. 온라인 학회 참석 조건이 인터뷰 제공이었던 적도 있고. 가치를 인정받지 못해서 업로드되지 않은, 오직 종이 위에만 존재하는 귀한 자료지요. 제가 가져다 드릴까요? 안내도 가능하고."

진서는 억지로 웃으며 고개를 저었다.

"아니, 제가 직접 가죠."

"그래요? 원랜 혼자 들어가면 안 되는 곳인데…… 경물 조사관이라고 하시니 특별히 봐 드리죠."

사서가 손을 내밀었다. 지금 이 상황이 악수를 할 상황이었던가? 진서는 잠시 고민하다가 사서의 손을 잡았다.

"더 필요한 게 있으면 말씀해 주세요."

사서는 텅 빈 눈으로 진서를 물끄러미 바라봤다. 창백한 눈두덩이 주변의 근육이 미세하게 움직이며 늙은 얼굴에 주름을 만들었다. 웃고 있는 걸까? 내겐 보이지도 않는 눈으로.

진서가 슬슬 불편함을 견디기 싫어지기 시작할 때 사서는 손을 놓았다. 그리고 빈손을 어루만지며 복도 끝의 그림자 속으로 사라졌다.

휴모로패드가 뭔지는 진서도 알았다. 잘 알았다. 휴모로픽 소프트가 개발 직후 가장 먼저 연락한 곳이 하드필드 리서치 센터였으니까. 안전성은 이미 충분히 확인되었으니 제품 개선을 위해 시험용 제품을 사용해 달라는 목적이었다. 물론 내부에서만. 그때 처음 휴모로패드를 사용해 봤었다. 사서가 말하는 시각 보조용이 아니라 연결망 접속과 자료 해석용으로. 그러면 안경도 필요 없고 스캐너의 사각을 재현하기 위해 멀리 떨어진 인공 지능에 원격 접속 할 필요도 없어진다.

하지만 휴모로패드는 특정 종류의 각성제를 복용한 상태에서 사용하면 폭발적인 환각 효과를 일으켰다. 잠이 부족한 사람들이 가득한 센터에서 이 부작용은 시제품 사용 이틀 만에 드러났고 일주일 만에 두 명이 중독 현상으로 맛이 가면서 사용이 중단됐다. 실험 대상을 바꾸면서 휴모로픽소프트가 이 문제를 해결했을까? 그렇게는 안 보였다.

진서는 서고 벽에 기댄 채 손바닥을 펼쳤다. 비닐 포장된 휴모로패드 한 장과 자그만 알약. 사서가 악수를 하며 진서의 손에 남긴 물건.

더 필요한 게 있으면 말씀해 주세요……라니. 망할 할망구, 사실 약쟁이였던 거야. 날 뭘로 보고.

사서는 진서가 중독 때문이 이미 한 번 맛이 갔던 사람이라는 건 상상도 못했을 것이다. 진서는 고민했다. 이걸 어떻게 할까? 휴모로패드와 약을 함께 사용하면 인지 능력이 폭주한다. 평소에는 무의식에서 이루어지는 인지와 정보 처리 과정이 모두 의식의 수면 위로 올라오면서 황홀한 정보의 바다에 빠진다. 우주를 찍은 사진만 봐도 그 우주에 직접 나간 것 같은 착각을, 아니 체험을 할 수 있었고 냄새만으로도 옆방에 있는 사람이 어젯밤 어디에서 무엇을 했는지 알 수 있었다. 진서는 한때 난해한 우주론을 이용했다. 우주에 대한 복잡한 설명을 볼수록 진서의 눈앞에는 사이키델릭한 우주의 모습이 나타났고 진서는 자기 머릿속에서 탄생한 우주를 탐험했다. 더욱 놀라운 건 그 우주가 진짜 우주의 모습을 반영하고 있다는 믿음 혹은 사실이었다. 어릴 적부터 꿈꿔 왔던 우주를 정말 느낄 수 있게 해 줬다. 그래서 위험했지.

하지만 지금은 아니야.

진서는 휴모로패드와 알약을 주머니에 쑤셔 넣었다.

아니, 지금이야말로?

아마 여기서 박용진에 대한 자료를 찾아봤자 파편적인 것밖에 없을 거야. 그것들을 조합해 봤자 쓸 만한 자료를 찾기는 어려울 거고. 적어도 진서의 해석 능력으로는. 하지만 휴모로패드가 있다면 가능할지도 몰라. 약도 함께 쓰면 시너지가 엄청날 거고. 부작용이 있을 수 있으니 약은 아주 조금만 쓴다면……

진서는 다시 휴모로패드와 알약을 꺼냈다. 휴모로패드의 비닐 포장에는 간단한 설명이 적혀 있었다. 휴모로패드에는 8000만 개의 인공 뉴런과 이어진 바늘이 있었고 이 바늘들은 인공 뉴런을 피부 아래의 신경계와 연결해 준다. 바늘들이 피부 아래에 막히면 바늘 끝에서 인공 축삭이 뻗어 나와 신경계와 미세 전류를 주고받는다. 한번 붙인 휴모로패드를 다시 뜯으면 바늘이 모두 끊어져 사용할 수 없게 되며 체내에 남은 바늘과 인공 축삭은 인체에는 무해하나. 사세한 선 의사의 설녕을 들어라. 대충 그런 내용.

접착면의 필름을 뜯자 기분 나쁜 점액이 필름과 접착면 사이에서 길쭉하게 늘어났다. 진서는 고개를 숙여 머리카락을 옆으로 늘어뜨리고 휴모로패드를 목 뒤로 가져갔다. 잠시 손을 멈췄다. 짧게 숨을 뱉고는 휴모로패드를 목 뒤에 붙였다. 그리고 알약을 반으로 쪼개서 한쪽을 삼켰다.

진서는 B23 구역에 섰다. "변칙성 미시기하학 가을 학회지"라는 제목의 책을 꺼내 펼쳤다. 방에서 잠깐 봤던 책에 변칙 기하학이라는 말이 나왔었으니까. 8년 전에 발행된 책이었고 색이 노랗게 바랬지만 제본된 뒤로 아무도 펼치지 않은 것처럼 빳빳했다. 박용진이 쓴 글은 금방 찾을 수 있었다.

정953면체 미시 구조물과 연결된 변칙 총량의 상관성에 대한 정성적 논의.

진서의 눈앞에 커다란 구체가 떠올랐다. 엄밀히는 사실 구체가 아니었다. 정953면체. 방금 훑어본 논문에 나온 개념이었다. 눈을 한 번 깜빡이기도 전에 논문의 내용이 그대로 진서의 의식 속으로 들어왔고, 원한다면 어떤 문장이라도 그대로 불러올 수 있었다. 휴모로패드가 진서의 뉴런 연결망을 이용해 눈앞의 정보를 해석하고 보여 주고 있지만 모든 건 무의식 아래에서 이루어지고 있기 때문에 진서는 아무것도 느낄 수 없었다. 뇌의 주인은 사실 휴모로패드고, 진서의 의식은 그저 그 위에 올라탄 원숭이에 불과한 것만 같았다.

서고에는 도서관의 자료 관리를 위한 폐쇄 연결망이 있었다. 모든 책의 커버에는 책에 대한 간단한 정보와 인공 지능이 들어간 태그 칩이 들어가 있다. 이 칩들은 가까이 있는 책들과 정보를 주고받으며 각자가 적당한 위치에 있는지를 확인했다. 사서가 입력한 뉴스와 동향에 따라 스스로 더 좋은 큐레이션을 짜서 사서에게 제안하기도 했다. 휴모로패드는 이 책들로 이루어진 연결망 속에서 필요한 정보를 가져왔다. 책 1000만 권의 제목과 저자, 발행 연도, 그리고 짧은 요약문의 총합만으로도 방대한 지식 사전이 만들어졌다. 그 속에는 진서가 찾고 있는 정보의 흔적도 있었다.

두 칸 옆의 책장에서 책 하나가 반짝였다. 물론 휴모로패드가 진서의 시각 정보에 덧씌운 것이지만 적어도 그 순간만큼은 책이 직접 진서를 부르는 것 같았다. 진서는 그곳으로 가서 빛나는 책을 꺼냈다. 작은 규모의 학술지 부록으로 분기마다 진행했던 수학자 인터뷰를 모아 둔 책이었다. 책을 펼치자마자 박용진 인터뷰가 나타났다. 박용진이 연결망에서 사라지기 반년 전에 이루어진 인터뷰고 사진이 하나 있었다. 사진 속 박용진은 야외 벤치에 앉아 차를 마시고 있었다.

사진1: 자택 정원에서 차를 마시고 있는 박용진 박사.(제공: 본인.)

박용진의 얼굴은 낮에 찍은 것처럼 선명했지만 배경은 별이 반짝이는 밤하늘이었다. 사진 구석에는 아름다운 은하수가 보였고 유독 밝게 빛나는 별 두 개는 목성과 화성인 듯했다. 사진 속 박용진은 손목시계를 차고 있었다. 전파시계였기 때문에 시간은 정확했다. 날짜도 있었다. 자택 정원이라고 했다. 어디쯤일까? 날짜와 시간, 그리고 배경에 보이는 별과 행성의 위치로 사진을 찍은 위치를 어림잡았다. 경도와 위도가 대충 계산되었다. 사진을 들여다볼수록, 별의 위치가 더 정확히 보이고 사진을 찍은 장소의 위도와 경도도 그만큼 정확해졌다. 다시 볼 때마다 오차가 줄어들고 있었다. 평소라면 감히 상상도 못 했을 방법으로 박용진의 자택 위치를 특정했다.

휴모로패드가 진서의 의식 아래에서 진서의 뉴런과 시냅스를 움직이고 있었다. 진서의 감각계를 통해 들어오는 모든 신호를 해석하고 결론을 내고 있었다. 진서 본인보다 진서의 뇌를 더욱 완벽하게 그리고 조용히 사용하고 있었다. 그러면서도 모든 게 진서가 직접 내린 결론인 것처럼 느끼게 했다. 진서는 오랜만에 느끼는 놀라움과 역겨움, 불쾌감이 섞인 복잡한 감정을 억누르며 마음을 진정했다. 이건 내가 한 게 아니야.

진서는 페이지를 넘겼다. 새로운 사진 한 장과 함께 인터뷰가 끝났다. 사진 속에서 박용진은 자동차에 몸을 기대고 서 있었다. 명성에 걸맞지 않게 자동 주행도 되지 않는 낡은 자동차였다. 이번엔 과연 무엇을 알아낼 수 있을까. 자동차의 유리는 짙게 코팅되어 있어 내부가 전혀 보이지 않았다. 하지만 코팅에 반사된 풍경에 누군가가 보였다. 박용진과 사진을 찍는 기자를 바라보는 한 여성이 있었다. 전체적인 모습은 흐릿했지만 시선만큼은 깨진 유리만큼 선명했다.

진서가 책을 내리자 눈앞에 그 여성이 나타났다. 자동차 유리 코팅 재질과 사진을 찍은 카메라의 종류를 특정하자 더 선명한 모습이 되었다. 그는 곧게 서서, 깨진 유리의 가장자리처럼 날카로운 시선으로 진서를 바라보고 있었다. 살짝 열린 입에서 흘러나오는 뜨거운 숨길이 느껴질 만큼 가까운 곳에서. 반투명한 모습이 아니었다면 휴모로패드가 그려 낸 이미지라는 걸 알기 어려울 만큼 진짜 같았다. 조금 전에 느낀 열기는 뭐였을까? 기억을 되새길 틈도 없이 그 여성에 대한 정보가 머릿속에 떠올랐다.

이연.

젊은 시절부터 뛰어난 수학자로 이름을 날렸지만 박용진과 결혼 후 점차 남편의 그림자에 가려지다가 어느새 학계에서 완전히 사라져 버린 비운의 여성. 결혼 전엔 아무런 성과도 없던 박용진이 이연의 학문적 성과를 탐내 접근한 것이 아니냐는 소문마저 돌았다. 사실인지는 알 수 없었다. 이연 본인이 아무런 말도 하지 않았으니까.

글쎄, 궁금하면 박용진의 집을 찾아가 직접 물어보면 되겠지. 아직 이혼하지 않았다면.

진서가 시선을 돌리자 이연의 모습노 사라졌다. 빅용진 자택의 위치를 알았으니 일단 최소한의 목적은 달성했다. 진서는 책을 다시 제자리에 돌려놓고 책장 사이를 걸어 나왔다.

아래로 내려가는 계단을 향해 갈 때, 메마른 인기척이 진서의 뒷목을 스쳤다. 진서가 뒤를 돌아보자 책장 열 개 정도를 사이에 둔 건너편에 누군가 서 있었다. 도서관에 누가 더 있었던가? 진서는 손을 내밀어 눈앞에서 손가락을 두 개를 오므렸다 벌렸다. 그러자 손가락 사이로 확대된 영상이 나타났다.

거기에 있는 건 진서 자신이었다.

주머니에서 벨소리가 울렸다. 너스폰이다. 휴모로패드는 안경 없이도 너스폰의 UI를 눈앞에 띄워 줬다.

신착 메시지 1건.

본인에게 보낸 메시지.

박용진을 찾아.

갑자기 시야가 좁아지고 진서는 몸의 균형을 잃었다.

***

5년 전.

1년에 몇 번 없는 맑고 서늘한 날이다. 진서는 약속 장소인 카페에 먼저 도착해 야외 테이블에 앉았다. 30분이 지난 뒤에 재민이 도착한다. 서로를 확인하는 최소한의 인사를 끝낸 후 5분이 지나는 동안 두 사람은 아무 말도 하지 않는다. 진서는 시선을 피하다가 커피를 마실 때마다 먼 풍경을 바라보면서 곁눈질로 재민을 살피고, 재민은 그런 진서가 재밌다는 듯 진서의 눈동자를 쫓는다. 침묵을 먼저 깨는 건 재민이다. 재민은 등받이 위로 몸을 눕히고 하늘을 올려다보며 말한다.

"날씨 좋다, 그치?"

진서도 하늘을 올려다본다. 파랗다.

그래, 날씨 좋네. 그리고 무슨 말을 해야 할지 모르겠네.

진서는 식어 버린 커피를 홀짝이며 망설이는 입술을 감춘다. 잔은 벌써 반이나 비어 있다. 카페인이 머릿속을 좀 휩쓸고 난 다음에야 진서는 말을 꺼냈다.

"어떻게 찾은 거야? 아니, 어떻게 알았어? 처음부터 알고 있던 거야?"

진서의 물음에 재민은 다시 허리를 굽히며 진서를 향해 얼굴을 내민다.

"아니, 나도 몰랐어. 이번에 큰 프로젝트 하나에 참가 지원하려고 내 뒷조사를 직접 해야 했거든. 그래서 조사원을 한 명 고용했는데 어느 날 계약 조건이랑 다르다며 따지는 거야. 형제자매가 없다고 했는데 찾아보니 동생이 하나 있다고. 나도 놀랐어. 그래서 동생에 대해서도 더 알아봐 달라고 했고, 그렇게 널 발견한 거야. 이렇게 가까운 곳에 있을 줄은 놀랐지만."

진서는 왼쪽 눈을 조금 찡그리며 묻는다.

"동생?"

"내가 1분 먼저 태어났더라고. 일단 그렇다는 서시. 순서를 따지려는 건 아니니까 신경 쓰지 마."

진서는 처음부터 그럴 생각 없었다는 듯 과장된 몸짓으로 팔짱을 끼며 재민을 바라본다.

처음 재민에게서 전화가 왔을 때, 진서는 사기꾼이라고 생각했다. 평생 혼자 살았는데 갑자기 낯선 사람이 나타나서 우리가 쌍둥이라고 주장한 것이다. 얼마나 멍청한 사기꾼이길래 설정을 이 따위로 하는 건지, 진서는 비웃음도 나오지 않았다. 그래서 곧장 경찰에게 녹음 파일을 보냈더니 경찰은 그 나이 먹고 장난하지 말라며 돌려보냈다. 목소리만 들어도 신고자와 같은 사람이라는 걸 알 수 있다면서. 자기 목소리를 직접 녹음해 직접 비교해 보고 진서는 어깻죽지에 소름이 돋았다. 약간의 억양 차이가 있을 뿐, 목소리는 완전히 같았다.

그리고 지금 진서의 눈앞에는 얼굴마저 똑같은 재민이 싱글벙글 웃으며 앉아 있다. 완전히 똑같지는 않다. 재민의 피부는 잡티 없이 깨끗하고 머리카락은 진서보다 훨씬 짧았지만 잘 다듬어져 물결치는 모양새가 풍성해 보였다. 민트색 반팔 웨스턴 셔츠와 피콕 블루 청바지는 날씨에 잘 어울리고 오늘을 위해 고른 옷이라는 걸 금방 알 수 있다. 진서는 그나마 산지 얼마 되지 않은 깨끗한 옷을 입고 오기는 했지만 결국은 일을 하러 가기 위한 옷이다. 애초에 옷차림 따위에 관심이 없었고 남이 뭘 입든 신경을 쓰지 않는 진서였지만, 자기와 똑같은 얼굴을 한 사람이 한껏 차려입고 앞에 앉아 있다면 얘기가 조금 다르다.

진서는 손이 산만해지는 걸 막기 위해 커피잔 두 손으로 감싸고 어루만진다. 그리고 말한다.

"그 조사원 덕분에 나에 대해서는 이미 제법 알고 있는 거 같던데, 난 너에 대해 거의 아는 게 없어. 도대체 무슨 일을 하길래 조사원을 동원해서 자기 뒷조사를 하고 생이별한 쌍둥이까지 찾아내?"

"시너스 이리둠 심우주연구소에 들어가려고. 거기서 심우주 탐사를 위한 인공 지능 개발에 참가하고 싶어서."

진서는 찻잔을 테이블 위에 내려놓는다.

"시너스 이리둠?"

"달 말이야. 토끼 허리 위에 동그란 산맥이 있는 곳."

시너스 이리둠이 어디인지는 진서도 알고 있다. 달이 상현에서 보름으로 넘어갈 즈음, 빛과 그림자의 경계에서 드러나는 자그만 현무암의 바다. 진서는 당장 그곳의 지도를 그리라면 그릴 수 있을 정도다.

"아, 맞아. 달 이야기가 나왔으니. 선물이 있어."

재민이 바닥에 있던 가방을 뒤지며 말한다. 가방에서 나온 건 엄지손가락보다 조금 큰 유리병이다. 그 안에는 새끼손가락 굵기의 돌멩이가 하나 들어 있다.

"월석이야. 학생 때 아폴로 유적지에 견학을 갔었거든. 그때 기념품으로 거기 있던 연구원한테 받아 온 건데…… 왠지 모르게 두 개가 갖고 싶더라고. 그래서 졸라서 하나 더 받아 왔었어. 어쩌면 이날 너한테 주기 위해서였을지도 몰라."

재민이 유리병을 건네며 웃는다. 진서는 얼굴의 긴장이 풀려 버려 입이 벌어진 줄도 모르고 유리병을 받았다. 재민이 잠깐 쥐고 있었을 뿐인데도 유리병엔 재민의 체온이 남아 있다. 진서는 유리병을 꼭 잡는다. 두 사람의 체온이 유리병 위로 섞인다.

"달에 갔었다고? 어떻게? 그럼 게이트웨이는? 아니, 그러니까 어떻게 간 거야?"

진서가 질문을 쏟아 내자 재민은 의자에서 엉덩이를 살짝 들어 허리를 숙이며 진서의 얼굴에 다가간다. 그리고 유리병을 들고 있는 진서의 오른손을 자신의 두 손으로 부드럽게 감싼다.

"천천히. 우린 나눌 대화가 너무 많으니까."

그동안 철저히 혼자라고 믿고 살아오다가 지금 이 순간, 자신과 똑같이 생긴 낯선 이의 숨결을 피부로 느끼는 기분이란. 진서는 만약 자신이 일기를 썼다면 오늘 밤은 정말 문장력의 부족이 원망스러웠을 것 같다.

맞아. 우린 나눌 대화가 많아.

진서는 낯선 자신에게 좀 더 다가가기로 한다. 카페 직원이 다가와 빈 물잔을 채우며 더 필요한 건 없냐고 묻는다. 진서와 재민은 동시에 레몬민트 티를 말한다.

**

양자 컴퓨터 개발 과정 중 우연히 만들어진 불가능한 도형, 정953면체 미시 구조물은 변칙성 미시기하학의 시작을 알렸다. 그리고 이제 우리는 미시기하학의 변칙이 연결망의 창발적 변칙(EA)과 직결되어 있음을 안다. 연결망 EA는 우리의 의식이 탄생한 근본 원리다. 즉 우리 의식의 근원은 우리 우주의 본질과 직결되어 있으며 그 한계 역시 이미 정해져 있다. 그렇다면 우리 의식의 한계는 어디인가? 정953면체가 허용하는 EA의 한계는 아직 알 수 없다. 적어도 아직 한계에 이르지 않은 것은 분명하다. 하지만 이것보다 더 중요한 것은 EA는 비가역적이라는 것이다. 우리의 의식이 탄생하면서 이 우주에 허용된 EA가 상당 부분을 소모했고 이건 지구의 모든 생명체가 사라진다고 해서 다시 돌아오지 않는다. 결국 더 높은 차원의 의식을 만들어 내기 위해서는 이미 EA의 부산물인 우리의 의식 자체를 이용할 수밖에 없다. 우리가 더 큰 의식체의 뉴런이 되어야만 하는 것이다.

정953면체와 같은 불가능한 도형의 존재는 우리 우주가 사실은 불완전한 홀로그램이라는 사실에 기인한다. 마트료시카 우주론에 따르면 우리 우주는 양파 껍질과 같은 다층 우주의 일부이며 상위 우주일수록 불가능한 도형은 더욱 복잡해진다. 즉 우주의 불완전성이 낮아진다. 반대로 하위 우주에서는 더욱 단순한 불가능 도형이 존재한다. 예를 들어 가장 낮은 단계의 우주에서는 정7면체가 존재할 수 있다. 정953면체는 우리 우주가 57번째 우주라는 것을 알려 준다.

앞에서 말한 것처럼 변칙성 미시기하학의 복잡성은 연결망 변칙(의식의 발생)과 직접적으로 연관되어 있다. 불가능한 도형이 더욱 복잡한 상위 우주에서는 의식의 발생이 더 자연스러운 현상이며 더 높은 차원의 의식체가 발생할 수도 있다. 그런 의식체의 입장에서 지금의 우리는 똑똑한 뉴런이나 의식을 모사하는 인공 지능 정도로밖에 보이지 않을지도 모른다.

문제는 우리가 그들과 접촉할 가능성이 있느냐, 그리고 그들과 접촉했을 때 우리 우주의 의식체는 어디까지 이른 상태냐다.

—박용진, 〈정953면체 미시 구조물과 연결망 변칙 총량의 상관성에 대한 정성적 논의〉, 평문 초록

진서는 집 창가에 앉아 지평선 너머에서 낮게 깔린 먼지층이 아침 태양을 푸르게 물들이는 걸 바라봤다. 그리고 어제 도서관에서 있었던 일을 떠올렸다.

기억은 흐릿했다. 바닥에서 쓰러진 상태로 정신을 차렸다. 너스폰이 울린 직후에 약 성분이 퍼지기 시작하면서 휴모로패드와 충돌을 했고 너무 오랜만이라 뇌가 견디지 못한 것 같았다. 그다음 기억은 로비. 사서의 맑고 역겨운 눈동자. 사서가 뭐라고 말했지만 기억은 나지 않는다. 표정으로 봐서는 결코 비틀거리는 방문자를 걱정하는 것 같지는 않았다. 오히려 기다렸다는 듯, 어떤 모습으로 나올지 궁금했다는 듯, 호기심 어

린 미소가 보였다. 그 위로 날아가는 피 묻은 휴모로패드. 드디어 사서의 얼굴에 떠오르는 당혹감.

개새끼, 날 가지고 실험을 했어.

어떻게 집으로 돌아왔는지는 기억이 나지 않았다. 부디 사서를 패고 오지는 않았길 진서는 바랐다.

기억이 끊어진 것보다 혼란스러운 건 갑자기 떠오른 5년 전 일이다. 아니, 떠오른 게 아니라 마치 시간 여행을 한 것처럼 다시 한번 그 순간을 체험한 데 가까웠다. 그래서 눈을 떴을 때 이미 5년이나 지났다는 것을, 아니 현재로 돌아왔다는 것을 곧장 받아들이기 어려웠다. 두통을 견디며 바닥에 떨어진 너스폰을 들여다보고 나서야 겨우 정신을 차릴 수 있었다.

박용진을 찾아.

재민이 보낸 메시지. 답장은 보낼 수 없었다. 그러기 위해선 암호가 필요했고 재민은 너스폰을 건넬 때 암호를 알려 주지 않았다.

박용진을 찾아.

안 그래도 찾고 있어. 넌 괜찮은 거야? 박용진은 왜 찾으라는 거야?

대답처럼 보스에게서 전화가 왔다.

다행이야. 일어나 있었네.

자고 있더라도 전화 때문에 깼겠지.

"박용진이 있는 곳은 찾았어요. 오전 중에 출발하면 저녁에는 도착할 것 같아요. 비행기 빼 줄 수 있죠?"

당장이라도 빼 주지. 좀 서둘러야 해. 시너스 이리듐에서 움직임이 감지됐어. 그다지 좋지는 않아 보여. 연구원용 숙소 모듈로 뭔가 운반되는 걸 정찰 위성이 확인했어. 준하도 빼 줄 테니까 그 녀석을 데리고 가. 도움이 될 일은 별로 없겠지만 가끔 몸이 두 개일 필요가 있을 테니까. 조금 있으면 거기 도착할 거야.

***

개인용 비행기가 처음 보급되었을 때는 플라이터나 에어카 따위의 온갖 이름이 붙어 있었지만 이제는 모두가 비행기라고만 불렀다. 진서는 그나마 소형 여객기를 본 적이 있는 세대였지만, 커다란 화물선에 수백 명씩 옹기종기 태우고 바다를 건너던 시절의 얘기는 진서에게도 농담처럼 들렸다. 준하는 덕분에 비행기를 타 본다며 흥분했지만 진서는 조용히 계기판을 바라볼 뿐이었다. 사실 진서도 비행기를 탄 건 오랜만이었다. 마지막이 언제였더라? 기억조차 잘 나지 않았다. 그나마 출장 명목으로만 탈 수 있었다. 기술은 오히려 사람들을 더 철저히 나누었고 하늘길을 누구에게나 허락하지 않았다. 보통 사람들이 확장 현실에 의존하며 집에 틀어박혀 있는 동안, 하늘은 기업과 개인용 비행기를 가질 수 있는 사람들이 독점했다.

목적지까지 서쪽으로 열 시간은 이동해야 했다. 진서는

야경을 내려다봤다. 도시의 불빛이 환했다. 가끔 불빛의 모양이 달라지기도 했다. 도로를 달리는 자동차들이 혈관의 피처럼 흘렀다. 이 시간에 돌아다니는 건 대개 무인이거나 진서처럼 현장에서 일하는 사람들이 탄 것이었다. 가끔 번쩍이는 뇌세포처럼 건물의 불빛이 깜빡였다. 도시 불빛은 마치 살아 있는 것처럼 조금씩 꿈틀거렸다. 진서는 불빛을 보며 저 아래에서 무슨 일이 벌어지고 있는지 짐작해 보다가 곧 그만뒀다. 뇌의 CT 사진을 보며 생각을 읽으려는 것처럼 부질없는 짓이었다.

고개를 들자 달이 보였다. 이틀 전에 봤을 때보다 제법 차올라 있었다. 초승달과 상현달의 중간즈음. 붉은빛도 제법 옅어졌다. 시너스 이리둠은 아직 보이지 않았다. 새로운 소식은 없었다.

넌 지금 거기서 뭘 하고 있니.

조종석의 강화유리 위로 달빛을 머금은 진서의 얼굴이 비쳤다. 그 뒤로 달이 포개졌다.

***

고도가 2000미터 아래로 떨어지자 보기에도 서늘한 얕은 계곡이 발에 닿을 듯 가까웠다. 초원으로 뒤덮인 언덕이 눈높이까지 올라오고 빠르게 뒤로 사라지면서 갑자기 살아난 공간감에 진서는 멀미와 피로를 느꼈다. 어쩌면 낮은 기압 때문일 수도 있었다.

17차 특별관리 거주구는 고도 1800미터의 넓은 고원 가운데에 자리 잡고 있었다. 기압은 조금 낮지만 기후 변화의 영향으로 오히려 1년 내내 살기 좋아진 곳이었다. 외부와의 연결망은 의도적으로 차단되어 있었다. 실수로 손가락을 잘랐을 때 확장 현실 너머의 의사가 비닐 랩과 고무줄로 응급 처치 방법을 알려 주며 의료보험 종류를 묻는 곳이 아니라 5분 거리에 있는 의사가 직접 와서 바로 접합 수술을 해 주는 곳. 박용진은 그런 곳에 살고 있었다.

고원 입구에는 충분히 긴 활주로가 있어서 비행기는 여유롭게 고도를 낮추며 지면에 내렸다. 진서와 준하가 내리자 비행기는 혼자 가까운 격납고로 굴러갔다. 여기서부터는 차를 타고 이동해야 했다. 격납고 옆에 자그만 무인 차량 대여소가 있었는데 모두 진서보다도 나이 든 것들이었다. 자동 주행 따위는 불가능했다.

"너 운전할 줄 알아?"

진서가 물었다. 준하는 금방 대답하지 못하고 머뭇거렸다. 진서는 굳이 대답을 기다리지 않고 손가락으로 조수석을 가리킨 다음, 운전석에 올라탔다. 뒤따라 준하가 조수석으로 들어왔다. 진서는 시동을 걸고 능숙하게 레버와 핸들을 움직였다. 자동차는 경쾌하게 진동하며 앞으로 움직였다. 느렸지만 힘은 강했다.

"이런 건 어디서 배웠어요?"

준하가 물었다. 진서는 대답하지 않았다. 준하는 대충 분위기를 읽고 주변을 둘러봤다. 저 아래에 있는 도시에서는 볼 수 없는 파란 하늘과 녹색 초원이 펼쳐졌다. 심지어 구름마저도 눈부시게 희었다. 창문을 열자 코와 입으로 들어오는 공기가 너무 가볍고 투명해 말하는 시간조차 아까웠다. 두 사람은 한참이나 말이 없었고 자동차는 조용히 간이 포장 된 도로를 달렸다.

"멋진 데이트 같네요."

준하가 어색한 표정으로 말했지만 진서는 일부러 표정을 굳히고 앞만 바라봤다. 덕분에 조수석 바닥에 이동 중 창문을 열지 말라는 스티커가 떨어진 건 아무도 보지 못했다. 잠시 뒤, 동쪽 지평선 너머에서 검은 그림자가 하늘을 등지고 꿈틀거렸다. 준하는 처음엔 그저 태양을 스쳐 보고 남은 잔상이라고 생각했다. 그다음엔 눈에 먼지가 들어갔다고 생각했지만 곧 둘 다 아니라는 걸 알았다. 조그만 점들이 빽빽하게 모여 움직이고 있었다. 날벌레처럼 보였다. 제법 빠른 속도로 다가오고 있었다. 하지만 오랜만에 보는 넓고 먼 풍경으로 원근감이 무뎌진 탓에 거리를 짐작하기가 쉽지 않았다.

"저게 뭐죠? 모기 떼?"

준하의 물음에 진서도 고개를 돌려 다가오는 그림자를 확인했다.

"일단 창문 닫아."

진서가 자기 쪽 창문을 닫는 동안 준하는 안경을 꺼내 썼다. 확대 영상이 떠올랐다. 준하는 검은 그림자의 정체를 확인하고는 자기 행동을 후회하며 창문을 닫으라고 자동차에게 소리쳤다. 뒤늦게 자기가 어떤 차에 타고 있는지를 떠올리고는 창문을 닫는 스위치를 찾아 헤맸다. 하지만 그보다 먼저 하늘이 어두워졌고 곧 그림자가 자동차를 덮쳤다. 진서가 먼저 창문을 닫은 게 차라리 실수였다.

메뚜기 수천 마리가 자동차 안으로 날아들어 왔다. 나갈 곳을 찾지 못하고 흥분한 메뚜기들이 자동차 안에서 거칠게 날아다니고 부딪혔다. 메뚜기 떼가 본격적으로 덮치자 자동차가 흔들릴 정도였다. 메뚜기들은 역겨운 냄새를 뿜어내고 있었고 몸에는 거친 돌기가 가득했다. 말 그대로 메뚜기에 질식해 죽을 것만 같았다.

진서는 메뚜기 떼에서 벗어나기 위해 가속 페달을 힘껏 밟았지만 고물 자동차의 엔진은 방문객의 안전을 위해 속도가 제한되어 있었다. 게다가 자동차가 움직여도 메뚜기 떼들이 따라왔다. 메뚜기들이 앞 유리도 가득 메우고 있어 아무것도 보이지 않았지만, 진서는 방향을 짐작하며 메뚜기 떼들이 왔던 쪽으로 핸들을 돌렸다. 자동차가 도로를 벗어나 덜컹거리며 나아갔다. 메뚜기 떼들은 더욱 격렬하게 다가왔다. 한참을 거칠게 나아가자 메뚜기 떼들이 조금 줄어드는 듯했다. 그리고 자동차의 속도가 빨라졌다. 속도 제한이 풀린 것 같아 진서는 다시 한번 가속 페달에 힘을 줬다. 하지만 몸이 앞으로 쏠리는 걸 느끼고는 속도 제한이 풀린 게 아니라 자동차가 언덕 아래로 내려가고 있다는 걸 깨달았다. 메뚜기 때문에 저 아래에 뭐가 있는지 보이지 않았지만 고원에서 시작하는 급한 내리막길은 그다지 좋은 징조가 아니었다.

진서가 후진 기어를 넣고 다시 한번 가속 페달을 힘껏 밟으려고 했을 때, 자동차가 무언가에 충돌했다. 에어백은 터지지 않았고 두 사람의 몸은 앞으로 튕겨져 나갔다. 짧은 순간이었지만 진서는 메뚜기 떼로 시커메진 유리에 자기 얼굴이 비치는 걸 봤다. 왠지 낯설다고 느끼는 순간 유리에 머리를 부딪혔다.

***

너랑 같이 있는 시간은 마치 패배자의 망상 같아. 망상 속에서 모든 걸 이룬 나는 현실의 초라한 나를 보며 너도 이렇게 될 수 있다고, 아니 이렇게 될 수 있었다고 얘기하지. 넌 부족하지 않아. 환경이 아주 좆같았던 거뿐이야라고. 근데 문제는 뭔지 알아? 넌 망할 망상이 아니라는 거야. 피와 살, 뜨겁기까지 한 진짜라고.

그래서 싫어. 네 살이 닿을 때마다, 체온 때문에 땀이 날 때마다, 내가 포기한 모든 것들이 하나로 뭉쳐서 날 능욕하는 느낌이야. 내 망할 얼굴을 하고 말이야. 그 얼굴로 얘기하지. 널 위해선 남을 수도 있다고. 뭐 하러? 내 모습으로 평생 날 괴롭히려고?

2년 전. 다시 한번 찾아온 청명한 날에 진서는 재민과 처음 만났던 카페의 테이블에 홀로 앉아 있다. 재민은 지금쯤이면 바이코누르의 공용 우주 기지에서 로켓 꼭대기에 올라탈 준비를 하고 있을 것이다. 다음 날이면 지표면을 떠나 상공 400킬로미터의 우주 정거장에 도착할 거고. 그곳에서 하룻밤을 보낸 뒤, 지구·달 왕복선을 타고 달 궤도에 있는 게이트웨이로 향할 예정이다. 다음 주면 달 왕복선을 타고 시너스 이리둠에 착륙하겠지. 그러고는 부상을 당하거나 정신적으로 미쳐버리지 않는 이상 10년 동안 지구로 돌아올 일은 없다.

진서는 재민이 주고 간 너스폰을 테이블 위에 꺼낸다. 부재중 전화와 미확인 메시지가 있었지만 진서는 너스폰을 다시 집어 들어 화면을 아래로 가도록 뒤집어 놓는다.

넌 저 하늘 위의 돌덩어리로 가 버리고, 난 이 하늘 아래 바닥에서 살아야 해. 처음부터 서로가 없었던 것처럼. 다른 세상인 것처럼. 우린 잠시 서로의 평행 우주를 스쳐 갔을 뿐이야.

진서는 재민을 집에 홀로 두고 나왔고 다시 돌아왔을 때 재민은 떠나고 없었다. 진서가 지금 이곳에 앉아 있기 사흘 전의 일이고 그게 마지막이었다.

***

눈을 뜨고 고개를 돌리자 가장 먼저 보인 건 준하였다.

"일어났어요?"

준하가 물었다. 진서는 어지러움에 이마를 짚으며 기억을 되감았다. 박용진을 찾아 고원에 왔었다. 그리고 낡은 자동차를 탄 것까지는 기억이 났다. 차에서 무슨 일이 있었던가? 몸이 욱신거리는 걸 보니 누구에게 얻어맞은 것 같기도 하다. 누군가라고 하니 누군가에게 업힌 기억도 있다. 그리고 메뚜기. 메뚜기?

"그래. 도대체 어떤 망할 일이 있었던 거야?"

진서가 물었고 대답은 진서의 등 뒤에서 나왔다.

"메뚜기 군집 때문에 시야를 잃고 차가 언덕 아래로 굴렀어요. 하필이면 이 지역에 딱 하나 있는 커다란 바위에 부딪혔더군요. 그 덕분에 차가 멈춘 거기는 한데."

뒤를 돌아보니 정장 차림에 청회색 조끼를 한껏 조여 입은 중년 남자가 서 있었다. 낯설지 않았다. 박용진. 도서관에서 본 사진보다는 좀 더 나이가 들어 보였지만.

용진은 김이 잔뜩 올라오는 차를 소파 옆 테이블에 내려놓았다. 차에서는 진한 라벤더 향이 풍겼다. 방금 끓이고 꽃잎을 넣은 것처럼. 마치 진서가 지금 깨어날 줄 알고 준비해 둔 것처럼.

"저 친구가 당신을 등에 업고 언덕 위에 올라와서는 도움을 구했어요. 여긴 일부러 연결망을 차단한 곳이라 마침 제가 그곳을 지나가지 않았다면 자칫 큰일 날 뻔했어요. 드세요. 통증을 좀 가라앉혀 줄 거예요. 크게 다치진 않았어요."

용진의 말에는 가볍지만 뚜렷한 리듬감이 있었다. 가벼운 미소를 띤 얼굴과 머뭇거림이 없는 움직임은 약간 흥에 겨운 것처럼 보이기도 했다. 조금 전까지만 해도 진서는 전설 속 은 둔 마법사라도 찾아오는 느낌이었지만 눈앞에 있는 주인공은 화분에서 직접 딴 꽃잎으로 차를 만드는 취미를 가진 잘 차려 입은 아저씨였다.

진서가 기대와 현실의 괴리에서 머뭇거리는 사이, 용진은 준하의 빈 잔에 새로운 차를 따르며 말했다.

"이집트땅메뚜기 군집은 단위 부피당 개체 수가 일정량을 넘으면 세로토닌 분비가 활성화된답니다. 세로토닌은 메뚜기 개체들을 유기적으로 연결하죠. 더듬이는 더욱 민감해져 미세한 호르몬 변화와 미약한 공기 흐름도 느낄 수 있게 되고요. 호르몬과 감각의 복잡한 연결망이 생기는 거예요. 그때부터 메뚜기 떼는 마치 하나의 생물처럼 움직여요. 거기서 다시 개체 수 밀도가 커지면 그땐 호르몬 연결망이 더 복잡해지면서 각자 역할이 분화되기도 해요. 어느 부분은 공간 탐색을, 어느 부분은 방향 결정을. 한번 전체의 일부가 되면 쉽게 빠져나가지 못하고 지나가면서 만난 낯선 메뚜기를 흡수하기도 하면서 규모는 점점 커져요. 풀숲에 숨기 위해 녹색이던 몸도 보란 듯

이 노란색으로 변하고. 거대한 괴물이 되어 버리는 거죠. 물이 얼음이 되는 것만큼이나 강렬한 상 변이예요."

진서는 자동차 안을 가득 메운 메뚜기 떼의 요란스러운 날갯소리와 역겨운 냄새를 떠올렸다. 상상만 해도 목까지 차오르는 구역질을 참으며 진서가 물었다.

"자동차를 습격한 게 그 이집트땅메뚜기였다는 건가요?"

"아뇨, 조금 달라요. 땅메뚜기는 덩치도 너무 크고 날개의 움직임도 공간적으로 효율적이지 못해요. 그래서 유전자를 편집해서 덩치를 좀 줄이고 비행 방법도 좀 더 효율적으로 바꾼 녀석들이죠. 여기선 바람메뚜기라고 불러요."

"걔들을 만들었다고요?"

준하는 눈을 크게 뜨며 믿기 어렵다는 표정을 지었다.

"원래는 생체 신경망 실험을 위해 만든 건데 여기선 그냥 정원 관리용 메뚜기로 쓰고 있어요. 식성과 턱 구조도 변경해서 잡초와 너무 크게 자란 수풀 따위를 적당히 처리해 주도록 되어 있어요. 인공 호르몬을 분비하는 메뚜기 드론을 군집에 넣어서 제어하죠."

진서가 하반신을 덮고 있던 이불을 성의 없이 바닥에 던지며 소파에서 일어서자 준하가 급하게 찻잔을 테이블에 내려놓으며 부축하려고 했다. 하지만 진서는 파리를 쫓듯 손을 저으며 거절했다. 용진은 테이블에 그대로 남아 있는 진서의 찻잔을 들어 올려 진서에게 다시 건넸다. 진서는 찻잔을 받고는 아직도 김이 나는 뜨거운 차를 꿀꺽꿀꺽 소리를 내며 삼켰다. 그 모습을 보며 준하는 고통스러운 표정을 지었고 용진은 흥미롭다는 듯 고개를 끄덕였다.

진서는 찻잔을 테이블 위에 거칠게 내려놓았다. 그리고 물었다.

"그 괴물 메뚜기가 우릴 공격했어요. 왜죠? 그 메뚜기 드론이라는 게 우리한테 불만이라도 있었나요?"

"상 변이를 일으킨 메뚜기 군집에서 메뚜기 드론이 할 수 있는 건 군집의 기분을 바꾸는 정도예요. 군집의 의지를 직접 결정하는 건 아니죠. 사실 여전히 메뚜기 드론의 호르몬 코딩은 아직 완벽하지 않기도 하고. 그래서 가끔 예상외의 일이 일어나요. 지금까지 사람을 습격한 적은 없어서 괜찮았는데 자동차를 습격할 줄은 몰랐네요. 코드를 손봐야겠어요."

용진은 주전자를 집어 들더니 드디어 자기 잔에도 차를 따랐다. 가득 채우는 대신, 절반만 따르고는 주전자를 내려놓았다. 찻잔을 집어든 용진은 진서의 눈을 바라보며 말했다.

"하지만 두 분이 메뚜기를 보러 이곳에 온 건 아니겠죠. 메뚜기 습격은 일단 사과드리고, 본론으로 넘어가시죠. 하드필드 리서치센터에서 절 무슨 일로 찾아왔죠?"

재민은 왜 이 남자를 찾으라고 한 걸까? 달링 사건과는 무슨 관계가 있는 걸까? 진서는 가장 궁금한 것부터 묻기로 했다.

"시너스 이리듐 심우주 연구소와는 무슨 관계죠? 거기에 대해 뭔가 아는 게 있나요?"

용진은 차를 한 모금 마시고 대답했다.

"폭탄 테러가 일어난 곳 말이군요."

진서는 당황했다. 용진은 진서의 표정을 잠깐 살피더니 찻
잔을 내려놓으며 말을 이었다.

"한 시간 전에 거기서 폭발이 있었어요. 건물 하나가 통째
로 날아갔다고 하더군요."

용진이 벽을 향해 손짓을 하자 벽이 잠깐 번쩍이더니 시너
스 이리둠 소식을 전하는 뉴스 화면이 나왔다. 달의 정찰 위성
이 시너스 이리둠 심우주 연구소의 연구원 숙소 모듈에서 불
빛을 감지했고 다른 위성이 다시 연구소 상공을 지날 때는 그
곳에 커다란 구덩이 하나만 남아 있었다. 다행히 지하의 핵융
합 발전소가 터진 건 아니었다. 폭발광의 스펙트럼을 분석한
결과 인명 피해가 있을 가능성은 낮았다. 의도적으로 일어난
폭발이라는 건 분명해서 지구 밖에서 일어난 최초의 테러라
는 사실을 진행자들이 잔뜩 흥분하며 떠들었다. 진행자들은
정찰 위성이 시너스 이리둠 상공을 지날 때에 맞춰 터뜨린 건
아크프로가 본격적인 협상을 시도할 것이고, 필요하다면 세계
에서 가장 비싼 시설을 날려 버리는 데 아무런 망설임이 없을
것이라는 메시지라고 해석했다. 진행자들 옆에선 잘 차려입은
전문가들이 아크프로가 테러 집단으로 변했다며 이런 극단적
인 반지성주의를 뿌리 뽑지 못한 이유를 논했다.

진서는 소파에 주저앉으며 흥분을 진정했다. 호흡을 가다듬으며 관심을 다른 곳으로 돌렸다. 보스가 좀 난처해지겠네. 이렇게 커지길 바라지는 않았을 건데.

"우리 보스가 이번 건과 관련해서 당신을 아군으로 만들고 싶어 해요."

진서는 뉴스에서 눈을 돌리며 말했다. 용진은 진서를 물끄러미 바라보더니 고개를 옆으로 기울였다.

"달에 누가 있는 거죠? 당신 주머니에서 너스폰을 봤어요. 심지어 여전히 작동하더군요. 어스필드 위성이 너스 통신 위성을 대체할 때 너스 위성 몇 개를 빼돌렸다가 압수된 사례가 있다고는 들었는데 아직 들키지 않은 게 있군요."

용진은 주머니에서 너스폰을 꺼내 진서에게 건넸다.

"그리고 당신은 그걸 사용하고 있고. 당신이 저 테러리스트들과 무관하다는 걸 제가 어떻게 믿죠?"

진서는 당황을 억누르며 너스폰을 받아 자기 주머니에 넣었다.

"시너스 이리듐에 친구가 있어서. 그 친구가 당신을 찾아달라고 부탁하기도 했거든."

용진은 반응하지 않았다. 여전히 대답을 기다리고 있다. 진서는 잠시 시선을 피하고 한숨을 두 번 쉬고는 말했다.

"옛날 친구가 거기 있어요. 시너스 이리듐 수석 연구원 중 한 명이고 너스폰은 그 사람이 예전에 장난삼아 준 물건이고.

오래전 일이긴 한데 옛정이 있어서 걱정되기도 하고 그래서. 그런데 혹시나 싶어 너스폰을 켜 봤더니 방금 말한 것처럼 그 사람이 당신을 찾으라고 하더군요. 그러니 따지자면 오히려 당신이 테러리스트가 아니라는 걸 증명해야 할 것 같은데."

"전 보기보다 바쁘니까요."

"메뚜기들한테 정원 관리시키느라?"

"지금 테러리스트들이 요구하는 게 무엇이든 전 이 자리를 떠나지 않고도 할 수 있어요. 원한다면 어스필드 위성의 연결을 모두 끊어 버릴 수도 있고. 하지만 그런 일은 저한텐 별 의미가 없어요. 말한 것처럼, 그것보단 차라리 메뚜기 관리가 제겐 더 즐거운 일이니까요."

진서와 용진은 잠시 말을 멈추고 서로를 바라봤다. 느린 호흡을 세 번 반복하는 동안 정적이 흘렀다.

네 번째 숨을 내려놓기 직전 진서가 먼저 말했다.

"시간 낭비하지 말죠."

"그러죠."

진서와 용진은 동시에 찻잔을 들어 기울이는 걸로 두 사람 사이를 흐르던 긴장을 마무리 지었다. 옆에 있던 준하는 그 모습을 넋 놓고 바라볼 뿐이었다.

***

용진이 서재에서 얇은 책 한 권을 가져와 진서 앞에 있는 탁자 위에 올렸다. 책등에는 "가이아의 탄생"이라고 적혀 있었지만 표지는 텅 비어 있었다.

용진이 말했다.

"아크프로 뒤에 있는 건 아마 개아신교일 겁니다. 지구를 덮은 연결망이 사실은 신의 신경망이고 우리는 지금 신의 의식을 만들고 있다나 하는 얘기를 하는 놈들이죠. 인류는 처음부터 신을 탄생시키기 위해 창조된 일꾼이었다는 말도 있고. 굳이 자세히 파고들 필요는 없어요. 순 헛소리니까."

준하는 《가이아의 탄생》을 천천히 훑어보며 말했다.

"순 헛소리라고 하기에는 신도 중에 제법 똑똑한 사람이 많은데요? 대학 교수에 노벨상 수상자까지."

진서는 귀찮은 걸 떠올린 듯한 표정으로 말했다.

"그런 사람들일수록 뭔가를 믿기 시작하면 걷잡을 수 없어지기 쉽거든. 무식한 사람이 잘못된 신념을 가지면 눈에 띄기라도 하지 똑똑한 사람이 이러면 증상 없는 종양처럼 꾸역꾸역 자라나다가 나중에 터질걸. 이번처럼."

진서는 책을 들여다볼 생각이 없어 보였다. 굳이 볼 필요도 없다는 용진의 말에 동의했기 때문이다.

용진이 팔짱을 끼고 창밖의 먼 풍경을 보며 말했다.

"사실 이 테러는 저와는 상관없는 일이에요. 아까 말했던 것처럼 전 바깥세상 일에 대한 관심을 끊었거든요. 시너스 이리둠에서 무슨 일이 벌어지든 솔직히 아무 상관 없어요."

재수 없군. 진서는 그렇게 생각하면서도 이상 기후를 피해 특별관리 거주구에 살 수 있는 사람이라면 충분히 그럴 수 있다는 걸 알았다.

"하지만 흥미가 당기네요. 달은 제게도 낯선 세계니까요. 그리고 재민이라는 분이 너스폰까지 이용해 가며 절 찾으라고 한 이유를 생각해 봤는데, 아마 시너스 이리듐에서 제가 만든 연결망 시스템을 사용하고 있기 때문일 것 같아요. 아마 무단 사용이겠죠. 기업이든 국가든 이익을 위해 사용하면 좀 부담스런 사용료를 내야 하거든요. 너스폰을 이용하면 시너스 이리듐 연결망에 들어갈 수 있을 거고, 정말 제가 만든 걸 이용하고 있다면 상황을 제압할 수 있을지도 모르죠. 테러리스트들이 있는 곳만 에어록을 열어 버린다든가."

"이 손바닥만 한 단말기로 그럴 수 있다고요? 지금 온갖 국가가 손도 쓰지 못하는 상황인데?"

진서가 의심에 찬 눈빛을 보내며 물었다.

"네."

용진의 망설임 없는 대답에 진서는 오히려 의심을 거둘 수밖에 없었다.

"그때 이후로 아무 연락이 없다는 건 아마 자유롭게 메시지를 보낼 상황이 아니라는 거겠죠. 메시지를 보내자마자 너스폰을 숨겼을 수도 있고요. 존재를 들키지 않도록. 결국 이쪽에서 적극적으로 움직여야죠."

용진은 다시 서재로 들어가더니 손바닥 크기의 은색 금속 상자를 가져왔다. 상자를 열자 진서의 눈에 익은 물건이 나타 났다.

"휴모로패드잖아. 이걸로 뭘 하겠다는 거죠?"

진서가 물었다. 용진은 휴모로패드를 꺼내 자신의 목 뒤에 붙이며 말했다.

"휴모로패드는 제 몸이 가진 모든 감각 기관과 신경계를 무엇보다 정밀한 센서로 만들어 줘요. 결국 우리 몸은 전기 신호의 지배를 받으니까요. 너스폰도 마찬가지고요. 너스폰 에 흐르는 미약한 전류를 읽고 제어하면 이걸 제 감각 기관 처럼 사용할 수 있어요. 이게 시너스 이리듐의 연결망과 이어 져 있으니 방화벽 몇 개만 해결하면 제가 직접 들여다볼 수 있겠죠."

입을 다물고 있던 준하가 견디기 어려웠다는 표정을 하며 물었다.

"이게 그렇게 대단한 물건이었나요? 이걸 휴모로픽소프트 에선 의료용으로 뿌리고 있다고요?"

용진은 준하의 말을 이해한다는 듯한 눈빛으로 대답했다.

"휴모로픽소프트에서 제공하고 있는 건 시제품이에요. 사 용자 경험을 수집하기 위한 거죠. 의료용 장비라는 명목으로 온갖 지원을 받으며 완성한 뒤, 결국은 모든 사람에게 필수적 인 물건으로 만들기 시작할 심산이에요. 자주 있는 일이죠."

용진이 눈을 감고 심호흡을 했다. 휴모로패드가 그의 신경
계에 접속하고 있었다.

"그걸 어떻게 알아요?"

준하가 물었다.

"제가 개발을 이끌었으니까요."

용진은 눈을 뜨고 다시 진서에게 손을 내밀었다. 진서가
너스폰을 용진의 손에 올려 두려고 하자 용진은 고개를 저었
다. 진서는 잠시 당황했지만 곧 그의 손바닥 위로 손을 올렸고
두 사람은 손을 마주 잡았다. 용진은 반대편 손으로 금속 상
자를 진서에게 건넸다. 상자 안에는 휴모로패드가 하나 더 있
었다.

"그 너스폰, 유전자 인증 방식이죠? 반드시 당신 손으로
잡아야만 보안 기능을 사용할 수 있어요. 그러니 당신이 너스
폰을 가지고 있어요. 휴모로패드가 당신과 절 이어 줄 겁니다.
신경계와 뇌 모두. 잠시 하나가 되는 거죠. 걱정하지 말아요.
같은 걸 보고 느낄 수 있는 것뿐이지 서로의 머릿속에 들어가
는 건 아니니까."

진서는 휴모로패드를 상자에서 꺼냈다. 준하에게 시선을
보내자 준하가 진서의 손목에 있던 끈으로 진서의 머리를 묶
었다. 머리카락 아래에 감춰져 있던 붉은 얼룩이 드러났다. 도
서관에서 휴모로패드를 뜯어내며 생긴 상처였다. 준하는 상처
를 피해 반대편 목에 조심스럽게 휴모로패드를 붙였다. 진서

는 타인의 몸이 자기에게 닿는 게 싫었지만 할 수 없었다. 용진은 왜 굳이 손부터 잡은 건지. 준하가 물러나자 잠시 뒤 휴모로패드의 인공 축삭이 진서의 피부 아래로 파고들었다. 가벼운 전율이 진서의 척추를 타고 흘렀다.

진서의 눈앞에 확장 현실 UI가 펼쳐졌다. 외부와 연결되어 있지 않음에도 진서의 뇌 속에 남아 있는 스쳐 지나간 기억들을 이용해 그곳에 놓인 물건들에 대한 정보가 언제든지 나타날 준비가 되어 있었다. 진서는 거실에 있는 거의 모든 물건에 인공 지능이 들어가 있다는 걸 깨달았다. 창문의 유리와 커튼에도, 벽면 스크린과 시계에도, 심지어 커피 테이블에도. 커피 테이블은 진서에게 찻잔 속 차의 양과 온도에 대해 알려 줄 준비를 하고 있었다.

"전 세계 연결망에서 가장 많은 노드를 차지하고 있는 건 사실 인공 지능이에요. 그들이 지구 연결망의 진짜 주인공이에요. 인간은 그저 조금 더 자유로운 종류의 뉴런일 뿐이죠. 이제 시작하죠."

준하는 무슨 일이 일어날지 모르겠다는 듯 표정을 들썩이며 물러섰다. 진서는 너스폰 위에 손가락을 올렸다. 찌릿. 유전자가 해체되고 근지구 연결망 접속 제한이 풀렸다.

윤재민 님, 어서 오세요.

진서의 앞에 떠오른 메시지. 용진은 흥미롭다는 듯 메시지와 진서를 번갈아 봤다. 그리고 진서를 잡은 손에 힘을 줬다.

진서에게 보이는 풍경이 조금씩 옅어지기 시작하다가 이윽고 새하얗게 변했다. 몸이 균형 감각을 잃었다. 진서는 쓰러지는 몸을 팔로 받치려고 했지만 뜻대로 되지 않았다. 그러는 사이 다시 눈앞에 밝아졌다.

세상에.

진서는 지구를 내려다보고 있었다. 하지만 그것이 픽셀로 이루어진 이미지라는 걸 깨닫는 데 오랜 시간이 걸리지 않았다. 진서가 보고 있는 건 근지구 통신 위성에 탑재된 자세 확인용 카메라의 영상이었다. 지구의 모습은 다시 사라졌다. 그리고 머릿속에 의미를 알 수 없는 숫자와 문자들이 폭포처럼 쏟아지면서 생각의 저편으로 사라졌다. 용진이 시너스 이리둠의 연결망에 접속하기 위해 작업을 하고 있었다. 아마 방화벽을 깨려는 거겠지.

이번엔 달 표면의 풍경이 나타났다. 시너스 이리둠이었다. 연구소에 있는 카메라가 보고 있는 모습이었다. 맙소사, 정말 여기까지 오다니. 하지만 카메라로서 오고 싶지는 않은데. 진서는 고개를 옆으로 까딱였다. 진짜 몸이 움직였는지는 알 수 없었지만.

어느새 시너스 이리둠 연구소의 구조와 시설에 대한 정보가 머릿속에 들어왔다. 당장이라도 설계도를 그리라고 하면 망설임 없이 펜을 휘두를 만큼 자세했다. 전력망과 급수 파이프의 구조가 이해되었다. 마침내 시너스 이리둠을 지배하는 연결망에 이르렀다.

빠르게 쏟아지던 정보가 갑자기 멈췄다. 용진이 뭔가를 발견한 걸까? 진서는 발밑에서 무언가 꿈틀거리고 있는 걸 느꼈다. 몸은 지구에 있으니 발밑이라기보다는 연구소 아래에. 아주 좁은 공간에 시너스 이리듐의 연결망 전체를 아득히 초월할 만큼 복잡한 별개의 연결망이 있었다. 그것도 여러 개. 용진은 여기에 흥미를 느끼는 게 분명했다. 이게 중요한 게 아니라고 어떻게 전하지? 생각이 전달된다고 했었나?

진서는 자기가 할 수 있는 게 뭐가 있을까 생각했다. 지금 시너스 이리듐의 연결망에 올라타 있다. 그렇다면 재민의 너스폰도 여기에 닿아 있을 것이다. 진서는 꼬여 버린 실뭉치 같은 연결망 속에서 너스폰을 찾기 시작했다. 가장 낡은 규격의 통신을 사용하고 있는 기계.

찾았다. 너스폰 내부를 들여다볼 수 있을까? 있다. 애초에 진서가 쓰고 있는 너스폰부터가 사실은 재민의 물건이었으니까. 재민에게 무언가를 보낼 수 있을까? 메시지를 남길 방법을 찾던 중 진서는 전송에 실패한 메시지를 하나 발견했다. 진서에게 보내려다가 그러지 못한 게 분명했다. 메시지를 열었다.

박용진에게 너스폰을 주면 안 돼.

달에서 지구로 추락하기 시작했다. 아니, 어쩌면 달이 지구로 추락한 건지도 모른다. 어쨌거나 진서의 감각으로는 그랬다. 지구와 진서, 그리고 달이 충돌하면서 몸을 갈가리 찢는 고통이 진서를 덮쳤다.

***

"어떻게 된 거예요? 왜 둘 다 갑자기 쓰러져서는……"

둘 다? 진서는 몸을 일으켜 옆을 봤다. 용진이 바닥에 코를 박고 엎어져 있었다. 용진의 몸은 미동조차 없고 소름 끼칠 만큼 굳은 모습이었다. 죽은 건 아닐까? 손은 따뜻했다. 목에 손을 대어 봤다. 맥박이 없었다. 숨도 쉬지 않았다. 망할. 이런 뭐 같은 일. 미치겠구먼. 조금 전까지 자극적인 정보로 가득하던 진서의 머릿속이 순식간에 난장판이 되었다.

"설마 죽었어요?"

준하가 물었다. 하지만 진서에게 대답할 여유는 없었다. 또 한 명의 용진이 건너편 구석에서 진서에게 다가왔기 때문이다.

"일이 좀 꼬였네요."

용진은 쓰러진 자기 몸을 바라보며 말했다. 진서는 멈춰 버릴 것 같은 자신의 사고를 억지로 굴려야 했다. 한 문장씩. 자, 여기에 박용진의 굳어 버린 몸이 있다. 온기는 남아 있지만 심장은 뛰지 않고 숨도 쉬지 않는다. 보통 죽었다고 판단할 수 있는 상태지. 그런데 지금 저기 용진이 멀쩡히 살아 움직이며 널브러진 자기 몸을 내려다보고 있어. 좋아, 이런 건 어디선가 본 적 있지. 유령. 납득하기 싫지만 일단 그렇다고 치자. 근데 그게 왜 보이냐고.

"선배, 왜 그래요?"

준하가 진서의 시선을 쫓아 주변을 둘러보며 물었다.

심지어 내게만 보이는 것 같네. 환장하겠어.

진서는 현기증에 쓰러질 것만 같았다.

준하의 주머니 속에서 짧은 벨소리가 울렸다. 안경이었다.

"여기 외부랑은 연결 안 되는 거 아니었나요?"

준하가 주머니에서 안경을 꺼내 썼다. 그리고 곧 짧은 비명과 함께 뒤로 자빠졌다. 아하, 이젠 내게만 보이는 게 아니네. 진서는 조금 안심했다. 안경을 써서 보였다면 저건 확장 현실이 그려 낸 환영일 뿐이다. 요즘은 유령도 디지털화하는 건가? 그럴 리가. 답이 하나 떠올랐다.

"마인드 업로딩."＊

진서가 용진에게 손을 내밀었다. 쓰러진 쪽이 아니라 멀쩡히 움직이는 쪽에. 진서의 손이 용진의 몸에 닿았다. 용진이 입은 셔츠의 질감이 느껴졌다. 심지어 체온과 습기까지. 용진의 환영과 진서의 감각은 휴모로패드를 통해 완전히 상호 작용 하고 있었다. 아마 준하는 안경으로 보고 들을 수만 있겠지.

"마인드 업로딩은 불가능해요."

＊마인드 업로딩
인간의 의식을 다른 인공적 매질, 주로 뇌를 모방한 기계에 복제 또는 이식하는 기술. 21세기 초에 많이 연구되었지만, 박용진이 인간이 만든 인공물은 인간 수준의 의식을 가질 수 없다는 걸 수학적으로 증명하면서 현대의 연금술이 되었다(Park et al., 2031).

용진이 말했다. 그는 쓰러진 몸을 뛰어 넘고는 테이블에서 찻잔을 들어 올렸다. 진짜 찻잔은 테이블 위에 그대로 있었지만 용진의 손에도 분명 찻잔이 들려 있었다. 확장 현실이 보여 주는 용진의 모습은 너무나 진짜 같았다. 진서는 시험 삼아 용진의 손을 쳐서 잔을 떨어뜨리게 해 볼까 하는 생각까지 했다. 아마 진짜처럼 바닥에 떨어져 잔이 깨지고 카펫은 젖겠지. 모조리 환영이겠지만.

"뇌에 담긴 정보를 읽어 내는 건 오래 전에 성공했지만 의식만큼은 불가능했죠. 인공 지능으로 의식이 있는 것처럼 흉내 내게 할 수는 있지만, 결국 유사 의식에 불과했고."

용진이 말했다.

"당신, 처음부터 여기에 없었던 거군."

진서가 말했다. 용진은 침묵으로 대답했다. 진서는 발끝으로 쓰러진 용진을 툭툭 쳤다. 안드로이드. 준하가 쓰러진 용진의 얼굴을 살피며 말했다.

"완전 인간형 로봇은 생산이 금지됐을 건데요. 게다가 이건 누가 봐도 생산이 중단되기 직전에 만들어진 것보다도 훨씬 개선된 모델이에요."

진서는 지금 바닥에 있는 물건이 그저 개선된 모델이 아니라 사실상 완성된 모델이라는 사실에 놀랐다. 예전엔 걸음걸이만 봐도 금방 로봇이라는 걸 알 수 있었던 데다 인간형 모델의 생산 중단 이후부터는 달링처럼 팔과 다리가 있다는 것 말고는 인간과 전혀 다른 모델로 대체되었다. 하지만 지금 진서의 발치에 있는 건 진짜 인간과 전혀 구분되지 않았다. 조금 전까지 대화를 나누고 손까지 잡았지만 전혀 몰랐다. 진서는 불쾌한 오한을 느꼈다.

그런 진서를 보며 용진이 말했다.

"완전 인간형 로봇이 금지된 이유를 기억하나요? 인공 지능이 의식을 가질 수 없다는 게 증명되자마자 사람들은 인간처럼 생각하고 행동하는 로봇들을 학대하기 시작했죠. 그런데 인간을 닮은 로봇을 향한 폭력은 다른 인간에게도 퍼져 나가기 쉬웠어요. 그렇다고 그들이 진짜 인간이나 동물이라도 되는 것처럼 완전 인간형 로봇 학대 금지법 따위를 만들 수는 없으니 그냥 생산을 금지해 버린 거죠."

용진은 차를 한 모금 마시고는 찻잔을 커피 테이블에 내려놓았다. 그리고 말을 이었다.

"하지만 그렇다고 완전 인간형 로봇의 수요가 전혀 없는 건 아니죠. 게다가 완성을 앞두고 있는 기술을 그냥 내버려 둘 수도 없고."

"그럼 지금 당신은 어디 있는 거죠?"

"아주 멀리. 조금 전 우리가 다녀온 곳보다는 가깝고. 일단 그거 먼저 정리하는 게 좋겠어요. 시너스 이리둠을 장악한 녀석들은 아무래도 처음부터 저를 노리고 있었어요. 절 위험 인물로 보고 있는 것 같더군요."

"왜죠?"

"그들은 지구를 뒤덮은 연결망을 신격화하고 있어요. 따지고 보면 제가 그 연결망의 창조자고 파괴자 또한 될 수 있으니까. 절 찾으라는 메시지는 아무래도 그들이 친구분의 너스폰을 뺏어서 보낸 것 같아요. 처음부터 당신이 절 찾아오도록 유도한 것 같네요. 개아신교도들은 생각보다 여기저기에 많이 퍼져 있어요. 혹시 여기까지 오면서 수상한 사람을 만나지는 않았나요?"

박용진을 찾으라고 한 건 보스였지. 하지만 그럴 만한 이유가 있었어. 사서, 쑤셔 버리고 싶은 그 초롱초롱한 눈동자. 수상한 약쟁이.

진서는 대답하지 않았다.

"그들이 시너스 이리듐을 장악한 건 거기서 개발 중인 강력한 인공 지능으로 저를 공격하기 위한 거였어요. 당신에게 힌트를 주며 아무 의심 없이 저를 찾게 한 것도 제가 너스폰으로 폐기된 근지구 통신 위성에 접속하게 만들기 위한 거였고요. 싸움이 불리할 땐 상대방을 내가 유리한 환경으로 이끌어야 하는 것처럼. 완전히 당했군요. 하지만 저들은 제 몸이 진짜가 아니라는 건 몰랐어요. 물리적인 방화벽이 없는 사람이었다면 뇌가 뚫렸을 겁니다. 정보는 빼앗기고 의식은 죽었겠죠."

"무슨 정보를 빼앗는다는 거죠?"

진서의 물음에 용진은 소파에 앉고는 생각에 잠겼다. 완벽하게 자연스러웠지만 허상에 불과한 존재가 소파에 앉는 모습을 보는 건 뭔가 어색했다.

"당신들의 도움이 필요해요. 지금 지구 연결망의 핵심은 제가 구축한 겁니다. 나머지는 그저 확장이죠. 그리고 모든 시스템에는 백도어가 있어요. 백도어 코드는 제게 있고요. 지구의 뇌를 열어 볼 수 있는 열쇠죠. 그들은 이 열쇠를 원해요. 이걸로 뭔가를 찾으려는 거죠."

"가이아군요."

준하가 말했다. 간만에 쓸모 있는 말을 하네. 진서는 간만에 준하를 보며 고개를 끄덕였다.

"그러니까, 지금 저기 달에 있는 녀석들은 당신이 가진 백도어 코드로 지구의 뇌를 열어서 거기 있는 '신'을 찾으려고 한다는 건가요?"

"그런 셈이죠. 이번엔 실패했지만 아마 다시 시도할 겁니다. 시너스 이리둠의 인공 지능은 저도 본 적이 없는 종류였어요. 아직 완성되지도 않은 물건이었는데 그걸로 공격받았을 땐 인공 뇌를 태워 버릴 수밖에 없었어요. 방화벽은 제가 직접 만든 거였는데도. 로봇에서 빠져나오면서 제 위치에 대한 힌트를 조금은 확인했을 거예요. 저의 물리적 위치를 파악해서 다시 공격을 시도한다면 그땐 지켜 낼 수 있을지 모르겠네요."

"지켜 내지 못한다면?"

"지구의 뇌수술을 돌팔이에게 맡기는 게 되겠죠. 그리고 당연한 얘기겠지만, 신은 거기에 없어요. 그걸 그들이 알게 되면 저 극단주의자들이 어떻게 될까요?"

그들은 신을 찾기 위해 달에서 테러를 일으켰다. 표면적으로는 인공 의식체 권리 보장 단체에 누명을 씌우면서. 목표를 달성하지 못한다면 흔적을 완전히 지우고 사라져야 할 것이다. 신을 찾지 못했다는 걸 알려서는 안 되니까. 시너스 이리듐에 있는 연구원 수백 명의 입을 단숨에 다물게 할 방법은 하나밖에 없다.

"당신의 물리적 몸, 어디 있죠?"

진서가 물었다.

"글쎄요, 그걸 제 물리적 몸이라고 불러도 될지는 모르겠지만, 제 '원본'이 있는 곳을 알려 드리죠. 그곳으로 와 주세요."

지도가 그들 사이에 나타났다. 대부분 새파란 평면뿐이었다.

"이건 그냥 바다잖아요."

준하가 말했다. 용진이 지도 위에서 손바닥을 수직으로 들어 올리자 파란 평면, 즉 해수면이 천장 바로 아래까지 올라갔다. 그들의 앞에 떠오른 건 해수면 5000미터 아래에 있는 해저 분지였다. 그곳에 자그만 인공물 하나가 자리를 잡고 있고 HARD EARTH라는 이름이 그 옆에 떠 있었다.

"남중국해 마닐라 해구에 있는 하드어스 해저기지입니다."

"수심이 5400미터인데 저기로 오라고?"

"필요한 물건은 준비해 드리지요."

진서는 하드어스를 바라봤다. 그 앞에서 손가락 두 개를 벌리자 영상이 커졌다. 세 번 정도 반복하며 조금씩 크기를 키우자 하드어스는 눈앞에 있는 것처럼 다가왔다. 하드어스의 가장 큰 모듈에는 큼지막한 한자가 쓰여 있었다.

哈得斯. 하데스.

예감이 썩 좋지는 않네. 진서는 하드어스를 다시 원래 크기로 줄였다.

"당신 친구분."

용진이 입을 열었다가 닫지 않았다. 할 말이 있지만 멈춘 것처럼. 용진이라는 인물을 만난 지 얼마 되지는 않았지만 진서는 이 모습이 굉장히 용진답지 않다고 생각했다. 그는 언제나 망설임이 없었다.

"그분은 아직 안전해요. 공격받기 직전에 내부의 카메라 영상에 잠깐 봤어요."

용진이 창밖을 향해 고개를 돌리며 말을 마무리했다.

여전히 뭔가를 숨기고 있어. 진서는 그를 보며 생각했다.

"그럼 거기서 기다리죠. 제가 여기에 접속해 있는 시간이 길어질수록, 그들이 저를 찾기도 쉬워질 테니까요."

용진의 모습이 사라졌다. 진서는 다시 한번 바닥에 쓰러진 용진을 바라봤다. 저건 시체가 아니야라고 세 번 정도 되뇐 후에야 물건처럼 보이기 시작했다.

"그럼 가 볼까."

진서가 말했다.

"정말 가려고요?"

준하가 물었다.

진서는 대답하지 않았다.

***

중국해양자원과학원의 연구용 선박 다즈호의 갑판에서 진서와 준하를 맞아 준 건 연구원 양이었다. 양은 날씨가 금방 나빠질 것 같으니 바로 잠수정을 타고 내려가야 한다고 말했다.

이제 곧 해수면에서 5킬로미터 아래에 있는 낡은 깡통으로 가게 된다니. 어쩌다 여기까지 와 버린 건지.

"중국어를 할 줄 아는지는 몰랐어요."

준하가 말했다. 진서는 무슨 엉뚱한 소리를 하냐는 표정으로 준하를 바라봤다.

"방금 중국어 했잖아요? 저 선원이랑."

준하는 그들 앞으로 어두운 계단을 능숙하게 내려가는 양을 가리키며 말했다.

"혹시 아직도 그걸 목에 붙이고 있어서 그런 거 아닌가요?"

진서는 조금 전의 일을 떠올렸다. 양이 다가와서는 반갑다며 인사를 했다. 중국어였지만 바로 번역이 되어 익숙한 말로 바뀌었다. 내가 양에게 무슨 말을 했더라? 하드어스로 가야 한다고 했다. 양은 아무 문제 없이 알아들었다. 하지만 양은 안경이 없었다. 휴모로패드도 당연히 없었다. 진서는 중국어를 모른다. 양은 진서의 말을 어떻게 알아들었을까?

"망할."

휴모로패드가 진서의 언어 중추와 발화 기능에도 간섭하고 있었다. 진서는 자기도 모르게 중국어로 양과 대화했다. 휴모로패드는 진서의 생각이 뇌를 떠나기도 전에 말을 번역해 입으로 전달했다. 턱과 입술과 혀는 그저 번역된 뇌의 명령에 따라 움직였을 뿐이다. 몸의 주인이 의식하지 못할 만큼 정교하게.

진서는 휴모로패드를 뜯어 버릴까 잠시 생각했지만 완전히 낯선 공간을 방문하기 위해선 휴모로패드가 필요했다. 진서 본인보다도 자기 뇌를 더 잘 다루는 정보 처리 장치 없이 빛도 닿지 않는 심해로 가고 싶지는 않았다.

계단이 끝나고 양이 여러 개의 잠금 장치가 붙어 있는 육중한 문을 힘껏 열었다. 문 건너편에는 바깥으로 뚫린 커다란 창이 하나 있었다. 창과 그들 사이에는 픽업트럭보다 조금 큰 잠수정이 천장에 매달려 흔들리고 있었다.

"카론입니다. 이걸로 하드어스로 갈 수 있어요. 3세대 독립형 유인 심해 탐사 잠수정이에요. 외부의 도움이나 개입 없이 완전히 독립적으로 작동하고 모든 게 인공 지능으로 관리되어서 탑승자는 그저 앉아 있기만 하면 되죠."

양이 자랑스러운 듯 말했다.

"그것참 편리하네요."

언젠가는 살아 있는 인간 누구도 잠수정이든 자동차든 비행기든 모든 물건의 조작 방법을 모르는 날이 오지는 않을까. 아무것도 모르고 의자에 앉으면 인공 지능이 알아서 모든 걸 해 주겠지. 사람들은 갈수록 멍청해지고. 어설픈 로봇 속 인공 지능보다 컴퓨터 안에서 소리도 움직임도 없이 판단을 내리는 인공 지능들이야말로 언젠가 인간의 존재를 지워 버리지 않을까, 진서는 생각했다.

카론을 손끝으로 쓰다듬고 있는 진서를 보며 양이 조금 껄끄럽다는 듯 말했다.

"이건 규정 외 작업이라 우린 여기에 계속 있을 수 없어요. 당신이 바다 밑으로 내려가면 우린 여길 떠날 겁니다. 카론 같은 고성능 잠수정을 빌려 주는 건 그래서고. 용무를 끝내고 수면으로 오르기 전에 연락을 주면 다시 돌아오죠. 카론은 전력 소모가 좀 커요. 아래까지 다녀오기엔 충분하지만 만약을 위해 현지에서 충전을 한 번 하는 게 좋을 겁니다. 최소한의 용무만 마치고 올라와야 해요."

진서는 카론에 대해서는 이미 충분히 알고 있었다. 진서의 손이 카론에 닿자마자 진서의 눈앞에 카론에 대한 정보가 가득 펼쳐진 덕분이었다. 연결망에 존재하는 모든 정보를 긁어모은 것 같았다. 뒷문 접속용 코드가 있기에 조금만 노력하면 제작사의 기밀 정보에도 접근할 수 있었지만 진서는 적당한 지점에서 물러섰다. 뒷문 접속용 코드라. 용진의 말이 맞긴 맞았다. 어디에나 백도어는 있다.

갑자기 준하가 심각한 표정으로 말했다.

"보스가 우릴 찾아요."

그의 말이 끝나자마자 보스의 목소리가 들렸다.

남중국해 한복판에서 도대체 뭐 하는 거야? 왜 잠수정 앞에 있는 거고?

"용진이 저 아래에 있어요."

지금 각국 정부가 용진이 이번 테러에 관여했다고 의심하고 있어. 그가 열 시간 전에 시너스 이리둠과 통신을 한 정황이 나왔거든. 폐기된 줄 알았던 위성을 이용해서. 그리고 이건 아직 우리만 아는 정본데 비슷한 통신이 그보다 하루 일찍 한 번 더 있었어. 도서관에서. 우리랑 아주 가까운 곳이지.

진서는 사다리를 타고 잠수정 위로 오르며 조용히 중얼거렸다. 망할.

덕분에 로그에 남아 있는 재민이란 사람에 대해서 좀 파 봤어. 사랑스러운 연인이던데. 같이 살기도 했고. 좋아, 일단 개인 과거사는 넘어가자고. 하지만 덕분에 지금 자칫 우리까지 의심을 받게 될 상황이야. 아무래도 발을 빼야 할 것 같아.

진서는 우물 덮개처럼 생긴 해치의 손잡이를 당겼다. 열리지 않았다. 어떻게 여는 거지? 그렇게 생각하자마자 해치를 여는 방법이 눈앞에 나타났다. 진서는 확장 현실이 보여 주는 대로 잠금 장치를 해제하고 둥근 핸들을 당겼다가 돌린 다음 다시 손잡이를 당겼다. 두껍고 무거운 해치가 열렸다.

"미안하지만 지금 와서 그럴 수는 없어요."

개인 사정을 더 이상 엮으면 곤란해. 시너스 이리둠에 누가 있든, 그들을 구할 사람들은 따로 있어. 굳이 네가 직접 나설 필요가 없어.

진서는 해치 내부를 바라보며 생각했다. 틀린 말은 아니지. 굳이 내가 나서지 않아도 어떤 형식으로든 구조 작전은 이루어질 거니까. 그들이 성공할까? 글쎄. 어쩌다 여기까지 왔을까. 재민의 메시지. 사실 그것마저도 재민이 원해서 보낸 건지, 정신 나간 테러리스트들에게 이용당한 건지 알 수 없잖아.

다른 내가 위기 속에 있다. 그래, 다른 나. 내가 이루지 못한 것을 모두 이룬 다른 세상의 나. 내가 겨우 반경 수십 킬로미터의 세상에서 아등바등 살아갈 때 다른 나는 38만 킬로미터의 우주 공간을 가로질러 더 먼 공간으로 나설 준비를 하고 있다. 다른 내가 만든 놀라운 물건은 멀지 않은 시기에 태양계를 벗어나고 가까운 별들마저 뒤로하며 진짜 우주라고 불릴 만한 공간을 가로지르겠지.

그런데 나는 고작 5킬로미터 아래의 바다로 내려가려는데 발목을 붙잡히고 있다. 그곳에 가면 재민을 구할 수 있을지도, 어쩌면 붙잡을 수 있을지도 모른다. 재민이 더 멀리 떠나가기 전에. 지금 재민과 나는 1초 남짓 차이가 나는 세상을 살고 있다. 빛의 속도가 갈라 놓은 두 개의 시공간이다. 우리는 서로의 존재를 발견하고 서로를 품자마자 부딪혔고 다시 갈라졌다. 서로의 빈 곳을 채울수록, 그가 더 먼 곳으로 갈 것 같았다. 두 세상의 차이가 지금은 1초지만 곧 한 시간, 하루, 한 달, 그리고 영원이 되어 버릴 것 같았다.

하지만 멍청한 사이비교도들을 막지 않으면 두 세상의 시간 따위는 아무래도 상관없는 것이 되어 버리겠지. 다른 나의 발끝을 붙잡고 그에게 조금이라도 다시 다가갈 방법은 이것밖에 없다.

널 위해서도 하는 얘기니까 이제 그만 돌아와.

"아, 좀 닥쳐요."

진서가 표정을 잔뜩 일그러뜨리며 말했다. 보스가 말을 잠깐 멈추자 진서는 보스와의 연결을 강제로 끊어 버리고 착신 차단을 해 버렸다. 그러자 이번엔 준하에게 연락이 간 듯 준하가 난처한 표정으로 한숨을 쉬었다. 준하는 고개를 저으며 그냥 안경을 벗어 주머니에 넣어 버렸다. 이제 보스의 목소리는 어디에서도 들리지 않았다.

준하가 진서의 뒤를 따라 잠수정을 오르며 말했다.

"뭐, 선배가 절 도구처럼 쓰고 있다는 거에는 별로 불만이 없어요. 그래도 도움 되는 도구인 게 어디예요."

진서는 잠수정 안에서 단조롭기 그지없는 내부를 살폈다. 준하는 그 모습을 보며 슬쩍 물었다.

"근데 재민이라는 사람이 정말 연인인가요? 예전에라도? 농담일 줄 알았는데."

진서는 잠수정 전면 유리 바로 앞에 있는 불편해 보이는 의자에 앉았다. 그리고 말했다.

"걔는 내 쌍둥이 자매야. 기록은 거의 남아 있지 않지만."

"항상 가족이 없다고 얘기하지 않았나요?"

진서는 대답하지 않았다.

"카론은 1인용이에요. 두 사람이 탈 수는 없어요."

양이 말했다. 진서는 양의 목소리를 듣고 해치에서 내려다보고 있는 준하를 향해 고개를 돌렸다.

"넌 그냥 도구가 아니야."

진서가 말했다. 준하는 잠시 주변을 두리번거리더니 소리 없이 웃었다.

"전 배에 남아 있을게요. 일이 끝나고 나면 바로 데리러 오죠."

준하가 말했다. 진서는 잠시 가볍게 웃더니 해치를 향해 팔을 올려 준하의 옆얼굴을 손바닥으로 툭툭 쳤다. 그리고 말했다.

"데리러 오는 건 네가 아니라 양이겠지. 몸 간수나 잘하고 있어. 만약을 위해 몸을 빼도 좋아. 보스가 가만누지 않을 수도 있으니까. 다음 일자리를 위해서도."

진서는 마지막으로 준하에게 눈을 맞추고 잠수정 조종석에 앉았다. 화면과 창문만 가득해 조종석이라고 부르기 민망할 만큼 조정할 게 없기는 했지만 어쨌거나 그런 이름이었다. 진서가 용진이 알려 준 하드어스의 좌표를 화면 위로 입력하자 카론은 지금의 바다 상태를 읽으며 하강 계획을 짰다. 준하는 그 모습을 보며 슬쩍 웃더니 해치를 닫았다.

준하가 카론에서 내려오자 양이 큼지막한 버튼이 가득한 리모컨을 조작했다. 커다란 크레인이 카론을 들어 올려 바다가 보이는 곳으로 가져갔다. 카론이 시커먼 밤바다 위에 이르자 크레인의 고정 장치가 풀렸다. 카론의 육중한 몸이 수면을 때리면서 거칠고 굵은 물기둥이 솟아올랐다.

카론은 순식간에 가라앉기 시작했다. 카론이 수면 위의 세상이 사라지기까지 짧은 순간이었지만, 진서는 밤바다에 비친 달빛을 눈에 담아 둘 수 있었다.

***

카론의 수심이 2000미터를 넘자마자 진서는 외부와 완전히 단절되었다. 평소에도 모든 곳에 연결망이 있고 시시때때로 온갖 정보가 몸과 뇌를 가로지르는 곳에 있다가 갑자기 어떤 것도 연결되지 않는 곳에 이르자 느껴 본 적 없는 고독이 진서의 등골을 감쌌다. 침묵과 정적을 마치 손으로 만질 수 있을 것만 같은 공간을 가로지르고 있었다. 반경 2킬로미터 이내의 주변에는 아무도 없었다. 지금 진서가 볼 수 있는 건 창 밖에 펼쳐진 시커먼 바다의 모습뿐이었지만 진서는 이 텅 빈 공간을 전신으로 느낄 수 있었다. 카론이 심해를 가르는 소리가 뒷목을 타고 오를 때마다 진서는 점점 고립되어 가는 느낌을 받았다.

카론 내부의 곳곳에서 금속이 비틀리는 소리가 났다. 조금 전까지 달까지의 38만 킬로미터와 비교하며 고작 몇 킬로미터 아래의 바다라고 얕잡아 봤지만 심해는 우주 공간보다 더 극한의 환경이었다. 우주에서는 우주선에 구멍이 뚫려 진공에 노출되어도 1분 정도는 살 수 있다. 그사이에 어떻게든 안전한 장소로 이동하면 살아남을 가능성이 조금이라도 있다. 하지만 만약 카론에 균열이 발생해 심해에 맨몸이 노출되어 버린다면 진서는 무슨 일이 일어났는지 이해하기도 전에 수십 킬로그램의 고밀도 단백질 용액이 되어 버릴 것이다.

진서는 카론 내부의 조명을 껐다. 그리고 눈을 감았다. 주변을 감싼 모든 것이 당장이라도 진서를 짓눌러 죽이려고 하는 공간 속에서 진서는 공허에 몸을 실었다. 카론의 안과 밖에서도, 자신의 안과 밖에서도.

감각을 전해 주는 신경계의 전류는 이제 노이즈에 불과했다. 공허를 바라보는 의식만이 그곳에 자리를 잡았다. 황홀함이 진서의 봄속 깊은 곳부터 퍼져 나갔지만 그 순간만큼은 오로지 의식만이 존재했기에 진서는 아무것도 느끼지 못했다.

텅 빈 거품 하나가 심연을 향해 하염없이 내려갔다.

***

하드어스는 21세기 중반에 중국이 만든 해저의 인공 지능 무인 실험실로 원래 이름은 하데스였다. 이후 유인 기지로 개조되면서 내부에 원자로와 정화 시설이 추가되고 고밀도 건조식이 가득한 창고가 들어서면서 한 번 보급으로 10년은 독립적으로 거주가 가능해졌다. 하드어스는 하데스의 중국어 발음에서 온 별명이었지만 곧 모두가 하드어스라고 부르기 시작했다. 하지만 우주 진출 비용이 저렴해진 세상에서 사람들은 우주보다 험악한 심해에 더 이상 관심을 두지 않았고 하드어스는 민간 회사에 매각되길 반복하며 점차 잊혔다. 그렇게 하드어스는 지구에서 모습을 감추기에 완벽한 장소가 되었다.

카론이 수심 5200미터에 도달하자 멀리 떨어진 도시의 불빛처럼 하드어스가 나타났다. 가까이 다가가자 하드어스는 푸르게 빛나는 거대한 고대 신전 같은 모습을 드러냈다. 카론은 바닥에 겨우 닿지 않는 높이를 유지하며 하드어스의 메인 모듈을 향해 다가갔다. 메인 모듈 아래로 들어가자 도킹 플랫폼이 나타났다. 카론은 그곳으로 천천히 접근해 자신의 도킹 해치를 붙였다.

카론이 도킹을 시도했지만 하드어스가 허락하지 않았다.

카론이 접근할 때까지 침묵을 지키던 하드어스가 카론에게 말을 걸었다.

어서 오렴.

카론과 하나가 되었던 진서의 감각이 돌아왔다. 살덩어리 몸이 너무 낯설게 느껴져 진서는 잠시 당황했지만 곧 너무 몰입했기 때문이라며 심호흡을 했다.

다시 목소리가 들렸다.

미안하지만 널 직접 이곳에 들일 수는 없어. 이곳 내부망의 확장 현실로 초대할게.

낯선 목소리는 부드럽고 차분했다. 용진의 목소리는 결코 아니었다.

의자에서 몸을 일으키며 스피커를 향해 누구냐고 물으려던 순간, 진서의 발이 푹신한 바닥에 닿았다. 흙냄새가 났다. 카론이라 불리던 좁고 단단한 껍데기는 어느새 사라졌고 진서는 높은 천장에서 쏟아지는 눈부신 조명을 받으며 자그만 꽃밭 한 가운데에 서 있었다. 갑자기 몸을 감싸는 신선한 공기와 온기에 소름마저 돋았다.

다시 지상으로 올라온 건가? 꿈이라도 꾼 건가?

주변을 둘러봤다. 새하얀 벽 군데군데 작고 동그란 창문이 있었다. 창문 너머에는 조금 전까지 진서가 바라보고 있던 푸른 심연이 있었다. 여전히 바다 아래에 있는 게 분명했다.

진서는 하드어스 안에 있었다. 적어도 진서의 감각이 전해 주는 바로는 그랬다. 하지만 진서의 몸이 카론에 있다는 건 의심의 여지가 없었다. 그렇다면 답은 하나였다. 이 모든 건 휴모로패드가 보여 주는 확장 현실이다. 놀라울 만큼 사실적이고 모든 감각마저 완벽하게 속이고 있지만 모두 가짜였다. 현실로 받아들이려는 오감을 억누르며 진서는 의식적으로 가짜 현실의 빈틈을 찾으려고 했다.

"꽃."

발아래를 내려다봤다. 자그마한 동그란 정원 안에 다양한 색깔과 다양한 크기의 꽃이 가득했다. 진서는 그곳에 발을 딛고 있었다. 하지만 여긴 심해다. 식물의 생태에 대해서는 조금도 모르지만 고압 기체로 가득한 해저 기지에서 식물이 평범하게 자랄 것 같지는 않았다.

꽃의 존재를 의식하자. 그럼 이 가짜 세상에 속아 넘어가지 않을 수 있다.

"꽃은 진짜야."

낯선 목소리가 말했다. 진서가 뒤를 돌아보자 새하얀 벽 앞에 누가 서 있었다. 바다 아래와는 어울리지 않는 검은 재킷과 그 사이로 드러나는 하얀 셔츠. 하얀 얼굴 아래로 목을 타고 어깨를 덮을 만큼 내려온 진갈색의 길고 굽이진 머리카락은 시간을 멈춰 차가운 불길을 잡아 놓은 것 같았다. 카페 건너편에 앉아 있었다면 무심코 쳐다보고 말았을 것 같은 흡인력이 가득한 여성이었다.

"높은 기압과 적은 빛으로도 잘 자랄 수 있도록 만든 거지."

여자가 한 걸음 다가왔다. 짧은 걸음걸이에서도 옷 아래에 숨어 있는 날렵하지만 단단한 근육이 보였다. 여자는 깨진 유리 조각처럼 날카롭게 반짝이는 시선으로 진서를 바라보고 있었다. 그러고 보니 어디선가 본 적이 있는 얼굴이었다. 진서는 금방 이름을 떠올릴 수 있었다.

"이연 박사님이군요."

진서가 말했다. 박용진의 배우자. 결혼 후 학계에서 지워져 버린 비운의 수학자. 짧은 순간이었음에도 절제되고 우아한 억양과 움직임에서 진서보다 훨씬 많은 경험을 한 사람이라는 걸 느낄 수 있었지만 용진의 배우자라기에 이연은 너무나 젊어 보였다. 오랜만에 만난 대학 선배 같다는 것이 진서의 첫인상이었다.

이연은 진서와 잠시 눈을 맞춘 다음 시선을 아래로 내리고는 말했다.

"일단 거기서 좀 나오지? 진짜 몸이 아니라고는 해도 일단 내 정원에 사람이 서 있는 모습은 썩 유쾌하지가 않아서."

진서는 정원 밖으로 걸어 나왔다. 그제야 자신이 맨발이라는 걸 깨달았다. 발바닥에 차갑고 푹신한 흙의 감촉이 남아 있었다.

"진짜 몸이 아니라고요?"

진서가 물었다.

"넌 지금 네가 타고 온 잠수정 안에 있어. 연결망으로 하드어스 내부에 접속한 거야."

이연이 진서에게 다가왔다. 조금의 머뭇거림도 없이, 숨을 들이마시면 가슴이 닿을 만큼 가까이. 이연은 진서의 얼굴에 손을 가져갔다. 가늘고 긴 이연의 손가락 끝이 진서의 얼굴을 타고 귀에서 턱 아래로 흘러내려 갔다. 이연의 손끝이 타오를 것처럼 뜨겁게 느껴졌지만 어째서인지 진서는 꼼짝도 하지 못했다.

"그러니까 이건 실체가 없는 아바타라는 거지. 네가 보고 느끼는 건 아바타의 감각이고. 현실 속에서 유령이 된 기분은 어때?"

이연은 능글맞게 웃는 얼굴을 흘리고는 진서의 옆으로 한 발짝 이동해 정원을 바라보며 무릎을 굽혀 앉았다. 조금 전 진서의 얼굴에 닿았던 손은 이제 작은 정원 속 꽃잎을 타고 있었다. 이연은 능숙한 손놀림으로 꽃의 모양을 조금도 해치지 않고 꽃잎을 몇 개 땄다. 이연의 말대로 꽃은 진짜였다.

가짜는 나였어. 진서는 생각했다. 카론 안에서 환영으로 된 세상을 보고 있다고 생각했는데 반대였다. 하드어스라는 진짜 세상 가운데에 진서의 환영이 서 있었다. 놀라웠다. 진서는 자신이 사실 이 공간에 있지 않다는 걸 도무지 납득할 수가 없었다. 이 몸과 이 감각이 모두 아바타의 그것에 불과하다니. 심지어 그 아바타도 물리적 실체가 아니라 하드어스 연결망 속에 그려진 환영일 뿐이다. 진서의 몸과 뇌는 카론에 있다. 진서는 하드어스에 없다. 하지만 정말 그런가? 지금 진서는 카론의 내부 공간 어떤 것도 느낄 수 없었다. 진서의 의식은 자신이 하드어스 내부에 있다고 소리쳤다. 모든 감각이 그곳에서 오고 있으니까.

지금 내 의식은 카론에 있는 걸까, 아니면 모든 감각과 의지가 구현되는 하드어스에 있는 걸까. 진서는 조금 혼란스러웠다.

"단순한 거야."

이연이 다시 허리를 펴고 일어서며 말했다. 이연의 손에는 다양한 모양과 색깔의 꽃잎이 담겨 있었다. 이연은 말을 이었다.

"호스트와 리모트의 차이일 뿐. 그저 리모트가 호스트 그림자를 완전히 지워 버릴 만큼 잘 만들어진 거지."

이연은 하얀 벽 속에 숨어 있던 자그만 테이블 하나를 꺼냈다. 그러고는 어디선가 자그만 찻잔을 하나를 가져와 그 위에 올렸다. 찻잔에는 물이 가득 담겨 있었다. 이연은 그 자리에서 두 손가락으로 꽃잎을 가볍게 짓이기더니 찻잔에 넣었다. 꽃잎 조각들이 수면 위에서 소리 없는 비명을 지르며 대류를 타고 떠다녔다.

용진도 꽃잎으로 차를 만들었지. 꽃잎을 짓이기지는 않았지만. 진서는 용진의 서재에서 느낀 아늑함을 떠올렸다.

"당신이 왜 여기 있는 거죠? 남편분은 어디 있죠? 그 사람이 절 이곳으로 이끌었어요. 원본, 그러니까 물리적인 몸이 여기에 있다고 했는데."

카론 속에 있는 내 몸처럼. 진서는 그렇게 생각하며 주변을 둘러봤다. 아무도 없었다. 정원의 꽃들과 이연을 제외하면 세균 하나 없을 것 같은 공간이었다.

이연은 진서에게 대답 대신 찻잔을 건넸다. 진서는 찻잔을 받았다. 뜨거울 것 같았지만 보온성이 좋은 건지 찻잔은 조금 따뜻할 뿐이었다. 하지만 곧 온도가 문제가 아니라는 걸 진서는 깨달았다. 확장 현실이 그려 낸 환영에 불과한 아바타가 어떻게 찻잔을 든 거지? 지금 찻잔이 사실은 허공에 떠 있는 건가?

이연이 자기 찻잔에 입바람을 불어 보내며 차를 식히고 있었다. 진서는 이연이 들고 있는 잔과 자신이 들고 있는 잔이 완벽하게 같은 모습이라는 걸 발견했다. 잔 모서리의 살짝 깨진 부분, 꽃잎이 묻어 빨갛게 물든 위치까지. 진서가 들고 있는 건 이연이 들고 있는 찻잔의 복제품이었다. 물리적 실체 없이 확장 현실 속에서 오로지 정보로만 만들어진 존재였다. 진서는 꽃잎차의 향마저 느낄 수 있었다. 환영 인간이 환영 꽃잎차의 향기를 맡다니.

차를 마시면 더 혼란스러워질 것 같았다. 진서는 찻잔을 테이블 위에 내려놓았다. 그리고 다시 물었다.

"용진은 어디 있죠? 다른 모듈에 있나요?"

이연은 이번에도 대답하지 않았다. 이연은 진서가 스스로 답하기를 기다리고 있었고 진서도 그런 이연의 의도를 알아챘다. 진서는 이연에 대해 알고 있는 사실을 다시 떠올렸다. 젊은 천재였지만 결혼과 함께 학계에서 모습을 감추고, 그 대신 배우자인 박용진이 업적을 쌓기 시작하며 이연의 흔적을 지웠다. 박용진은 대중에게 모습을 잘 드러내지 않았고, 가끔 모습을 드러냈더라도 그건 사실 정교하게 만들어진 로봇이었다. 그 로봇은 조금 전 고장 났고 박용진은 실체가 없는 환영으로 진서 앞에 나타났다. 그렇다면……

"박용진은 가공의 인물이었군요. 당신이 실체였고."

조금 황당한 얘기지만, 이런 상황일수록 황당한 게 사실이 되고는 하지. 진서는 생각했다. 하지만 이연의 대답은 진서의 생각을 가볍게 상상의 가장자리로 밀어 버렸다.

"아니. 박용진은 존재해. 단지 내 복제품일 뿐이지. 날 모방해서 만든 인공 지능이야."

진서는 고개를 갸웃거리며 설명이 부족하다는 표정을 지었다. 이연은 거기 있는지도 몰랐을 만큼 가느다란 뼈대로 된 의자에 앉아 차를 마시며 말을 이었다.

"난 어린 시절부터 사람들의 관심을 받았어. 그러다가 나중엔 내가 여자라서 특별히 더 주어지는 스포트라이트가 있다는 걸 알았지. 아무도 온전히 내 성과만으로 평가를 해 주지 않았어. 거기엔 항상 내 생물학적 요소가 반영되어 있었고. 그리고 애초에 그들이 내 성과를 제대로 평가할 위치가 아니기도 했어. 그래서 그냥 잠적을 해 버릴까 했는데 그러면 은둔의 천재라며 더 주목을 받을 거 같더라고. 여자가 결혼을 하면서 자기가 지배하던 세상에서 사라지는 건 흔한 일이야. 비극이지만 너무 흔해 빠져서 아무도 신경을 쓰지 않지. 마치 자연현상이라도 되는 것처럼. 내 경우엔 그게 더 편리했고."

"그래서 용진을 내세운 거군요. 용진이 발표한 모든 증명, 업적은 사실 당신이 이뤄 낸 거고."

이연은 잠시 차의 향을 맡았다. 유전자 편집 된 꽃의 향기.

"감정과 의식을 완전히 배제한 인공 지능이 어떤 일에서든 더 나은 성능을 가진다는 거 알아? 심지어 예술적 측면에서도?"

이연이 갑자기 흥분한 듯 물었다. 진서는 고개를 저었다.

"감정이나 의식은 생존을 위해 만들어진 거야. 생존이 보장된 환경에서 그 둘은 사실 쓸모없는 부가 기능에 불과해. 그런 주제에 뇌가 가진 연산 자원의 많은 부분을 가져가 버리지. 아쉽게도 내게도 감정이 있고 의식이 있어."

아쉽게도……란 말이지. 진서는 생각했다.

"그래서 실험을 해 보기로 했어. 마인드 업로딩은 어차피 불가능하니 의식을 제외한 모든 것을 업로드하면 어떻게 될까.

나에게서 의식과 감정을 배제한 인텔리전스 업로딩은 과연 나보다 더 나은 성과를 보일까?"

이연이 허공에 손짓을 했다. 그러자 몇 걸음 떨어진 곳에 용진이 나타났다. 여전히 너무나 사실적으로, 미리 알려 주지 않으면 그저 뇌가 그려 낸 환영에 불과하다는 걸 알 수 없는 진짜 같은 모습으로. 용진은 금방 바스러질 듯 옅지만 분명한 미소를 지으며 이연과 진서를 바라봤다. 할 말은 있지만 굳이 입 밖으로 꺼내지는 않겠다는 표정으로.

"근데 그렇지는 않더라고. 의식과 감정을 제외한 나의 모든 것을 그대로 담았지만 결국은 피조물의 한계를 넘지 못했지. 아무래도 창발적 변칙으로 만들어지는 건 의식만이 아닌 모양이야. 변칙은 햐향전파하지 않으니까."

"하지만 저 사람은 분명 의식과 감정이 있었어요."

"그건 어디까지나 모방이야. 수많은 사례를 바탕으로 어떤 경우엔 어떻게 반응하면 사람들이 어떻게 받아들인다는 걸 알고 그걸 따라 행동한 거지. 진짜 의식과 감정과는 달리, 이건 아주 적은 연산으로도 가능해. 알맹이 없는 껍데기일 뿐이야. 저게 바깥세상에서 내 대리자 역할을 하려면 그 정도는 필요해서 간단하게 심어 준 것뿐이고. 그 정도로도 널 포함한 수많은 사람들을 속일 만큼 모방이 가능했다는 얘기도 되지."

이연이 빈 찻잔을 바닥에 내려놓고 의자에서 일어나 진서에게 다가왔다.

"내 소개는 이 정도면 된 것 같은데. 이젠 네 이야기를 좀 듣고 싶어."

이연은 서로의 홍채 속 복잡한 무늬가 보일 만큼 진서에게 다가왔다. 동공 주변으로 태양의 빛줄기처럼 뻗어 나가는 밝은 갈색의 홍채 둘레와 그걸 감싸는 어둡고 커다란 홍채 주름들. 진서는 이연의 뜨거운 숨결에서 꽃향기를 맡고 잠시 몽롱해지는 느낌이 들었다. 송곳니로 아랫입술 안쪽을 살짝 깨물고 나서야 정신이 제대로 돌아왔다.

이 사람, 거리감이라는 게 없어.

"용진은 이곳에 오면 저 달에 있는 미친 녀석들을 어떻게든 할 수 있다고 했어요. 그러니까, 곧 당신이 한 말이겠죠. 저 돌팔이들이 지구한테 뇌수술을 못하게 하려면 어떻게 해야 하죠?"

"이미 작업을 하고 있어. 네가 여기에 도착한 직후부터."

"설명 좀 해 주시죠."

"네 이야기를 먼저 해 주면."

"당신이랑 친구 먹으러 온 거 아니거든요. 38만 킬로미터 떨어진 저 망할 돌덩이리에 아는 사람이 정신 나간 사이비 테러리스트들이랑 같이 있다고요."

"내가 궁금한 게 바로 그거야. 너와 그 사람에 대해서 듣고 싶어."

"나에 대해선 이미 알 만큼 알지 않나요? 용진이 아는 모든 건 이미 당신이 알고 있을 거고. 그러니 내가 왜 굳이 여기까지 와야 했는지, 지금 무슨 일이 벌어지고 있는 건지, 이미 작업하고 있다는 건 또 도대체 뭔지……"

그리고 거리 좀 지키자고. 진서는 뒤로 한 걸음 물러서며 뒤로 돌아섰다. 사람의 체온이 이렇게 뜨거웠던가? 기압이 높아서 더 잘 전달되는 것일 뿐일까? 목을 타고 쇄골 사이로 흘러내려가는 땀 한 줄기에 불편한 긴장이 녹아 들었다.

"용진은 불완전한 카피일 뿐이야. 나와는 엄연히 별개의 존재라고. 너와 너의 쌍둥이처럼."

"어떻게 안 거죠?"

재민과의 관계에 대해서는 하드어스로 내려오기 전 준하에게 말한 게 처음이었다. 누구도 몰랐다. 재민처럼 스스로 찾아낸 게 아니라면.

"예전부터 날 알았던 거군요."

이연이 미소를 지었다. 진서는 위쪽 가슴이 무언가에 눌리는 느낌을 받았다.

"너스폰은 아무나 사용할 수 있는 게 아니야. 특히 유전자 보안 기능을 가진 건. 특별한 위치에서 특별한 재능을 가진 사람들만 쓸 수 있는 거지. 지상의 자그만 도시에서 꿈틀거리며 살아가는 경물 조사관 따위에겐 어울리지 않아."

이연이 다시 다가왔다. 진서가 물러났던 만큼.

"하지만 달에 있는 네 쌍둥이라면 얘기가 다르지. 너와는 전혀 다른, 네가 원하던 모든 것을 이룬 완벽하기 그지없는 삶을 살아가고 있는 그 사람이라면. 재미있는 이야기야."

"따로 자란 쌍둥이 이야기가 그렇게 낯설다니 여기에 한 300년은 갇혀 지냈나 보네요."

"그런 사례야 드물지 않지. 하지만 너도 알잖아. 너희는 조금 다르다는 걸. 특히 너는."

이연이 진서의 얼굴을 부드럽게 쓰다듬었다. 한낮 해변의 모래에 손을 담근 것 같은 뜨거운 부드러움이 흘렀다. 어째서인지 진서는 그 손을 피할 수가 없었다.

"넌 그 사람을 너 자신이라고 생각하고 있잖아. 그저 다른 세계를 살았을 뿐, 같은 존재라고. 우울한 날의 너를 달래기 위해 꿈에 취한 듯 그려 내던 완벽한 너의 모습이 실제로 존재하는 거라고."

이연의 얼굴이 진서에게 다가왔다. 숨길이 닿을 만큼.

"그리고 넌 그런 너를 사랑할 수밖에 없었지. 진심으로."

"적당히 하죠."

진서가 이연의 손을 뿌리쳤다. 이연은 손을 거뒀지만 진서를 바라보는 시선은 그대로 이어 나갔다. 진서도 이연을 바라봤다. 이연의 시선은 물리적 압력이라도 지닌 것처럼 느껴졌고 진서는 거기에 눌리지 않기 위해 목에 힘을 줘야 했다.

"당신이 중증 나르시시스트라는 건 잘 알겠어요. 그렇다고 그걸 아무에게나 들이밀지 말라고요. 지금 이러고 있는 동안에도 저 위에서 지구 뇌수술을 준비하고 있다니까. 그들이 더는 미친 짓을 못하게 막아야 한다고! 당신이 도대체 뭘 할 수 있길래 날 여기까지 부른 건지 설명을 하라니까!"

진서가 소리쳤다.

"네 너스폰이 필요했어."

이연이 말했다.

"뭐?"

"지금 시너스 이리듐에 연결된 모든 통신 수단이 차단된 상황이야. 공식적으로는. 그리고 비공식적으로도. 다만 복잡하고 멍청한 행정 절차 사이에 끼어서 우연히 폐기되고도 살아남은 근지구 통신 위성 하나가 있어. 거기에 연결된 너스폰이랑. 그래서 시너스 이리듐에 손을 쓰기 위해서는 너스폰이 필요해. 그리고 그곳에 있는 정체불명의 인공 지능에게 제압되지 않으면서 공격을 할 수 있는 장소는 하드어스뿐이고."

"그래서?"

"이젠 네 차례야. 한차례 양보했어. 쌍둥이의 이름이 뭐지?"

미치겠군. 진서는 피곤하다는 듯 앞머리를 쓸어올렸다.

"재민. 윤재민."

"재민은 널 사랑했어?"

진서는 대답하지 않았다.

"너만큼은 아니었나 보네. 그렇겠지. 재민이 봤을 땐 넌 실패한 자신의 모습이니까."

"아니."

"재민은 널 보며 자기가 조금만 더 늦게 태어났다면, 입양 순서가 달랐다면, 서로의 양부모가 바뀌었다면, 조금의 잘못된 선택이라도 있었더라면 너처럼 될 수 있었다고 새삼 느꼈겠지. 그래서 널 보며 누구보다 동정했을 거고. 지금의 내가 되지 못한 실패한 나라니. 진서, 너와는 전혀 다른 위치에서 시작된 사랑이겠지."

"아니라고. 적당히 좀……"

"처음 서로의 손이 닿았을 땐 어땠어? 널 끌어안았을 때, 똑같은 눈높이임에도 널 내려다보진 않았어? 너한테 힘들진 않냐고, 필요한 건 없냐고 묻지는 않았고?"

진서는 터져 나오려는 욕을 참았다. 이연이 의도적으로 진서를 자극하고 있다는 건 뻔했다. 도대체 무슨 목적으로 그러는 건지는 알 수 없었지만, 이성을 잃으면 이연이 깔아 놓은 무언가에 걸려 넘어질 것만 같았기에 진서는 최대한 흥분을 억눌렀다.

"네가 재민에게 평소보다 더 다가갔을 때, 재민의 반응은 어땠어? 어떤 망설임을 보였지? 재민은 네 눈동자에서 뭘 봤을까? 절실함? 부러움? 시기?"

"다 틀려먹었어. 대단한 척 떠들면서도 뭐 하나라도 맞는 게 없네."

진서의 말에 이연이 입을 닫았다.

"날 찾아온 것도, 내게 먼저 다가오려고 했던 것도 재민이야. 그리고 조금은 알 것 같아. 당신이 왜 날 여기에 불렀는지. 하찮기 그지없는 이유야."

이연의 표정은 여전히 매력적인 거만으로 가득했지만 드디어 진서는 그 속에서 작은 요동을 찾았다. 요동은 몇 개의 가능성으로 갈라지더니 이연이 생각한 대본에는 없었던 말로 수렴했다. 하지만 아직 때가 아니다.

진서는 이연에게 두 걸음 다가갔다. 한 걸음은 앞으로. 한 걸음은 비스듬히.

"이젠 당신 차례야. 도대체 무슨 짓을 하고 있는지 얘기해. 하드어스가 뭐 하는 곳인지, 시너스 이리듐을 구하기 위해 무엇을 하고 있는지."

"하드어스는 연결망의 변칙을 관찰하기 위한 곳이야."

진서는 미간을 찌푸리며 고개를 흔들었다. 알아듣게 얘기해 봐.

이연은 그 모습이 우습다는 듯 웃으며 말을 이었다.

"인간과 인공 지능 단말로 구성된 연결망은 그 복잡성이 인간 뇌의 복잡성을 이미 한참 전에 뛰어넘었어. 물리적 실체가 없는 가상의 인공 지능까지 합치면 생물학적으로 불가능한 밀도에 이르렀지. 고원의 메뚜기 떼처럼. 메뚜기 떼가 아무리 많이 모여 봐야 같은 방향으로 움직이는 정도의 집단 행동만 가능해. 하지만 드론으로 메뚜기늘의 세로토닌 연결망을 더 복잡하게 연결하면 새로운 호르몬 노드, 존재하지 않는 가상의 메뚜기 개체를 만들 수 있어. 그걸로 개체의 밀도를 생물학적으로 불가능한 정도까지 끌어올리면 유사 의식체처럼 움직이기 시작해. 널 공격한 게 바로 그거였지. 놀랍지 않아? 파충류의 뇌와 비슷해. 의식이라고 할 만한 건 없지만 본능적으로 침입자를 구분할 줄 알지."

이연의 표정에 실망이 묻어났다.

"하지만 유사 의식은 의식이 아니야. 그 정도는 초보적인 인공 지능으로 충분히 만들어 낼 수 있고."

"인공 지능, 그러니까 인간의 창조물이 의식을 가질 수 없다는 걸 증명한 건 당신 아니야? 용진 이름으로 발표가 되었지만, 당신이겠지. 그러니까, 당신은 메뚜기든 실리콘이든 뭐든 이용해서 인공 의식을 만들고 싶었는데 스스로 그게 불가능하다는 걸 증명한 거고. 그래서 이 바다 구석에 처박혀 있는 거야? 이번엔 또 뭘 만들려고?"

진서는 말하면서 이연을 똑바로 노려봤다. 굳은 표정도 바꾸지 않았다. 반면 이연은 가볍게 미소 짓고 있다는 걸 빼면 단 한 순간도 같은 표정을 보이지 않았다.

이연은 새로운 웃음을 지으며 크게 입을 열고 말했다.

"의식의 발생에는 아무런 입력 값이 없는 상태에서 스스로 목적을 설정해 완전히 새로운 정보를 생산하고 그 과정은 사후 분석으로만 확인할 수 있는 비가역적인 현상, '변칙'이 있어야 해. 지구의 고등 생물이 의식을 가질 수 있었던 건 뇌의 진화 과정에서 신경망의 변칙이 발생했기 때문이고. 내가 증명한 건 의식의 원천인 이 변칙이 오직 더 복잡한 차원으로만 퍼져 나간다는 거였어. 인공 지능이 의식을 가질 수 없다는 건 부수적인 결론에 불과해. 이곳 하드어스는 다음 단계의 변칙을 목격하기 위한 곳이야. 내가 여기 있는 것도 그 때문이고. 여긴 연결망 청정 구역이거든. 지구 주변의 우주 공간보다도. 이곳엔 오직 내가 만들어 낸 세상만 존재해. 그런데 지금 달에 있는 녀석들이 내 일을 방해하고 있기 때문에 우린 서로를 도와야 한다는 거야. 이젠 내 차례야. 재민과는 오랫동안 연락을 하지 않았지? 왜? 무슨 일이 있었기에?"

진서는 눈에 띄지 않게 심호흡을 했다. 표정과 자세를 최대한 유지하면서. 지금의 몸이 확장 현실이 그려 낸 것에 불과하다는 건 이미 잊은 지 오래였다. 짧은 침묵을 사이에 끼고 진서는 입을 열었다.

"당신 말대로, 걔를 사랑했어. 용납되지 않을 만큼, 그리고 믿을 수 없을 만큼. 아마 재민도. 내가 그랬던 것처럼인지 아닌지, 아니면 그보다 더인지는 모르겠지만."

침대 위에서 재민과 이미 비어 버린 피자 상자를 사이에 두고 숨이 넘어갈 만큼 웃으며 소리를 질렀던 순간이 진서의 눈앞을 지나갔다. 그냥 머릿속에 떠오른 건지, 휴모로패드가 정말 눈앞에 그려서 보여 준 건지는 알 수 없었다.

이연이 눈을 가늘게 뜨며 말했다.

"그러다 선을 넘었고."

"아마도. 당신이 선을 어디에 그었는지는 모르겠지만. 이젠 내 차례지. 시너스 이리둠을 차지한 녀석들이랑 당신 목적이랑 무슨 관계고, 그래서 그걸 어떻게 제압하겠다는 건데? 이번엔 이상한 장광설 늘어놓지 말고 제대로 얘기해."

"모든 것에는 단계가 있는 법이야. 연결망의 변칙은 홀로그램 우주의 불완전성과 연관이 있어. 우주의 불완전성이 낮을수록 가능한 변칙의 총량도 늘어나지. 변칙성 미시기하학에서는 우리 우주가 마트료시카 인형처럼 겹겹이 쌓인 우주 중 57번째 우주라고 말해. 그걸 바탕으로 우리 우주에 허용된 변칙의 총량을 추정해 봤더니 지금 존재하는 지구 전체의 변칙보다 조금 더 많았어.

이건 상위 의식체의 존재를 시사하는 거야. 그래서 전지구의 연결망을 살펴보면서 그곳에서 새로운 의식체가 발생할 가능성을 확인했지. 아직 복잡성이 부족했어. 그래서 메뚜기 떼에 했던 것처럼 전 세계의 연결망 사이사이에 가상의 유사 인격체를 만들었어. 실체를 가지지 않았지만 인간과 다른 인공지능처럼 정보를 해석하고 생산하는 노드들을. 그렇게 뉴런 역할을 하는 단말의 수를 인간을 포함해 100조 개까지 늘려왔어. 이제 이들을 이어 주는 연결망의 시냅스와 축삭의 수는 셀 수 없을 만큼 많아."

진서는 달링이 본 유령 로봇들의 정체를 깨달았다. 세로토닌 연결망에 만들어진 유령 메뚜기와 비슷한 같은 존재들. 그리고 도서관 책장 사이에서 본 또 다른 자신의 모습도. 진서는 이미 오래전부터 이연의 영향 아래에 있었다. 애초에 연결망 속에서 지내는 한 벗어날 수가 없었다.

"내 예상대로라면 멀지 않은 시기에 지구 전체의 연결망을 하나의 뇌로 이용하는 상위 의식체가 발생할 거야. 그걸로 우리 우주에 존재하는 모든 변칙을 정확히 소모할 수 있고. 필연적인 발생인 거지."

"인간이 만들어 낸 물건엔 의식이 깃들 수 없다고 한 게 당신이었잖아."

"이건 내가 만드는 게 아니야. 번개를 유도하는 것과 번개를 만드는 게 전혀 다른 일인 것처럼. 난 그저 상위 의식체의 발생을 촉진하려는 것뿐이고."

"그러니까 당신이 말하는 그 상위 의식체의 발현인지 뭔지를 보고 싶어서 이러고 있다는 거야? 언젠가 일어날 일이지만 당신이 살아 있는 동안 보고 싶어서?"

"아니, 이건 사실 우리를 구하기 위한 일이야. 시너스 이리둠에서 말하는 심우주는 해왕성이나 카이퍼벨트* 따위가 아니야. 태양계 바깥으로 나가기 위한 거지. 그러기 위해선 당연하게도 빛보다 빠른 탐사

*카이퍼벨트
태양계의 해왕성 궤도보다 바깥쪽에 있는 천체 밀집 영역으로 구멍 뚫린 원반 모양이다.

선이 필요하고."

"지금 초광속 우주선이 있다는 얘기를 하고 있는 거야?"

"아니. 아직은. 하지만 이론적으로는 이미 완성되었어. 고작 수백 명이 쓸 전기를 만들겠다고 지하에 핵융합 발전소를 뒀다는 거, 이상하지 않아? 거기선 이론을 현실로 만들기 위한 이색 물질을 만들고 있어. 그런데 문제는 그들이 성공하느냐 마느냐가 아니야. 우주 공간을 짧은 시간에 초광속으로 가로지르는 게 가능하다는 게 문제야. 우릴 외부로부터 지켜 주던 거리의 벽에 사실 커다란 구멍이 있었다는 거니까."

이연은 용진을 슬쩍 바라봤다. 용진은 아무런 반응도 하지 않고 여전히 묵묵히 서 있을 뿐이었다.

"만약 태양계 바깥의 우주에 먼저 생긴 상위 의식체가 있다면 어떻게 될까? 아니면 더 높은 차원의 우주에서 탄생한 초월적인 의식이 보잘것없는 우리 우주를 방문한다면? 그들이 우리, 아니, 의식을 가지지 못한 지구 연결망이라는 지성체를 발견한다면? 우리를 봐. 의식이 없는 존재를 어떻게 다루는지. 굳이 멀리 볼 필요도 없지. 인공 지능이 의식이 없다는 게 증명되자마자 인간형 안드로이드들은 합법적인 학대와 폭행의 대상이 되었잖아. 그들은 지구를 가만두지 않을 거야. 하물며 지구의 뉴런에 불과한 인간은 얘기할 필요도 없겠지. 그러니 조금이라도 일찍 의식을 발현시켜야 언젠가 조우하게 될 존재와 동등한 위치에 설 수 있어. 그래야 우리도 살아남을 수 있겠지."

미쳤다. 이 사람은 정말 제정신이 아니다. 얼른 목적만 해결하고 여기를 빠져나가야 한다. 진서는 입 주변과 미간에 힘을 주며 표정이 일그러지는 걸 억지로 참았다.

"그래서, 그게 시너스 이리둠과 무슨 상관인데?"

"그곳에서 만들고 있는 새로운 종류의 인공 지능이 아무래도 지금 남아 있는 마지막 변칙을 갉아먹을 것 같거든. 변칙의 가능성은 우주를 덮은 공간 함수야. 지구는 지금 그 값이 수렴하는 곳이지. 시너스 이리둠의 인공 지능은 어차피 의식을 가지지 못하겠지만, 그 인공 지능의 복잡성이 커질수록 변칙의 함수가 분산돼. 결국 지구에서 변칙이 발생할 확률이 낮아지게 되고. 그래서 시너스 이리둠 연구소를 없애기로 했어."

진서의 굳은 표정이 깨졌다. 진서는 처음엔 자기가 잘못 들은 건지, 그다음에는 이연이 잘못 말한 건지 의심했다. 하지만 둘 다 아니었다.

시너스 이리둠을 공격한 건 이연이었다.

"연결망 속에 존재하지 않는 가짜 인격들을 만들었더니 그걸 목격하는 사람들이 간혹 발생했어. 대부분은 잘못 봤다고 생각했지. 가끔 귀신을 봤다며 소란을 일으키는 사람들도 있었고. 어떤 사람들은 신을 보기도 했고. 연결망 속에서만 보인다는 걸 알고는 거기에 가이아라는 이름을 붙이고 종교까지 만들었어. 웃긴 일이야. 과학 기술의 정수에 모는 감각을 맡기고 있으면서 신을 찾다니. 뭐, 그래도 도움이 되면 그만이니까."

"당신이 개아신교의 배후에 있었어?"

진서의 말에 이연이 쿡쿡거리며 고개를 저었다.

"아니. 걔들은 그냥 알아서 모인 거야. 난 그저 그들을 적당히 유도했을 뿐이고."

진서는 고개를 돌려 용진을 봤다. 용진은 하드어스에 나타난 이후로 단 한 마디도 하지 않고 진서와 이연 두 사람을 지켜볼 뿐이었다.

알고 있었나요? 진서는 소리 없이 용진에게 물었다. 용진은 복잡한 표정으로 진서를 바라봤다. 어디에도 실체가 없는 존재임에도, 의식과 감정이 배제된 이연의 불완전한 복사본에 불과함에도, 진서는 용진의 얼굴 아래에 숨겨진 내면이 있을 것만 같았다.

"걔들의 원래 목적은 시너스 이리둠에서 가이아를 모방해 만들고 있는 가짜 신을 없애는 거였어. 사실 그런 게 있지도 않지만, 걔들은 어차피 판단할 능력이 없거든. 그런데 이 멍청한 것들이 뜬금없이 가이아의 존재를 확인하겠다며 역공을 시작한 거야. 신의 존재를 눈으로 확인하지 않고서는 못 견디는 것들이 항상 존재했으니 미리 예상했어야 하는데 내 불찰이었지. 그게 널 여기까지 이끈 사건의 시작이었고. 걔들을 다시 제압하기 위해서는 달에 있는 시너스 이리둠의 연결망에 접속을 해야 했고 그러기 위해서는 너스폰과 너의 유전자, 아니 엄밀히는 재민의 유전자가 필요했어."

이연이 한 걸음 다가왔다. 두 사람은 다시 한번 숨을 쉬면서 가슴이 닿을 만큼 가까워졌다. 진서는 물러서거나 허리를 굽히지 않았다. 고밀도의 공기를 타고 이연의 체온이 진서에게 전해졌다. 분노인 것 같지만 평소와는 다른 어떤 긴장을 동반한 감정이 진서의 몸을 감쌌다. 이연이 내 체온을 느낄 수 있을까? 카론에 있는 내 몸에서 나오는 열기가 하드어스에서 이연에게 전해지고 있을까? 그렇지 않다면 너무 불공평해. 진서는 이연을 똑바로 바라보며 생각했다.

"난 너에게 많은 걸 얘기했어. 정말 많이. 말 많은 악당처럼."

"당신은 정말 말 많은 악당이니까."

이연의 두 손이 진서의 얼굴을 감쌌다. 진서는 놀란 기색을 감추려고 했지만 그러지 못했다. 이연은 그 모습을 보고 가벼운 미소를 지었다.

"그리고 난 너도 내게 많은 걸 이야기해 줬으면 좋겠어. 난 널 알고 싶어."

이연의 얼굴이 진서에게 다가왔다. 두 사람의 코끝이 바람처럼 스쳤다.

"날 알고 싶다면."

진서가 옆으로 비키면서 말했다.

"지금 달에서 무슨 일이 벌어지고 있는지, 너스폰으로 저 미친놈들을 구체적으로 어떻게 제압하겠다는 건지 얘기해. 의식이니 뭐니 하는 이상한 장광설 늘어놓지 말고."

"연결망 폭탄을 보냈어."

"연결망 폭탄?"

"연결망의 모든 노드에게 스스로를 파괴하라고 신호를 보내는 거지. 어느 나라에서 잘나가는 적대국의 기반 시설을 무너뜨리기 위해 만들었던 물건이야."

"그걸 쓰면 어떻게 되는데?"

"연결망에 의존해 작동하는 모든 시스템이 멈추겠지. 연결망 스스로 시스템을 파괴할 최적의 방법을 찾아내서."

"거기 있는 사람들은?"

이연은 대답하지 않았다. 이연 대신 용진이 드디어 입을 열고 대답했다.

"연결망 폭탄은 연결망에 의존하는 거의 모든 시스템을 파괴해요. 연결망 자체의 성능이 높을수록 파괴력도 강해서 모든 최고의 기술들을 모아 둔 시너스 이리듐 연구소의 연결망은 아마 최후의 비상 시설까지 파괴해 버릴 겁니다."

"최후의 비상시설이라면……"

"생명 유지 시스템이겠죠. 산소와 물을 만들고 온도를 유지하는."

"알고 있었나요?"

진서도 이번엔 목소리를 내서 물었다. 용진은 고개를 들어 진서를 바라보기만 했다.

"알고 있었냐고요. 알고 있으면서 날 여기로 데려온 건가요? 처음부터 이럴 목적으로?"

"너스폰으로 연결망 폭탄을 송신한 건 저 사람이야."

이연이 진서와 용진 사이로 들어오며 말했다.

"너스폰이라면 지금……"

진서는 주머니를 뒤졌다. 없었다. 카론 안에 있는 진짜 몸의 주머니에 있겠지. 아뿔싸. 진서는 용진을 노려봤다.

"당신, 여기에도 몸이 있나요? 그 몸은 지금 어디 있죠?"

"여기서 저 사람은 그냥 거미처럼 생긴 기계 몸일 뿐이야. 네가 여기에 온 직후부터 카론에 들어가 작업을 하고 있었어. 네 손가락 끝으로 너스폰을 조작하며 근지구 통신 위성을 통해 시너스 이리듐에 연결망 폭탄을 보내고 있었지. 대역폭이 좁아서 시간은 좀 걸렸지만."

진서는 손바닥을 들어서 바라봤다. 지금 진서가 느끼는 자신의 손은 눈앞에 펼쳐져 있는 손이었다. 손가락 끝의 지문마저 보였다. 주먹을 쥐자 손가락 관절의 삐걱거림과 손바닥을 스치는 손끝의 감각이 전해졌다. 반면 카론에 있는 진서의 손가락은 거미 모양 로봇에게 농락당하고 있고 진서는 그 감각은 전혀 느낄 수 없었다.

"멈춰요."

진서가 용진을 보며 말했다.

"멈추라고."

진서가 이연을 보며 말했다.

하지만 어떻게? 진서에겐 그들과 협상할 수 있는 수단이 이제 아무것도 없었다. 의자를 들어 올려 이연을 내려칠 수도 없었다. 지금 진서가 느끼고 있는 몸은 그저 허상에 불과하니까.

"전송은 이미 한참 전에 끝났어."

이연이 말했다.

"돌이킬 방법도 없고. 시너스 이리듐의 운명은 이미 15분 전에 정해졌어. 우리가 유일하게 알 수 있는 미래지. 괜히 말 많은 악당 역할을 한 게 아니야."

이연이 다가왔다.

"하지만 역할 놀이는 이제 그만하고."

이연이 진서 앞에 섰다.

"진절머리 나지 않아? 너와 똑같지만 너보다 우월한 존재와의 끊을 수 없는 관계가. 차라리 평생 몰랐다면 좋았을 건데. 너도 그렇게 될 수 있었다는 사실이 고통스럽지 않아? 그가 너를 동정 어린 시선으로 바라보고 있다는 것도. 그리고 무엇보다 그럼에도 그에게 이끌릴 수밖에 없다는 사실이."

"아니."

진서가 대답했다.

"우린 서로를 질투했지만 동정한 적은 없어. 당신이 왜 그렇게 우리 관계를 생각하는지는 알 수 없지만, 우린 당신과 달라."

진서는 용진에게 다가갔다. 그의 멱살을 잡았다. 둘 다 확장 현실의 허상이었기에 진서는 그의 몸을 힘껏 잡아당길 수 있었다.

"방법을 찾아요. 연결망 폭탄을 멈출 방법을. 저 대단하신 천재의 지성을 복사했다면 충분히 가능하지 않나요? 우주가 어쩌고 변칙 기하학이 어쩌고 하는 소리를 할 정도면 연결망에 퍼지는 질병 따위는 충분히 멈출 수 있을 거잖아!"

용진은 저항하지 않았다. 그저 진서를 바라보며 물었다.

"우리가 당신들과 다르다고요?"

진서는 용진의 멱살을 놓았다. 그제야 무언가 이해가 된 듯 진서의 얼굴에서 긴장이 사라졌다. 진서는 뒤를 돌아 이연을 바라봤다.

"문제는 나와 재민이 아니라 당신과 용진이었어. 당신들의 관계가 실패한 거야. 그래서 우리에게 관심을 가졌던 거고."

진서는 고개를 저으며 소리 없이 웃었다. 그리고 말했다.

"부부 관계 상담이라면 얼마든지 해 줄게. 망할 폭탄을 멈춘다면."

진서는 진한 비웃음의 맛을 느꼈다. 이게 얼마 만인가.

이연이 다시 진서에게 다가왔다. 표정은 그다지 밝지 않았다. 하지만 분명 웃음을 띠고 있었다.

이연이 말했다.

"부디 너의 짧은 통찰 때문에 내가 이러는 거라고 생각하지는 말아 줘. 널 버리기 전에 잠시라도 대화를 나누고 싶었을 뿐이야."

이연은 진서의 왼쪽 목덜미를 손으로 감싸고는 진서의 입술에 입을 맞추었다.

"잘 가렴."

이연의 말이 끝나자 진서의 모든 감각이 사라졌다.

*　*　*

진서가 카론에서 눈을 떴을 때, 하드어스는 더 이상 보이지 않았다. 이미 한참을 떠내려 온 뒤였다. 더 큰 문제는 하드어스뿐만 아니라 다른 모든 것도 보이지 않는다는 것이었다. 아래로도 위로도 앞으로도 뒤로도 아무것도 보이지 않았다. 그저 암흑뿐이었다. 조명도 제어판 화면도 켜지지 않았다. 통신도 불가능했다. 공기가 서늘했다. 온도 조절 장치도 멈췄다. 이연과 용진이 도대체 무슨 짓을 한 건지는 알 수 없지만 카론이 제대로 운행 가능한 상태가 아니라는 건 분명했다. 그들은 애초에 진서를 살려서 보낼 생각이 없었다. 이대로라면 해류에 어디론가 떠내려 갈 것이다. 완전히 낯선, 아마도 어떤 인간도 도달한 적이 없는 칠흑 같은 심해 바다 어딘가를 향해. 우주에 홀로 내버려진 것보다 더욱 큰 고독이 밀려왔다. 시선과 손끝이 닿는 곳에 아무것도 없다면 그 너머에 무엇이 있든 없는 것이나 마찬가지였다.

진서는 자신이 알고 있는 모든 욕설을 뱉었다. 거친 말들이 카론의 좁고 복잡한 내부에서 메아리치며 퍼져 나갔다. 공기가 차가워서일까, 아니면 기압이 높아서일까, 좁은 잠수정에서 들리는 것이라고는 믿기 힘들 만큼 선명한 울림이었다. 귀를 기울이면 메아리만으로 컴컴한 카론의 내부를 볼 수 있을 것만 같았다. 소리를 통해 카론과 하나가 되어 버린 느낌이었다. 그래서 더욱 절망적이었다. 아무것도 할 수 없는 철통 속 뇌가 되어 심해를 둥둥 떠다니고 있는 처지라니. 무엇보다 지금 이 순간에도 바깥세상은 그대로 존재하고 있다는 것이 주는 괴리감이 촉매처럼 고독을 키웠다. 해수면 어딘가에 준하가 있을 거고 하늘을 뚫고 우주를 조금 가로지르면 재민이 있다. 그들이 분명 거기에 있지만 닿을 수 없고 볼 수 없는 데 있다는 게 무슨 소용인가. 외로운 무력감이 뇌를 녹이기 시작했다.

고래라도 찾아왔으면. 무언가 정보를, 울음과 신음에 불과하더라도 무언가를 주고받을 대상이 있다면 감각의 윤곽을 되찾을 수 있을 것 같다. 그런데 고래가 이런 곳까지 올 수 있던가? 내가 소리를 지르면 찾아올까? 그런데 어쩌다 이따위 생각을 하고 있는 거지?

진서는 단단한 벽에 머리를 세게 박았다. 주먹으로 자신의 얼굴을 때렸다. 통증으로라도 뇌 속에 차오르는 절망감을 몰아내야 했다. 절망감이 생각을 이상한 방향으로, 몽환적 도피로 이끌고 있다. 입속에서 신맛이 잔뜩 느껴질 때 진서는 이윽고 냉정을 조금씩 되찾았다. 방법이 있을지도 모른다. 어쩌면 놀라울 만큼 단순한 방법이.

메아리.

진서는 손을 더듬으며 힘으로 뜯어낼 수 있는 단단한 물건을 찾았다. 금속 기둥 하나가 손에 잡혔다. 나사 몇 개로 간단하게 고정된 물건이었다. 진서는 손톱으로 나사를 풀었다. 손끝에서 피가 흘러나왔지만 개의치 않았다. 이윽고 기둥이 떨어졌다. 용도를 알 수 없는 속이 빈 파이프였다. 하지만 용도 따위에 신경 쓸 겨를은 없었다.

진서는 파이프를 단단하게 붙잡고 카론의 벽 이곳저곳을 때리며 가장 소리가 잘 울리는 곳을 찾았다. 그리고 그곳을 일정한 패턴으로 내려쳤다.

· · · ― ― ― · · ·

손가락에서 흘러내린 피가 손바닥을 적시면서 파이프가 미끄러졌다. 진서는 피를 닦고 다시 파이프를 잡아 벽을 두드렸다. 손바닥이 다시 축축하게 젖었다. 손가락의 피인지, 손바닥이 찢어져 흘러나온 피인지 알 수 없었다.

길었지만 결코 기억할 수 없는 시간이 지난 후, 창문 너머에서 빛이 들어왔다. 윙윙거리는 소리가 들리더니 무언가 카론을 흔들었다. 에어록이 작동하고 해치가 열리는 소리가 들렸다. 진서는 바닥에 주저앉았다. 파이프는 손바닥에 들러붙어 떨어지지 않았다.

해치를 열고 들어온 건 보스였다. 보스는 미간을 잔뜩 찡그리고 미치기 일보 직전이라는 표정으로 진서를 바라봤다.

"이제 찾았네."

보스가 말했다. 진서는 비틀거리며 보스에게 다가갔다. 시뻘건 손으로 보스의 얼굴을 만졌다. 확장 현실의 환영 따위가 아니라 진짜 살아 있는 사람이다. 진서는 울음을 최대한 참으며 보스를 끌어안았다. 보스는 당혹스러운 표정을 지었다가 결국 진서를 잠시 내버려 뒀다.

"보스. 다시 내려가야 해요."

진서가 말했다.

"미쳤군"

보스가 대답했다.

"부탁이 좀 있어요."

진서가 말했다.

"정말 미쳤어."

보스가 대답했다.

***

준하에게 대략의 사정을 들은 보스는 무려 산업용 잠수

함을 빌려 진서를 찾아왔다. 소나*를
이용해 한참이나 카론을 찾던 와중
에 요란한 모르스 신호가 들려 여기

✱소나
음파로 수중 목표의 방위 및
거리를 알아내는 장비.

까지 온 것이었다. 보스는 조금 전엔 자신이 소심해져서 미안
하다고 하고는 기왕 끼어든 거 갈 데까지 가 보자고 했다. 하지
만 그보다 잠시 쉬는 게 먼저라며 강제로 눕혔다. 하지만 진서
는 보스가 잠시 자리를 비우자마자 몸을 일으켜 수리를 마친
카론에 다가갔다.

진서는 붕대가 감긴 손가락 끝으로 카론의 해치를 쓰다듬
었다. 잠시나마 하나의 감각체가 되었던 존재.

"메시지는 보냈어."

보스가 진서 뒤로 걸어왔다. 비틀거리며 서 있는 진서를
보며 보스는 한숨을 흘렸다.

"해 보겠다더군. 잘될지는 모르겠지만. 내가 보면 안 되는
내용이라니 좀 찜찜하지만."

"믿어 줘서 고마워요."

진서가 보스를 돌아보며 말했다.

"어차피 망할 거 도박이라도 해 보는 거야."

"그럼 나중에 책임 묻지 마세요. 배팅은 본인 판단이니까."

진서는 카론의 해치를 열었다. 안으로 들어가니 여기저기
에 핏자국이 그대로 남아 있었다. 방금 흘린 것처럼 밝고 선명
한 붉은색을 그대로 지키고 있었다. 진서는 카론이 더욱더 자

신의 일부처럼 느껴졌다.

보스가 바깥에서 해치를 닫았다. 에어록이 작동하는 소리가 들렸다. 카론이 잠시 몸을 떨더니 쿵 하는 소리와 함께 카론이 아래로 움직였다.

카론은 다시 하드어스로 향하기 시작했다. 진서는 일부러 카론 내부의 광원을 모두 꺼 버렸다. 다시 한번 심해의 암흑에 녹아들었다. 하지만 이번엔 조금도 두렵지 않았다. 오지 않을 고래를 부를 생각도 들지 않았다.

하지만 저 아래의 누군가는 그렇지 않겠지.

**

이연은 진서의 접속 요청을 거부하지 않았다. 오히려 반겼다.

"돌아와 줘서 고마워. 예상치 못한 반가움이란 거 정말 오랜만에 느껴 보는걸. 어떻게 한 건지 물어봐도 될까?"

진서는 대답하지 않았다. 그 대신 주변을 둘러보고는 벽을 향해 걸어가 벽에 등을 기대고 섰다. 그러고는 움직이기 싫다는 듯 팔짱을 끼며 몸을 늘어뜨렸다.

"조금 전에 당신이 잔뜩 지셨으니 이제 내가 좀 제대로 이야기를 해 볼게."

진서가 말했다. 이연은 웃으며 팔짱을 낀 채로 진서를 바라봤다.

"처음 재민을 봤을 때, 난 괴로웠어. 나와 똑같이 시작했지만 내가 이루지 못한 모든 것을 손에 넣은 존재가 있다는 게. 입장도 성격도 달랐지만 세상을 보는 방법은 너무나 닮았기에 우리는 가까워질 수밖에 없었고 그럴수록 난 더 고통스러웠지. 재민도 그걸 조금씩 깨달았어. 그러더니 어느 날 내게 말하더라고. 달에 가지 않겠다고. 이곳에서 나와 함께 지내겠다고."

이연은 의자를 가져와 앉았다. 이야기를 계속하라는 듯 고개를 끄덕였다.

"난 미친 거 아니냐며 소리쳤어. 왜 일생일대의 기회를 버리는 거냐며. 그런다고 내가 기뻐할 줄 알았냐고. 거대한 동정심에 짓눌려 죽을 것 같다고. 그랬더니……"

진서가 말을 멈췄다. 두 번 숨을 가다듬고는 다시 입을 열었다.

"그랬더니 이건 날 위해서가 아니라고 하는 거야. 오히려 자신을 위해서라고. 날 떠나고 싶지 않다고. 그러고는 내게 키스를 했지. 입술이 찢어져 시큼한 맛이 났어. 재민은 입술을 떼고서 내게 사랑한다 말하고 다시 입을 맞췄어."

이연의 표정이 조금씩 굳었다.

"당신 상상과는 다르지?"

진서가 이연을 보며 말했다.

"당신은 내가 나의 우월한 버전인 재민을 사랑했고 재민은 동정심에 그걸 받아 준 거라고 생각했겠지만, 사실은 달라. 우린 완전히 동등했어. 처음엔 서로 다른 점이 발목을 잡았지만, 그날 이후 그런 건 아무것도 아니었어. 우린 서로의 몸과 마음 모든 걸 공유하고 사랑했어. 하나의 의식이 두 개의 몸을 가졌다고 느껴질 만큼. 당신은 느껴 본 적이 없는 종류의 것이겠지."

진서가 이연에게 천천히 다가왔다. 이연의 얼굴에는 실망과 당혹이 묻어났다.

"당신은 거짓말쟁이야. 당신은 실험을 위해, 위장 결혼을 위해 용진을 만든 게 아니야. 당신의 그 특출한 지성이 만들어 낸 망상에 가까운 우주관에 혼자 빠져드는 게 두려웠던 거야. 그래서 당신을 완벽히 이해해 줄 용진을 만들었고. 그리고 용진이 당신을 뛰어넘지 못했다는 거, 사실이 아니지? 오히려 당신을 아득히 뛰어넘었을 거야. 의식과 감정 때문에 불완전한 자신과 그런 것들을 가지고 있지 않기에 더 우월한 용진을 바라보며 고통스러웠을 거야. 그리고 망할 나르시시스트인 당신은 그럼에도 불구하고, 아니 그렇기에 용진을, 더 완벽한 자신을 사랑할 수밖에 없었겠지."

진서는 과장된 몸짓으로 주변을 둘러봤다. 용진은 그곳에 없었다.

"하지만 용진은 그러지 않았어. 용진이 불완전한 당신을 사랑할 이유는 없으니까."

이연의 표정에 그림자가 드리웠다. 진서는 그 모습을 보고 한 걸음 더 다가갔다.

"용진이 이뤄 낸 증명과 성과들에 당신이 기여한 건 사실상 없지? 그저 자신의 복제품이 이뤄 낸 거니 자기 것처럼 생각했을 뿐이야. 그런 일이 이어질수록 자신의 존재가 하찮아졌고, 그래서 이곳 하드어스로 도망 왔겠지. 상위 의식체니 뭐니 하는 건 전부 핑계에 불과하고."

진서는 정원의 꽃을 바라봤다.

"당신은 너무 감정적이야. 이런 곳에 정원을 꾸밀 만큼. 외로웠겠지. 자신이 가장 사랑할 수 있는 존재에게서 사랑받을 수 없어서. 당신의 기괴한 우주를 함께 바라봐 주지 않아서."

짧은 침묵.

"그래서 날 여기로 이끌어 온 거야. 비슷한 존재를 불러 외로움을 달래고 싶어서. 내가 당신과 같은 처지일 거라 생각하고. 자신과 같지만 우월한 존재에게 사랑받지 못하는 사람이라 생각하고. 하지만 아니야."

진서의 말이 끝나자마자 이연의 뒤에서 누군가 말했다.

"당신들과 달리, 재민과 나는 항상 같은 곳을 바라보고 있어."

이연은 자기 눈앞에 있는 진서의 목소리가 뒤에서 들리자 황급히 고개를 돌렸다. 또 한 명의 진서가 그곳에 서 있었다. 새로운 진서는 붕대가 감긴 손으로 이연의 팔을 비틀어 꺾고는 스턴건으로 허리를 지져 버렸다. 이연은 비명을 지를 틈도 없이 의식을 잃고 축 늘어졌다.

"수고했어."

새로운 진서가 다른 진서를 보며 말했다. 이연과 대화를 나누던 진서의 모습이 잠시 일그러지더니 준하의 모습으로 변했다.

"썩 유쾌하지만은 않은 경험이네요. 휴모로패드라는 거."

"잡담할 시간 없어. 연결망 폭탄을 멈춰야 해."

진서는 이연의 팔을 뒤로 묶으며 말했다.

"하지만 어떻게요? 선배를 연기해 달라고 해서 그렇게 하기는 했는데…… 이제 어떻게 할 거죠?"

"용진. 당신 여기 있는 거 알아."

진서의 말에 용진이 그들 앞에 나타났다. 용진은 진서를 처음 보기라도 하는 것처럼 물끄러미 바라보며 말했다.

"설마 해치를 뚫고 직접 들어오리라고는 생각 못 했네요."

"당신도 거짓말쟁이야. 다 알고 있었잖아. 모든 걸 지켜보고 있었고. 당신이야말로 모든 걸 지금의 상황으로 이끌어 온 흑막이고. 당신은 당신의 발목을 붙잡는 이연을 떨쳐 내려고 내 존재를 이연에게 알리고 날 여기로 부르게 한 거잖아. 아니야? 난 망할 스캐너라고. 당신들 사이에 흐르는 분위기쯤은 읽을 수 있어."

"그럼 우리 모두 거짓말쟁이군요. 당신도 당신 후배, 그리고 이연에게 거짓말을 했으니까. 이연이 말한 게 맞았죠? 당신과 재민의 관계."

"시끄러. 자, 이제 거짓말쟁이들이 모였으니 문제를 해결할 시간이야. 당신이 이연을 떨쳐 내게 해 줄 테니 연결망 폭탄을 멈출 방법을 알려 줘!"

"멈출 수 없어요."

"헛소리하지 마. 방법이 없을 리가 없어."

"방법은 있죠. 하지만 멈출 수는 없어요."

"알아듣게 말해."

"연결망 폭탄은 쏟아 버린 물과 비슷해요. 그걸 다시 주워 담을 수는 없어요. 하지만 흘러나온 물이 카펫으로 흐르지 않게 방향은 조절할 수 있죠."

"알아……듣게."

"시너스 이리듐의 방화벽은 연결망 폭탄의 트래픽을 이겨 낼 수 없어요. 쓰나미를 자그만 제방으로 막으려는 것과 같죠. 하지만 너스폰으로 연결망 폭탄의 트래픽을 하드어스로 이끌어 오면 시너스 이리듐의 방화벽으로도 남은 트래픽을 충분히 막을 수 있을 겁니다. 연결망 폭탄은 복잡성이 높은 곳으로 먼저 흘러갈 건데 하드어스에 구축된 연결망은 시너스 이리듐만큼이나 복잡하니까. 말하자면 물을 가득 담을 수 있는 거대한 웅덩이죠."

"그럼 그 폭탄 트래픽이라는 걸 여기로 이끌어 오면, 하드어스는 어떻게 되는 거죠?"

준하가 물었다.

"이곳 시스템이 모두 죽어 버리겠죠. 생명 유지 시설도 멈출 거고, 무엇보다 하드어스를 유지해 주는 소형 원자로도 망가져서 이 주변이 곧 완전히 증발해 버릴 겁니다."

"여기서 벗어날 시간은 있겠죠?"

"아슬아슬하게요."

준하가 진서를 바라봤다. 진서는 준하의 시선을 느끼고는 뭘 보냐는 표정으로 말했다.

"그럼 당장 해야지. 뭘 고민해?"

하지만 말을 마치자마자 진서가 오히려 생각에 잠겼다. 이연을 바라보며 진서는 조금 전 이연이 지었던 표정을 떠올렸다. 자신을 연기하던 준하의 감각을 그대로 공유받고 있었기 때문에 그 자리에 있었던 것처럼 생생하게 기억할 수 있었다. 비록 거짓말로 이연의 공감을 잘라내 버렸지만, 진서는 이연을 이해할 수 있었다.

"준하, 넌 이제 여기서 나가."

"네?"

"어차피 허상에 불과한데 여기서 뭘 할 수 있겠어."

"하지만……"

진서가 용진에게 시선을 주자 용진이 고개를 끄덕였고 준하의 모습은 끊겨 버린 필름처럼 사라졌다.

"정말 그럴 생각인가요?"

용진이 물었다. 진서는 대답하지 않았다. 아무 말 없이, 이연의 몸을 위에 업고는 카론이 있는 곳으로 향했다. 카론은 1인용 잠수정이었다. 두 명이 탈 수는 없었다.

***

"시너스 이리듐은 무사해요. 물론 생명 유지 장치만 아슬아슬하게 남은 정도라 썩 쾌적한 환경은 아니겠지만."

용진이 자그만 정원을 바라보며 바닥에 앉아 있는 진서에게 말했다. 연결망 폭탄의 영향이 하드어스 시스템을 무너뜨리기 시작하면서 내부는 어두워졌다. 정원 관리용 조명만이 조용하게 진서와 정원 사이의 공간에 빛을 뿌렸다.

"걔를 그렇게 쫓아내지 말았어야 했는데."

진서가 담담하게 말했다. 용진이 진서 옆에 와서 앉았다. 실체가 없는 존재였음에도 진서는 용진의 온기를 느낄 수 있을 것 같았다.

용진이 말했다.

"저 정원, 사실 제 거예요. 당신 말대로 이연이 외로움을 못 이겨 만든 거기는 하지만 가꾸는 건 제 일이었죠. 정원을 아름답게 가꾸는 게 제 취미였어요."

진서는 놀라운 표정으로 용진을 바라봤다.

"꽃의 아름다움은 보는 이의 의식과도 감정과도 영혼과도 상관이 없어요. 그저 꽃이 가지는 물리적 특성이고 그 특성에 이끌리는 다른 현상이 있는 것뿐이니까. 전 그 현상 중 하나를 가지고 있는 거고."

"인간답다는 말이 참 허망하게 느껴지는 얘기네."

잠시 침묵을 끼운 다음 진서가 다시 말을 이었다.

"당신, 내가 이연을 카론에 태워 보낼 거라는 것까지 예상했지? 짜증 나. 망할. 재수 없어. 이 사신 같은 존재 같으니. 그런데 하나 궁금한 게 있어. 이연이 말한 그 우주 이야기, 사실이야? 당신이 이연보다…… 똑똑하잖아."

"아무런 관측적 근거도 없어요. 오로지 내부의 논리로만 완성된 거죠. 물리학이 복잡해지면서 흔히 나타나는 일이에요."

용진이 고개를 들어 천장을 올려다봤다. 마치 그곳에 밤하늘이 펼쳐져 있기라도 한 것처럼.

"하지만 모르는 일이죠. 직접 저 너머에 나가 보기 전까지는."

"정말 나갈 것처럼 얘기하네."

"시너스 이리둠에서 낯선 존재들을 느꼈어요. 아마 심우주 탐사를 위해 개발 중이던 인공 지능이겠죠. 그들은 멀지 않은 미래에 거대한 우주선에 탑재되어 긴 여행을 떠날 겁니다. 심우주에서 겪게 될 정보의 홍수에 그들이 어떻게 반응할지 궁금해요. 우리 바깥에 대해서도 우리 자신에 대해서도 우리가 알고 있는 건 강에서 스포이드로 건저 올린 물방울 몇 개 정도에 불과해요. 그런 우리가 바다에 직접 발을 담글 수 있다면 과연 어떻게 될까요?"

용진이 자리에서 일어서서 진서를 돌아봤다. 진서는 용진을 올려다봤다.

"당신에게 제안을 하나 하죠. 이곳의 시설을 이용하면 당신을 연결망에 업로드할 수 있어요. 물론 의식은 업로드할 수 없어요. 오직 영혼 없는 정보만."

"당신처럼?"

용진은 고개를 끄덕였다.

"그리고 그걸 시너스 이리듐의 인공 지능에 흡수시키는 거죠. 그럼 당신이 항상 바라던 우주로의 진출이 가능해요. 다른 선택지는……"

진서는 호기심 어린 표정으로 용진의 다음 말을 기다렸다.

"그걸 재민에게 보내는 겁니다. 의식을 제외한 당신의 모든 것을 재민의 의식이 받아들인다면, 당신과 재민은 정말 한때 두 개의 몸을 가졌던 하나의 의식체가 될 수 있어요. 이론적으로는. 당신과 재민이 궁극적으로 하나가 될 수 있는 방법이죠."

진서는 잠시 잠자코 있다가 갑자기 낄낄거리며 웃었다.

"무슨 변신 합체 로봇도 아니고."

용진도 진서의 말을 듣고는 허탈하게 웃었다. 진서는 용진의 웃음이 그저 인간을 속이기 위해 만들어진 장식에 불과하다는 걸 알았다. 하지만 아무래도 좋았다.

"싫어. 둘 다."

진서가 말했다.

"재민에겐 미안하다고만 전해 줘."

"그러죠. 준비는 되어 있으니 생각이 바뀌면 언제라도 얘기해 줘요."

진서가 깔깔거리며 웃었다.

"생각을 바꿀 시간이 얼마나 있길래? 5분? 너무 짧아. 그런 고민 하는 데 쓰기엔 아까워."

하드어스에서 빛이 완전하게 사라졌다. 진서는 주머니를 뒤졌다. 반쪽짜리 각성제가 나왔다. 목에는 아직 휴모로패드가 붙어 있었다.

이제 제법 익숙해졌으니 지금 이걸 삼키면 5분이 영원처럼, 하드어스가 우주처럼 느껴지겠지. 황홀한 우주 여행을 떠날 수 있을 거야. ……하지만 모두 가짜지.

진서는 목 뒤의 휴모로패드를 뜯어냈다. 그리고 눈을 감았다. 망막을 흐르는 미세 전류들이 눈꺼풀 위로 형형색색의 기묘한 그림을 그렸다. 잠시 뒤, 그것마저 사라지고 이윽고 짙은 어둠이 찾아왔다. 감각이 옅어지고 오직 의식만이 남았다.

너와 함께 볼 수 있었다면 좋았을 텐데.

진서는 가슴 주머니 속에서 자그마한 돌멩이를 꺼냈다. 한때는 거칠고 뾰족했던 표면이 지금은 조약돌처럼 매끄러웠다. 한때는 38만 킬로미터 니미에 있던 작은 돌을 손바닥으로 꼭 감싸며 진서는 생각했다.

우리가 하나가 아니어서 좋았어. 그래서 내가 네 손을 잡을 수……

새하얀 섬광이 하드어스를 집어삼켰다.

***

시너스 이리둠 심우주연구소 선착장에 HRC 달 궤도 왕복선이 소리 없이 내려앉았다. 준하는 자그만 창문 밖으로 연구소의 모습을 바라봤다. 위에서 볼 때는 웅장함에 압도되었다면 옆에서 볼 때는 드넓은 진공이 만들어 내는 기묘한 원근감에 신비감마저 느껴졌다.

시너스 이리둠에 오신 걸 환영합니다.

스피커에서 흘러나온 익숙한 목소리에 준하의 가슴이 뛰었다. 선착장 바닥이 아래로 내려앉으며 달 지하 시설이 모습을 드러냈다. 셔틀이 완전히 지하 세계로 내려가자 천장이 닫혔다. 그곳 전체가 준하가 지금까지 본 것 중 가장 거대한 에어록이었다. 빠르게 기압이 올랐고 곧 바깥으로 나와도 된다는 초록색 표시등이 나타났다. 준하는 의자에서 일어나 셔틀의 문을 열고 계단을 내려왔다.

계단 끝에 진서가 있었다.

"안녕하세요. 윤재민 연구원입니다. 이준하 HRC…… 현장 요원 님이시죠?"

"네, 만나서 반가워요."

두 사람은 악수를 나눴다. 둘 다 잠시 할 말을 잊었다. 애초에 할 말을 생각해 두지도 않았다. 그들은 어색한 포옹을 나눈 뒤, 넓은 에어록을 가로질러 다른 공간으로 건너갔다. 몇 개의 해치 도어와 슬라이딩 도어를 건너자 나온 건 벽과 바닥을 구분할 수 없을 만큼 새하얀 공간이었다. 우유 위에 떨어진 핏방울 같은 붉은색 2인용 소파 하나가 그 가운데 놓여 있었다. 앉으라는 재민의 손짓에 준하가 먼저 앉고 곧 재민이 옆에 앉았다. 이곳이 회색과 검은색뿐인 달에서 살아가는 사람들의 색과 공간에 대한 감각을 교정해 주는 장소라는 설명으로 재민이 먼저 입을 열었다. 별 의미 없는 정보가 담긴 대화를 주고받은 뒤, 짧은 침묵을 끼고 준하가 목소리를 낮춰 말했다.

"하드어스 폭발 때문에 카론을 찾는 데는 사흘이 걸렸어요. 그동안 카론은 깊이를 알 수 없는 심해 어딘가를 떠돌아다녔겠죠. 발견된 것도 놀라웠는데 열어 보니 그 안에 있는 건 선배가 아니라 이연이었죠."

그 순간을 떠올리는 것만으로도 준하의 얼굴에 실망감이 묻어났다. 재민은 준하의 손 위에 자신의 손을 올려 줬다. 준하는 재민 역시 비슷한 감정을 느끼고 있다는 걸 알았기에 손을 마주 잡았다.

"사흘 동안 심해에서 뭘 본 건지는 알 수 없지만, 이연은 제정신이 아니었어요. 이미 구조될 수 없을 거라 생각하고 있었겠죠. 아무것도 느낄 수 없는 지옥 같은 암흑의 공간에 버려진 상태로 기력이 다해 죽을 때까지 떠돌아다닐 거라고 생각했을 거예요."

"그러고는 어떻게 됐어요?"

"병원에서 자살했어요. 두개골이 깨질 만큼 벽에 머리를 짓찧어서."

불쾌한 상상이 잠시 흘렀다가 사라지자 오히려 마음이 가벼워진 듯 준하가 손을 비비며 일어섰다.

"그래서 절 여기 부른 이유가 뭐였죠? 설마 데이트는 아닐 테고."

재민은 잠시 의아해하다가 말뜻을 알겠다는 듯 웃었다.

"아쉽게도 그런 건 아니고요. 그날, 연결망 폭탄이 멈추고 얼마 지나지 않아서 근지구 통신망을 통해서 막대한 양의 정보가 시너스 이리듐으로 흘러 들어왔어요. 내용은 아무도 알 수가 없었는데 놀라운 건 이 정보 덩어리가 연구소의 연결망을 이리저리 스스로 돌아다녔다는 거예요. 꼭 유령 같았죠."

"유령……이라고요."

"네, 좀 웃긴 비유지만. 그리고 이틀 뒤에는 다시 사라졌어요. 마지막으로 확인된 건 정원이었어요. 우주에서 일하는 사람들은 심신의 안정이 아주 중요하거든요. 특히 고향에서 수십만 킬로미터 떨어진 곳에서는. 그래서 연구소에서는 커다란 인공 정원이 있어요. 정보 유령이 거기 있는 꽃 한 송이에 메시지를 심었어요. 그리고 수신인은 당신이었고. 우주 식물은 모두 유전자 편집 중인데 그중 하나를 해킹한 것 같아요."

재민이 주머니에서 투명한 비닐 봉투 하나를 꺼냈다. 명함보다 조금 작은 크기의 빨간색 꽃잎이 하나 들어 있었다. 그리고 거기에 재민의 이름과 정교한 홀로그램 바코드 하나가 새겨져 있었다. 준하는 셔츠 주머니에서 안경을 꺼내 펼쳤다. 안경을 쓰면서 준하는 불가능해 보이는 어떤 기대를 품었다. 누군가의 모습이 나타나기를.

안경 렌즈 너머로 꽃잎을 바라보자 연결되지 않는 페이지라고 나타났다.

준하는 어깨를 한 번 들썩이며 가볍게 웃었다. 준하가 안경을 벗으려고 하자 재민이 말리며 말했다.

"더 기다려 봐요."

준하가 안경다리에 올렸던 손을 내리자 익숙한 목소리가 흘러나왔다. 목소리가 이어지는 2분 동안 준하는 숨을 쉬는 것도 잊었다. 목소리가 끝났을 때는 꿈이라도 꾼 것마냥, 공기마저 낯설다는 표정으로 안경을 벗어 내려놓았다.

준하는 재민을 보며 물었다.

"당신도 받았나요?"

"네. 우리 둘뿐이었죠."

"당신에겐 뭐라고 했죠?"

재민은 준하의 시선을 피해 조금 높은 곳을 올려다봤다.

옛일을 떠올리기라도 하는 듯 눈을 감고 천천히 숨을 쉬었다. 얼굴이 붉어진 것 같기도 했다. 처음엔 진서와 구분하기 힘들 정도였지만 이제는 조금씩 차이가 보였다. 둘은 분명 다른 사람이었다. 준하가 재민의 시선을 따라 고개를 들려고 할 때, 재민이 말했다.

"비밀이에요."

방송: KTS라디오 〈비 사이언티스트〉

진행: 장지현 앵커

대담: 하승민(미국 생체지능연구소 연구원)

장지현 지난주, 충격적이면서도 신기하다는 걸 부정할 수 없는 뉴스가 세간을 떠들썩하게 했습니다. 대기업 K 사의 엔지니어 출신 A 임원이 자사 휴모로패드 사용자 수천 명의 뇌를 컴퓨터처럼 이용해 암호화폐를 채굴했다는 소식이었습니다. 휴모로패드는 이제 우리 생활 깊이 스며들어 휴모로패드 없이는 사실상 사회생활 자체가 불가능한 수준에 이르렀는데요, 과연 휴모로패드를 우리가 안심하고 사용해도 될까요? 사용자의 뇌를 네트워크와 컴퓨터의 자원으로 사용해 버리는 이 놀라우면서도 우려스러운 기술은 도대체 어디서 나온 걸까요? 그리고 소문만 무성한 심우주 탐사 프로젝트와는 어떤 관계일까요? 미국 생체지능연구소 연구원이신 하승민 박사님을 모셨습니다. 박사님, 안녕하세요?

하승민 안녕하세요.

장지현 먼저 지난주에 있었던 사건에 대해서 간단히 설명해 주시겠어요?

하승민 네. 사실 그 임원이 벌인 일 자체는 그렇게 특별하지 않습니다. 고객이 소유한 자원을 업체 관계자가 무단으로 사용한 것이지요. 비슷한 일은 예전에도 있었어요. 예를 들어 인터넷에서 서비스를 제공하는 업체가 서비스 이용자의 컴퓨터나 스마트폰에 있는 CPU나 메모리 등을 허락 없이 또는 기만에 가까운 동의 절차만 거치고 그리드 컴퓨팅의 자원으로 이용한 사례는 많아요.

장지현 하지만 이번엔 단순한 자원이 아닐 텐데요.

하승민 그렇죠. 휴모로패드가 보급되면서 우리의 뇌도 컴퓨터의 연산 자원 취급을 받았고 문제의 임원은 사용자의 뇌를 무단으로 개인의 이익을 위해 이용했습니다. 이용된 사람들은 자기도 모르는 사이에 뇌의 의식할 수 없는 부분에서 같은 처지의 사람들과 정보를 주고받고 해석하며 거대한 슈퍼컴퓨터의 일부가 된 셈이고요.

장지현 사용자들은 그걸 느낄 수 없나요?

하승민 의식적으로는 느낄 수 없어요. 휴모로패드 자체가 애초에 의식 아래에서 작동하면서 사용자를 위한 UI 정도만 감각계로 보내 주도록 만들어졌으니까요. 하지만 뇌가 쉬지 않고 연산을 하기 때문에 어마어마한 열량을 소모해요. 그래서 쉽게 지치거나 체중이 줄어들 수 있죠. A 임원이 육체적 노동량이 많은 저소득층을 주요 대상으로 삼은 것도 그 때문이에요. 피로가 일상이 된 사람들이니까요. 보안 수준이 낮은 염가판 휴모로패드를 복지 명목으로 노인과 저소득층에게 대량으로 무상 공급한 것도 A 임원의 기획이었죠.

장지현 체중이 준다는 것 때문에 다이어트를 이유로 자기도 이용해 달라는 농담 같은 얘기도 있었는데요.

하승민 효과는 있죠. 하지만 그야말로 열량만 빠져나가기 때문에 근육이 지방보다 빨리 줄어들어요. 이번에 발각된 것도 A 임원이 실수로 이용 대상에 넣은 육상 선수가 몸에 이상을 느끼고 종합 검진을 반으면서였죠.

장지현 사람의 뇌를 네트워크와 컴퓨터의 자원으로 사용하는 휴모로패드라는 기술이 등장하면서 이렇게 무섭고 신기한 일도 일어나고 있는데요, 이 기술이 굉장히 빠르게 우리 생활 깊은 곳까지 스며 든 것 같아 더욱 걱정이 됩니다. 휴모로패드가 일상화되면서 스마트폰도, 우리가 안경이라고 부르던 스마트글래스도 모습을 감춰 버렸죠. 하지만 휴모로패드의 개발자나 개발 과정에 대해서는 잘 알려지지 않은 것 같은데요, 휴모로패드는 어떻게 만들어진 건가요?

하승민 휴모로패드는 특정한 개발자도 없고 개발 과정을 추적하는 것도 어려워요. 휴모로픽소프트라는 기업이 처음 특허를 내고 제품화하기는 했지만, 휴모로패드 기술에 대한 정보와 기초적인 모형은 그 전부터 마치 자연 발생 한 것처럼 인터넷과 사회 연결망 속을 떠다니고 있었어요.

장지현 꼭 고대 지구의 바다에서 생명이 탄생했다는 얘기처럼 들리네요.

하승민 생명의 발생이라기보다는 진화에 가깝다고 생각합니다. 의식이나 지능이 더 적극적으로 연결되고 통합될수록 생존과 유지, 그리고 발전이 용이해지면서 아무도 의식하지 못하는 사이에 더 나은 연결망 기술이 발생하고 완성된 거죠. 휴모로픽소프트는 그걸 가장 먼저 발견했을 뿐이고.

장지현 그래서 결국 특허가 취소되고 휴모로패드는 일반 명사가 된 거군요. 연결망 속에서 자연 발생 한 기술의 특허를 둘러싼 재판이 제법 화제가 되었던 기억이 나네요. 조금 다른 얘기지만 지금 달에서 진행되고 있는 심우주 탐사 프로젝트 역시 자연 발생 한 프로젝트라는 얘기가 있었는데요. 이번 A 임원 사건과도 관련이 있고요.

하승민 그 프로젝트 역시 누가 기획하고 어떻게 시작되었는지에 대해서는 분명하지 않은 부분이 많아요. 처음엔 단순히 기밀 사항이라 모르는 거라고 알려졌는데 나중에야 아무런 비밀도 없다는 게 드러났죠. 정말 자연 발생 한 프로젝트라고 해도 이상하지 않아요.

장지현 A 임원 사건과는 어떻게 관련되나요?

하승민 구성원의 의지를 초월해 굉장히 소모적인 작업이 이루어지고 있다는 겁니다. A 임원에게 이용당한 사람들은 자기 의지와는 상관없이 자기 뇌로 엄청난 에너지를 소모하며 컴퓨터의 역할을 했죠. 심우주 탐사 프로젝트 역시 지금 어마어마한 자원을 소모하며 진행되고 있어요. 지구 전체에서 1년 동안 사용할 수 있는 에너지를 지금 달에선 일주일 만에 쓰고 있어요. 그런데 이 프로젝트가 어떻게 시작되었는지 아는 사람은 아무도 없어요. 소위 우주의 중심이라고 부르는 곳을 탐사해야 한다는 목적만을 가지고 모두가 움직이고 있는데 왜 거기로 가야 하는지조차 모르는 겁니다. 적어도 지금은 몰라요. 마치 누군가 뒤에서 그렇게 하라고 시켜서 하고는 있는데 정작 그 일을 하고 있는 우리는 누가 시켜서 하는지조차 모르는 것처럼 보여요.

장지현 그럼 어떻게 이 프로젝트가 유지될 수 있는 건가요? A 임원의 경우엔 모든 게 드러난 뒤로는 사용자들의 반발과 함께 모든 직책에서 물러나 재판을 기다리고 있잖아요.

하승민 심우주 탐사 프로젝트의 부산물이 많거든요. 탐사선의 과학 장비에 쓸 인공 지능을 위해 엄청난 밀도와 복잡성을 가진 연결망이 만들어지고 있다고 들었어요. 그리고 거기서 조금 전에 말한 "기술의 자연 발생"이 쏟아지고 있는 거죠. 휴모로패드 역시 거기서 처음 발생했을지도 모른다는 얘기가 있어요. 상온 상압 핵융합 기술이나 반물질 양산 기술도 거기서 발생했고 그 덕분에 태양계 자원 탐사가 자유로워지면서 우리가 자원 걱정 없이 살 수 있게 되었죠.

장지현 휴모로패드도, 연결망에서 자연 발생하는 기술도, 이젠 우리와 떼려야 뗄 수 없는 존재가 된 것 같네요. 인류를 다른 동물과 구분 짓는 것이 한때는 지성이나 의식 따위로 이야기되었지만 이젠 연결망이 된 듯도 합니다. 박사님, 오늘 인터뷰 응해 주셔서 감사합니다.

하승민 감사합니다.

장지현 오늘은 미국 생체지능연구소의 하승민 박사님과 말씀 나눴습니다.

달이 외로움을 잊게 해 줄 거야

500년 만에 돌아왔다. 우주 탐사선 베르티아가 비상대론적 속도*까지 떨어진 것을 확인한 아지사이는 데스크룸 창밖의 풍경을 둘러봤다. 멀리서 눈부시게 타오르는 태양을 제외하고는 그저 시커먼 공간 여기저기서 빛나는 점들밖에 없었다. 하지만 아지사이는 금방 찾을 수 있었다. 목성과 토성 그리고 화성을. 지금 위치에서는 그저 조금 더 밝은 별에 불과했지만 아지사이는 목성의 구름 띠와 토성의 고리, 화성의 붉은 표면을 볼 수 있을 것만 같았다. 아니, 정말 눈에 보이는 것일지도 모른다. 천왕성과 해왕성은 베르티아의 뒤편에

* 비상대론적 속도 Non-relativistic Speed 상대성 이론에서 다루는 시공간의 왜곡 효과가 거의 일어나지 않는 속도. 엄밀하게는 속력이나, 속도라고 흔히 부른다. 정확한 기준은 없으나 일반적으로 광속의 10퍼센트 이상을 상대론적 속도, 그 이하를 비상대론적 속도라고 한다.

있고, 수성과 금성은 태양의 코로나에 가려 보이지 않았다.

지구는 태양과 베르티아의 사이를 지나가고 있을 것이다. 아지사이는 감광 필터를 달고 태양을 관측할까 고민했다. 그럼 지구의 검은 그림자가 태양 앞을 가로지르는 것이 보일지도 모른다. 아지사이는 기쁨에 너무 취하지 않도록 노력하며 다음 할 일을 위해 시선을 돌렸다.

베르티아의 항해사로서 아지사이는 다른 대원들보다 먼저 깨어 있어야 했다. 초광속 비행의 마지막에 목적지를 놓쳐 버릴 수는 없으니까. 자칫 실수했다가는 은하 반대편까지 가 버릴 수도 있었다. 하지만 아지사이는 유능한 항해사였고 베르티아를 무사히 태양계에 내려놓았다.

"포모나, 모두를 깨울 때가 된 거 같아."

아지사이가 말했다.

"오랜만에 말을 걸어 주셨군요. 잠시 뒤면 모두 일어날 겁니다."

아지사이의 뒤에 서 있던 포모나가 대답했다. 포모나는 베르티아 대원들의 건강을 관리하는 안드로이드였다. 포모나가 테이블 표면을 살짝 건드리자 개인 수면 장비에 연결된 컴퓨터 화면이 나타났다. 시스템 부팅 중이라는 메시지가 뜨더니 동료들의 건강 상태를 나타내는 문자들이 빠르게 지나갔다.

"다들 건강합니다."

포모나가 말했다.

"다행이네. 아, 그리고. 선장이 도착 후에는 술잔을 기울이자고 했었는데."

"그랬지요. 하지만 제가 도와 드릴 수는 없습니다. 권한이 없거든요."

포모나는 자기 임무에 충실한 대신 다른 일에는 권한 타령을 하며 일절 관여하지 않았다. 포모나는 커피 한잔도 타 주는 일이 없었다.

"나도 알아. 할 수 없지."

아지사이는 다시 우주 공간을 바라봤다. 이제 조금만 더 가면 된다. 지금까지 이동한 거리를 생각하면 이미 도착한 거나 마찬가지다. 드디어 새로운 사람을 만난다는 것이 어떤 것인지 느낄 수 있다는 생각에 아지사이는 기대에 부풀었다.

***

"이 자리에 함께하지 못한 두 동료를 추억하며."

선장 장미가 술잔을 들어 올리며 말했다. 데스크룸의 둥그런 테이블에 둘러앉은 다른 다섯 명도 술잔을 들어 올렸다. 술잔에 태양 빛이 굴절되어 장미의 얼굴에 닿았다. 장미는 팔을 내리고 술잔을 기울였다.

"우린 취하지도 않는데 술은 왜 마시는 건지."

엔지니어 리아트리스는 입도 닿지 않은 술잔을 내려놓고 손가락 끝으로 밀어 떨어뜨려 놓았다. 가늘고 긴 왼손 가운뎃

손가락에는 위진시앙이라는 빨간 글씨가 선명하게 새겨져 있었다.

"이런 문화가 우리를 그나마 인간답게 유지해 주니까. 겉멋에 불과하지만."

우주 생물학자 데이지는 자신의 잔을 깨끗이 비운 다음, 리아트리스의 잔도 자기 앞에 가져와 조금씩 홀짝였다. 그걸 본 물리학자 레몬은 반쯤 남긴 자기 잔을 데이지 앞에 가져다 놓았다. 데이지는 윙크를 하며 기쁘게 받아들였다.

"아지사이, 지구에서 연락은?"

장미가 빈 술잔을 이번엔 물로 채우며 물었다.

"아직 아무 반응도 없어요. 이쪽에서 계속 신호는 보내고 있지만."

"달에 설치한 백업 시설은?"

아지사이는 고개를 저었다. 레몬의 잔까지 비운 데이지가 자리에서 일어나 말했다.

"잠깐, 백업 시설하고도 연락이 안 되면 위험한 거 아닌가요? 지구 녀석들이야 500년이나 지났으니 우리가 싫어졌을 수 있지만, 달에 있는 건 건들지 못하게 했잖아요."

"달의 백업 시설에노 문세가 있디ㄴ 건 지구의 후손들이 아주 작정을 하고 우릴 거부하고 있다는 건가요?"

레몬도 무거운 얼굴을 하며 대화에 끼어들었다. 아지사이는 그저 통신 상태의 문제라고 생각하고 있었기에 데이지와 레몬의 의심에 잠시 당황했다. 장미가 아지사이의 표정을 살펴더니 차분한 목소리로 말했다.

"아직 모르는 일이야. 일단 지구에 접근해야겠지."

"정말 그들이 우릴 거부한다면?"

리아트리스가 자리에 앉은 채 물었다.

"500년이면 충분히 긴 시간이야. 그사이 무슨 일이 일어났는지 알 수 없지. 생각해 봐. 혹시나 이상한 종교나 반지성주의가 퍼져서 인류가 퇴화했다면. 우주의 중심으로 떠났던 거대 우주선이 500년 만에 돌아온다는 걸 알면 까무러치지 않을까?"

"그럴 가능성도 고려해서 달에 독립적인 착륙 시설을 준비해 둔 거죠."

리아트리스는 아지사이의 반론이 의미 없다는 듯 고개를 저었다.

"달의 시설과도 연결이 안 된다면서. 그 시설은 수소 폭탄을 코앞에서 터뜨려도 견딜 수 있게 만들었잖아. 거기에 문제가 생겼다는 건, 레몬 말대로 지구인들이 아주 작정을 하고 있다는 뜻일 수 있어."

"리아트리스, 우리도 지구인이야."

레몬이 리아트리스를 향해 돌아서며 말했다. 리아트리스는 레몬을 돌아보지도 않고 대답했다.

"우린 500년을 우주 공간에서 보냈어, 레몬. 우린 이제 지구인이 아니야."

"경험한 삶의 시간으로만 따지면 우리가 지구를 떠난 이후로 30년도 채 지나지 않았어."

"30년을 지구에서 살고 우주에서 30년을 살았는데 우린 여전히 30대 초반의 몸이지. 포모나가 우릴 철저히 관리해 준 덕분에. 500년을 우주 공간에서 보냈는데 살아온 세월은 60년이고 겉으로 보기엔 30대. 이게 어딜 봐서 지구인다운 삶이라는 거야?"

"그래서, 무슨 말을 하고 싶은 거지? 지구로 돌아가지 말자는 건가?"

레몬이 리아트리스를 노려보며 물었다.

"아니. 지구로 가야지. 그들이 반기든 반기지 않든. 그리고 무슨 일이 일어날지 보자고."

리아트리스가 자리에서 일어나 벽을 바라보며 심호흡을 했다. 그 모습을 본 포모나가 다가가 리아트리스의 어깨에 손을 얹었다.

"리아트리스, 상태가 안 좋아 보여요. 1분 정도 자고 일어나는 건 어때요? 그럼……"

포모나의 말이 끝나기도 전에 리아트리스가 포모나의 팔을 거칠게 내쳤다.

"다시는 날 재울 생각하지 마, 이 플라스틱 살덩어리."

리아트리스는 포모나를 잠시 노려보고는 테이블 반대편

의 창가로 걸어갔다.

"위진시앙이 떠난 이후로는 계속 저러네."

레몬이 조그만 목소리로 말했다. 위진시앙은 베르티아의 초광속 통신사였다.

"위진시앙 덕분에 겨우 견디고 있었으니까. 그런데 위진시앙이 지구까지 가 달라는 말을 남기고 죽었으니 정말 꾸역꾸역 살아가고 있을 거야."

데이지가 술잔을 다시 채우며 말했다.

"아지사이, 지구까진 얼마나 남았지?"

잠시 넋을 놓고 있던 아지사이가 장미의 물음에 화들짝 놀라며 대답했다.

"지금 속도로 가면 48시간 이내에 도착할 겁니다."

아지사이는 피곤했다. 간만에 데스크룸에 모두가 모였는데 어째 분위기가 전혀 좋지 않았다. 지구와는 왜 연락이 되지 않는지, 달 시설에는 도대체 무슨 일이 발생한 건지. 무엇보다 자신이 실질적으로 예순 살이 넘었다는 것이 믿기지 않았다. 성장한 느낌도 없고 철이 든 것 같지도 않았다. 리아트리스의 말처럼, 자신은 인간과는 다른 존재가 되어 가는 걸까. 아지사이는 그런 생각을 하며 얼른 지구에 도착하기를 바랐다.

***

"세상에, 도대체 무슨 일이 있었던 거지?"

데이지가 두 손으로 머리카락을 부여잡으며 말했다. 레몬은 충격에 빠진 듯 말없이 주저앉았다. 리아트리스는 놀란 얼굴이었지만 몸을 움직이지는 않았다. 장미는 침착하게 눈앞의 광경을 살피고 있었다. 아지사이는 고개를 돌려 잠시 심호흡을 하고 다시 바깥을 바라봤다. 지구는 짙은 회색 구름에 뒤덮여 있었고 얇고 거대한 은색 고리가 지구를 둘러싸고 있었다. 그리고 달은 없었다.

"……달이 충돌한 건가요?"

아지사이는 말도 안 되는 소리라고 생각하면서도 그 말을 할 수밖에 없었다. 장미가 아지사이의 어깨에 손을 얹었다.

"저 고리의 성분을 분석해 보면 알겠지. 달이 가루가 된 거라면 백업 시설과 연결이 안 된 이유도 이해가 가는군."

"지구에는…… 누가 살아남아 있을까요?"

"찾아보자고."

장미는 아지사이의 어깨를 가볍게 두드리고는 포모나에게 가서 조용히 몇 가지 질문을 했다. 아지사이는 귀를 기울여 봤지만 아무것도 듣지 못했다. 무슨 이야기를 하는 걸까. 포모나는 아마 탐사원들이 이 충격을 견딜 수 있을지 걱정하고 있을 것이다. 그게 포모나의 일이니까. 선상은 두구라노 소금만 불안해하면 바로 잠재워 버리는 포모나를 설득하고 있을 테고.

"일단 표면적인 재앙에 대해 말씀드리죠."

레몬이 데스크룸의 커다란 스크린에 지구와 달의 모습을 띄우며 말했다. 모두가 알고 있는 과거의 모습이었다.

"달이 지구에 충돌한 게 맞아요. 엄밀히 말하면 달이 모종의 이유로 지구에 접근하기 시작했고 그 도중에 수십만 개의 조각으로 갈라졌어요. 흥미로운 건……"

레몬이 말을 잠시 멈췄다. 아지사이는 '흥미로운'이라는 단어가 문제였다고 생각했다.

"주목할 부분은 달이 로슈 한계* 에 도달하기 한참 전에 파괴되었다는 겁니다. 달의 로슈 한계는 지구에 서 1만에서 2만 킬로미터 정도 떨어진 곳 인데, 지금 보이는 고리의 위치를 토 대로 추정해 보면 달이 파괴된 건 지구로부터 10만 킬로미터 떨어졌을 때예요."

✱ 로슈 한계 Roche limit 위성이 모행성에 접근할 수 있는 한계 거리. 이 안쪽으로 위성이 접근할 경우 모행성의 기조력(조석 간만을 일으키는 힘)으로 해당 위성은 파괴된다.

"그렇다면……"

데이지가 중얼거렸다. 레몬은 데이지와 눈을 맞추며 말을 이었다.

"외력이 있었다는 겁니다. 중력이 아닌 다른 어떤 힘이 달을 파괴했어요. 그리고 아마 달을 지구에 떨어뜨린 것도 그 힘과 관련 있겠죠."

리아트리스가 조그맣게 욕설을 뱉었다. 아지사이는 분위기를 살폈지만 아무도 신경 쓰고 있지 않아 다시 레몬에게 집중했다.

"그리고 레이더로 지구 표면을 살펴보니 지름이 1000킬로미터가 넘는 운석공(隕石孔)이 여럿 있었어요. 아마 커다란 파편이 떨어진 거겠죠. 그것들이 한 방향으로 계속 충돌하면서 지구의 자전을 가속했을 거예요. 덕분에 지금 지구의 하루는 여섯 시간이 안 돼요. 덕분에 상상을 초월하는 폭풍이 이어졌고…… 바다에 떨어진 운석들 때문에 해저에 녹아 있던 어마어마한 메탄이 방출된 거 같아요. 그 결과, 지금의 모습이 된 거죠. 적도에선 초속 180미터의 폭풍이 불고 온실 효과 때문에 표면 온도는 90도가 넘어요. 그러니까……"

레몬은 잠시 뜸을 들였다. 소리 없이 말을 더듬더니 심호흡을 한 번 하고 말했다.

"그러니까 적어도 지상에 살아남은 인간이 있을 가능성은 적어요."

"지하나 해저에 남아 있을 가능성은?"

장미가 물었다.

"바다는 거의 증발한 거 같아요. 해수면 온도가 올라가고 강풍이 불면서 증발량은 많아지고 수증기는 온실 효과를 가속했고. 지금은 드문드문 호수 규모로만 남아 있기 때문에 거기서 살아남기는 힘들어요. 지하는 아직 알 수 없지만, 글쎄요. 지구 전역에 달의 파편이 떨어졌는데 지하에 인구 수용 시설을 만들 여유가 있었을 거 같지는 않아요."

"데이지, 지하에 누군가가 있다면 확인할 방법이 있을까?"

"지하에 어떤 생태계를 꾸몄는지에 따라 달라요. 완벽하게 순환되는 시스템을 만들었다면 바깥에서 알기 어렵겠죠. 하지만 쓰레기 따위를 배출하거나 외부에서 채집하는 자원이 있다면 흔적을 발견할 수 있을 겁니다. 조사를 해 보죠. 하지만 구름이 너무 두꺼워서 쉽지는 않을 거예요."

데이지가 종이 위에 메모를 시작했다. 짧은 시간에 건설 가능한 지하 거주 시설에 대한 가설을 세우고 있었다.

"리아트리스, 만약 지구에 생존자가 있다면 우리가 구할 방법은? 착륙은 가능할까?"

"어려워요. 베르티아는 착륙을 전제로 설계되지 않았으니까요. 그런 기능이 있다고 해도 지금 같은 환경에서는 어림도 없어요."

"아지사이 의견은?"

아지사이는 준비하고 있던 대답을 했다.

"리아트리스의 의견에 동의해요. 베르티아 같은 맨해튼급 비행체가 지상관제의 도움 없이 비상 착륙 하는 건 불가능에 가까워요."

"그렇군."

장미가 턱을 쓰다듬었다. 아지사이는 장미가 이미 충분히 알고 있는 걸 물었다고 생각했다. 아무리 당연해 보이는 일이라도 담당자에게 다시 확인하는 것이 베르티아 선장의 원칙이었다. 모두가 지구의 처참한 광경을 보며 억지로 자기 할 일을 해내고 있었지만, 선장 장미는 평소와 조금도 다른 점이 없었다. 하지만 드러내고 있지 않을 뿐, 내적 동요는 분명 있을 거라고 아지사이는 생각했다. 지구의 문화를 가장 사랑한 게 장미였으니까. 내가 우주 공간에서 다시 500년을 보내더라도 선장처럼 되지는 못할 거야. 아지사이는 그렇게 생각하며 선장을 바라봤다.

"그럼 데이지는 지하 거주 시설의 흔적을 찾아봐. 지구 밖으로 탈출했을 가능성도 생각해 보고. 레몬은 달이 추락하고 분해될 수 있는 시나리오를 정리하고 그 외에 우리가 모르는 사건이 있었는지도 조사해 줘. 리아트리스, 지상에 남아 있는 시설에 연결할 방법을 찾아. 어딘가 분명 기록이 남아 있을 거야. 우리가 떠난 이후에 일어난 일들을 알아보자고. 또 베르티아 시설 중에 구조선으로 개조할 수 있는 게 있는지 알아봐 줘. 그리고, 아지사이."

장미가 자기만 따로 부른 것 같은 느낌에 아지사이는 잠시 긴장했다.

"베르티아가 착륙할 수 있는 후보지를 골라 둬. 중력이 약한 곳이라면 가능할지도 몰라. 가급적 가까운 곳으로. 생존자들이 초광속 비행을 견디기는 어려울 거야. 태양계 어딘가가

166

가장 좋아."

선장은 이미 지구를 포기했구나, 아지사이는 침을 삼켰다. 짧은 정적이 이어진 뒤 포모나가 데스크룸으로 들어왔다.

"여러분, 정기 점검 시간입니다. 한 사람씩 제 방으로 들어오세요. 들어오기 전에 모두 진정제 한 알씩 먹는 거 잊지 말고."

깨어 있는 동안 한 시간에 한 번씩 이루어지는 포모나의 정기 검진은 1초도 늦는 법이 없었다. 그리고 모든 일이 신기할 만큼 그 시간에 맞춰서 타이밍 좋게 정리가 되었다. 선장은 이런 것까지 생각해서 일을 굴리는지도 모른다고 아지사이는 생각했다.

***

"난 포모나를 못 믿겠어."

리아트리스가 말했다. 아지사이는 주변을 둘러봤다. 데스크룸엔 리아트리스와 아지사이 둘뿐이었다. 모두 언제 사라진 거지? 아지사이는 고개를 갸우뚱했다.

"너한테 말한 거야, 항해사."

"아, 그렇군요."

리아트리스가 아지사이에게 말을 거는 건 드문 일이었다. 애초에 선장을 제외하고는 아지사이와 개인적인 대화를 하는 사람이 많지 않았다. 다들 탐사와 관련된 일을 담당하지만 아지사이는 유일하게 베르티아의 운항만을 담당하니까. 우주의 중심에서 모두 정보 수집에 열중하고 있을 때 아지사이는 혼자 수면 상태였다. 심지어 포모나도 깨어 있었는데. 아지사이는 베르티아에서 자기가 가장 소외된 존재라고 생각했다.

"포모나를 못 믿겠다니, 무슨 말이죠?"

아지사이는 최대한 평상심을 유지하며 되물었다.

"그 망할 안드로이드 말이야. 최첨단 안드로이드라는 녀석이 할 줄 아는 일이 우리 건강 체크밖에 없다는 게 이상하지 않아? 우리한테 커피 한 잔도 날라 주지 않는다고."

맞는 말이었다. 포모나는 자기 임무만 철저히 수행했고 그 임무는 대원들의 건강 관리였다. 정신 상태를 점검하고 피로가 누적되면 수면을 권한다. 말을 듣지 않으면 강제로 잠들게 만들 때도 있다. 정기적으로 체내 노폐물을 제거하고 노화가 진행된 부분이 있으면 재생 시술을 해 준다. 덕분에 대원들의 건강 상태는 언제나 최상으로 유지되었다. 하지만 그 외의 일은 절대 하지 않았다. 탐사선 바깥에서 일어나는 일에도 관심이 없었다. 지금 눈앞에 펼쳐진 지구의 참상 역시 안중에도 없을 게 분명했다.

"하지만 그게 포모나의 일이니까요."

"그게 이상하다는 거야. 애초에 우리 임무 자체가 이상해. 500년이나 지난 뒤에 하는 말이지만."

체감상으로는 30년이지. 그래도 싫구나. 아지사이는 눈딩이라도 들은 듯 가볍게 웃었다. 리아트리스가 아지사이를 바라보며 말을 이어 나갔다.

"우리를 우주의 중심에 보낸 이유가 뭘까? 어떤 미친 새끼가 500년 뒤에나 돌아올 탐사대를 보내겠냐고. 아무리 먼 미래를 바라보는 천재들이 있었다고 해도 이게 얼마나 무의미한 짓인지 몰랐을 리가 없잖아. 정말 순수한 탐사를 위해서였을까? 아닐 거야. 포모나는 우리에게 거짓말을 하고 있는 게 분명해."

아지사이는 리아트리스의 심리에 문제가 생겼다고 판단했다. 충분히 있을 수 있는 일이었다. 아무리 정신적으로 건강한 사람이었다고 해도 수십 년을 우주에서 보내고 돌아오자마자 지옥이 되어 버린 지구를 봤으니. 리아트리스에게는 치료가 필요해, 아지사이는 나중에 포모나에게 얘기해야겠다고 생각했다.

"항해사, 잘 생각해 봐. 우리가 우주의 중심에서 뭘 봤을까? 도대체 무엇을 보기 위해 보내진 걸까?"

"알잖아요. 전 우주의 중심에 있을 땐 잠들어 있었어요."

"그게 더 이상하지 않아? 너도 엄연한 우리 일원인데 가장 중요한 임무가 진행될 때 잠들어 있었다니. 정작 건강 관리 안드로이드 포모나는 깨어 있었는데."

"그야 그게 포모나의 일······"

리아트리스의 얼굴이 갑자기 아지사이에게 다가왔다. 낮

고 조용한 목소리로 리아트리스가 말했다.

"재밌는 거 알려 줄까? 우리 중 누구도 우주의 중심에서 뭘 봤는지 몰라. 심지어 장미 선장도."

***

"아직 별다른 흔적은 찾지 못했어요."

데이지가 지구의 지도를 화면 위에 띄우며 말했다.

"초기 생존자들이 만든 임시 피난처 같은 건 몇 개 있었는데 이미 거의 파괴된 뒤였어요. 끊임없이 이어지는 폭풍을 견디지 못한 거 같아요. 그리고 레몬이 알아본 결과, 달이 추락한 시기는 지금으로부터 150년 정도 전이에요. 그리고 매우 짧은 기간 동안 이루어진 일이라고 하더군요. 달이 궤도를 이탈하고 분해돼서 파편이 지구에 추락하기까지 걸린 기간이 길어야 1주라고 하는데…… 그 정도 기간에 150년 이상을 견딜 수 있는 피난처를 만들 수는 없어요. 제가 아는 범위 안에선. 예전에 건설해 둔 시설이 있다면 또 모를까."

레몬이 화면 앞으로 나서자 데이지가 자리를 양보하며 물러났다. 레몬은 지구의 고리 사진과 몇 개의 그래프로 화면을 바꾸고 설명했다.

"지금 고리를 이루고 있는 암석 중에서 지구에 추락했다가 다른 운석이 떨어질 때의 충격 때문에 다시 지구 바깥으로 튕겨 나온 녀석들이 있었어요. 그중에 달의 맨틀이었던 부분도 있어서 표면과 단면을 분석해 봤더니 우주 방사선에 노출된 다음, 그러니까 달이 분해돼서 맨틀 부분이 우주 공간에 노출되고 나서 짧게는 다섯 시간 만에 대기권에서 불탔어요. 늦어도 사흘 뒤에는 지구에 떨어졌고요. 최소한 샘플의 경우에는."

"그게 가능해?"

장미가 물었다. 레몬은 잠시 고민하고 대답했다.

"정말 어마어마한 충격이 있었다면 불가능하진 않을 거 같아요. 무겁고 큰 파편들, 지구에 치명타를 입혔던 것들이 떨어지기까지는 좀 더 시간이 걸렸을지도 몰라요. 어쨌거나 데이지 말처럼 대규모 인원을 장기 수용할 수 있는 시설을 만들 시간은 없었을 것 같네요. 그리고 조사 중에 사건의 원흉을 밝힐지도 모르는 실마리를 찾았어요."

레몬이 다시 화면을 바꿨다. 고리를 확대한 사진이었다. 못생긴 감자 같은 암석들 사이에서 날카로운 모서리를 가진 밝은 물체를 발견한 아지사이는 눈을 크게 뜨고 자세히 살폈다.

"저건 인공물이겠죠?"

아지사이의 물음에 레몬이 고개를 끄덕였다.

"가속기의 일부예요. 구조를 보니 달의 중력을 기준으로 설계된 거 같더군요. 곡률을 봐선 가속기의 반경은 450킬로미터 정도였던 듯하고. 저기서 반물질을 만들었던 거 같은데, 그 과정에서 사고가 터졌을 가능성이 있어요."

"달을 파괴할 만큼의 반물질 유출이라도 있었던 거야?"

"원래 달이 있던 궤도에도 파편이 제법 있었어요. 걔들을 분석해 보니 어마어마한 양의 감마선에 노출됐더군요. 그리고 지구의 고리에서도 감마선에 노출된 흔적이 나와요. 모두 대량의 반물질이 반응한 흔적이에요. 정확한 양은 알 수 없지만, 반물질은 수백에서 수만 킬로그램이 만들어졌고 두 번에 걸쳐 폭발이 일어났어요."

"두 번이라고?"

리아트리스가 물었다.

"한 번은 달을 궤도에서 이탈시켰고 다른 한 번은 달을 파괴했죠. 공교롭게도 두 폭발 모두 지구에 가장 큰 피해를 줄 만한 위치에서 일어난 거였고."

레몬이 호흡을 가다듬으며 잠시 공백을 넣고 말을 이었다.

"폭발의 위치나 반물질의 양 모두 처음부터 한 가지 목적을 위해 계산된 것처럼 보여요. 전 지구의 초토화. 이건 의도적으로 일어난 일이에요. 사고일 가능성은 적어요. 누군가가 일부러 인류를 멸망시킨 게 틀림없어요."

아지사이는 초토화된 지구를 처음 봤을 때만큼의 충격을 받은 이가 자신뿐만이 아니라고 믿었다. 다른 이들의 표정이 그걸 증명했다. 예외는 장미와 포모나였다. 아지사이는 장미의 표정이 잠깐 굳었다가 금세 평소대로 돌아오는 순간을 놓치지 않았다. 포모나는 애조에 레본의 말에 관심도 없었고 그저 모두의 건강 상태를 보여 주는 태블릿 단말기를 유심히 바라볼 뿐이었다.

"내 차례군."

리아트리스가 나섰다.

"적어도 100년 이상은 돌풍이 이어지다 보니 제대로 남아 있는 통신 시설이 없더군요. 있다고 해도 전력 공급이 안 되니 작동할 가능성도 없고. 애초에 도시 대부분이 흙먼지에 묻혀 버렸으니 여기서 뭔가를 알아내기는 어렵습니다. 그래서 예비용 부속을 써서 로버를 다섯 대 만들었어요. 도시의 흔적이 남은 곳으로 보냈죠. 바람이 너무 세서 착륙시키기가 쉽지 않았어요. 한 대는 도중에 실종됐고, 두 대는 추락했어요. 다른 두 대는 어떻게든 착륙했고."

화면에 붉은 모래사막처럼 보이는 풍경이 나타났다. 지평선에는 희미한 그림자 몇 개가 수직으로 솟아 있었다.

"한 대는 대학 캠퍼스로 생각되는 곳에 착륙했습니다. 우리가 아는 대학의 모습은 아니지만. 아무튼, 일단 대학이니 도서관이 있을 테고 거기 컴퓨터의 파편이라도 남아 있다면 뭔가 알 수 있을 거라 생각했죠. 찾아보니 누가 쓰던 컴퓨터 한 대가 남아 있더군요. 로버의 배터리로 전력을 공급하면서 자료를 복구해 이쪽으로 전송시켰어요. 그리고 이게 거기서 건진 지난 350년의 역사입니다."

화면 위로 기다란 시간축과 복잡한 사건 목록이 나타났

다. 같은 자료가 각자의 테이블 위에도 표시되었고 사건 이름을 누르면 더 자세한 자료들이 표시되었다. 모두가 잠시 자료를 묵묵히 읽어 나갔다.

"재난이 일어나기 전의 마지막 50년에는 기록의 빈도가 급격히 떨어졌어요. 충돌 10년 전부터는 거의 없는 거나 마찬가지고. 충돌이 일어나기 2년 전에 갑자기 가속기 건설을 시작했다는 게 사실상 마지막 기록이에요."

"우리 이야기는 출발 5년 만에 사라지네. 너무해."

레몬이 아쉬움이 잔뜩 담긴 표정으로 테이블 위의 자료를 닫으며 말했다.

"500년 뒤에나 돌아오는 사람들한테 관심을 가지는 게 낭비지. 손바닥 위에서 200억 명의 사사로운 일상을 실시간으로 지켜볼 수 있는데 우리 따위에 관심을 가질 리도 없고."

리아트리스가 담담하게 말했다. 아지사이는 데이지와 레몬의 말에 동의하면서도 자료에서 쉽게 눈을 떼지 못했다. 베르티아가 지구를 떠난 뒤 350년이 지났을 때 지구는 폐허가 되었다. 350년은 짧지 않은 시간이었다. 사회가 충분히 변화하고도 남을 정도였다. 하지만 개인과 개인을 잇는 연결이 더 촘촘하고 복잡해져 가는 것 말고는 기다린 긴것이 보이지 않았다. 다만 어떤 패턴이 보였다.

"철없는 아이 같아요."

아지사이가 말했다.

"뭐?"

리아트리스가 되물었다. 아지사이는 리아트리스 옆에 있던 큰 화면의 자료를 가리키며 말을 이었다.

"역사적 사건들을 몇 가지 종류로 나눠 보면…… 크고 작은 전쟁이나 국가 간의 외교적 분쟁 같은 일은 부정적인 사건으로 두고 평화 협정이나 경제 부흥 같은 걸 긍정적인 사건으로 두면요. 국소적인 차이는 있지만 전반적으로 긍정적인 기간과 부정적인 기간이 번갈아 나타나요."

"그거야 당연한 거 아니야? 그게 역사잖아."

레몬이 따분한 얼굴로 말했다.

"그렇기는 한데…… 잠깐만요, 우리가 출발한 직후의 역사부터 보죠."

아지사이가 테이블을 몇 번 두드리자 500년 전의 역사축도 나타났다.

"우리가 출발할 땐, 굳이 말하자면 전 세계가 행복하던 시기였어요. 각국에서 태양계 곳곳을 탐사했고 호기심이 넘쳤었죠. 베르티아도 아마 그 덕분에 만들어질 수 있었을 거예요. 우리가 출발한 직후까지는 이 분위기가 유지됐어요. 그러다가 시간이 지나면서 조금씩 무거운 사건이 일어나기 시작해요. 여기저기서 작은 전쟁도 발생하고 경제 공황도 생기고. 그럴 때마다 전 세계적으로 우울증이 퍼지는 현상이 반복되고 있죠. 그런 경향이 일시적으로 사라진 게…… 완벽한 가상 현실 기술이 구현되었을 때예요. 예를 들어 영화 산업은 스크린에서 가상 현실로 옮겨 간 거 같네요. 아무튼 저 기술이 마치 우울증약이라도 된 것처럼 이후 30년 정도는 우울증의 대규모 유행이 없어요."

아지사이는 다른 사람들의 표정을 살폈다. 다행히 어느 정도 흥미는 끌고 있었다.

"그 대신 사회 자체의 활력이 줄었죠. 아마 사람들이 가상 현실에서 너무 많은 시간을 보내면서 현실에 대한 영향력을 잃어 간 거 같아요. 그리고 가상 현실 기술 활용에 제한이 걸리는데…… 이후로 다시 이런저런 문제가 생기기 시작해요. 잘 버티는 공동체가 있는 반면에 거의 분쟁 지역이 되는 곳도 있고. 가상 현실 없이는 사회 자체가 돌아가지 않는 곳도 있어요. 그렇게 국제적 문제도 발생하기 시작하고…… 예전만큼은 아니지만 여기저기서 우울증의 대규모 유행도 다시 일어나요. 그러다가…… 이번엔 마인드 업로딩이 등장하더니…… 조금 다르긴 하지만 결국 비슷한 일이 반복돼요."

"그게 왜 아이 같다는 건데?"

리아트리스는 비꼬는 듯한 말투로 말했지만, 표정은 사뭇 진지했다.

"마치 어떤 과자나 장난감, 심하게는 약물 따위에 중독된 것처럼 보였어요."

"누가?"

"인류 전체."

리아트리스의 물음에 장미가 대신해서 대답했다.

"절제하지 못하는 아이의 뇌를 보는 것 같다는 거군."

"네. 처음으로 무언가에 중독되기 시작한."

"하지만 그런 식으로 해석한다면 뭐든 이 상황의 원인으로 지목할 수 있을 것 같아. 결정적인 근거가 부족해."

장미가 화면 앞으로 나왔다. 그러자 리아트리스가 장미를 바라보며 천천히 말했다.

"루나리아가 있었다면 뭔가 더 알아낼 수 있었을지도 모르죠."

루나리아는 베르티아의 심리학자였다. 아지사이는 루나리아의 마지막 순간을 떠올렸다. 우주의 중심에서 출발해 아지사이가 상대론적 가속을 준비하고 있을 때, 루나리아가 갑자기 돌변했다. 다른 대원의 정신에 침투해 기억을 뒤지고 정보를 섞어 놓기도 했다. 루나리아는 아지사이에게 지구로 돌아가서는 안 된다고 소리치며 가속을 멈추라고 했다. 거부당한 루나리아는 아지사이를 제압해 권한을 빼앗으려고 했다. 포모나는 어째서인지 루나리아를 강제로 재울 수가 없었고, 결국 루나리아를 격리했다. 아지사이는 다행히 큰 피해를 입지 않았지만, 초광속 통신을 담당하던 위진시앙은 그때 심각한 정신 오염을 겪고 마지막까지 회복하지 못했다. 아지사이는 그때를 생각하면 언제나 묘한 두려움을 느꼈다.

"포모나가 루나리아의 자살을 내버려 두지만 않았다면."

리아트리스는 포모나를 노려보며 말했다. 루나리아는 격리 직후 스스로를 불태워 버렸다. 어떻게 불을 지른 건지는 이후로도 밝혀지지 않았다. 장미는 갑자기 무거워진 분위기를 떨쳐 내듯 평소보다 큰 목소리로 말했다.

"뭐, 근거는 부족하지만 어쨌거나 흥미로운 접근이야. 어차피 기록된 건 사실의 파편일 뿐이니 그냥 들여다보는 걸로는 한계가 있을 거야. 인류 사회 전체를 하나의 유사 의식으로 생각해서 접근하는 것도 보조적인 방법으로는 괜찮아 보여. 그렇게 하면 사회의 연결망 변화를 통해 좀 더 거시적인 사실도 찾을 수 있을지 몰라. 데이지, 루나리아의 기록물도 참고하면서 분석을 시도해 봐."

장미가 루나리아의 자료실을 열어 볼 수 있는 암호 키를 데이지에게 넘겼다. 데이지는 리아트리스의 눈치를 살피더니 암호 키를 받았다. 장미는 그 분위기를 읽은 듯 리아트리스에게 말을 걸었다.

"다른 로버는 어디에 착륙했지?"

"남극."

리아트리스의 짧은 대답에 모두가 순간석으로 의아한 표정을 지었다. 이번엔 장미도 예외가 아니었다.

"어차피 생존자는 없을 테니 마지막 한 대는 다른 용도로 쓰기로 했죠."

화면에 지저분한 회색 배경에 검은 얼룩이 드문드문 보이는 흑백 영상이 나타났다. 한때 거대한 얼음으로 뒤덮여 있던 대륙의 현재 모습이었다.

"검은 얼룩은 호수입니다. 저기 가운데 보이는 큰 얼룩이 보스토크호(湖)고요. 아마 우리가 보스토크호의 진짜 모습을 보는 최초의 사람들일 겁니다. 이 호수는 지구가 이 지경이 되기 전까진 4킬로미터 두께의 얼음 밑에 있었으니까요. 그리고 아시다시피 보스토크에는 러시아의 정보센터가 있었죠. 넘쳐나는 디지털 쓰레기들 사이에서 외교적으로 가치 있는 정보들을 백업해 두던 곳. 대부분 외국에서 훔친 기밀 자료였고. 러시아가 손을 뗀 이후로도 인공 지능이 계속 정보를 수집하고 있었다고 알고 있어요. 지금 정보센터는 호수 아래에 잠겨 있어요. 덕분에 지옥 같은 환경에서 동떨어져 잘 보존되어 있을 가능성이 크고. 마지막 로버는 지금 호수 아래에서 정보센터로 접근 중입니다."

"정보센터에 대한 소문은 들은 적이 있어. 마지막 50년에 대한 자료를 찾기 위해서 거길 고른 거야?"

레몬이 말했다. 리아트리스는 고개를 저었다.

"뭘 찾으려고 한 거지?"

장미의 질문.

"우리가 우주의 중심에서 본 것을."

리아트리스의 대답.

***

　포모나의 정기 검진을 마친 아지사이는 데스크룸으로 돌아왔다. 다른 팀원들은 아직 돌아오지 않았다. 리아트리스가 켜 놓은 화면에는 정보센터의 예상 위치와 그곳에 접근하는 로버의 위치가 나타나 있었다.

　"우리가…… 본 것을."

　아지사이는 리아트리스의 말을 떠올렸다. 무엇을 본 걸까. 리아트리스는 왜 거기에 집착하는 걸까.

　"먼저 와 있었군."

　데이지였다. 데이지는 리아트리스의 화면을 슬쩍 확인하고는 자리에 앉았다.

　"데이지, 우주의 중심에서 뭘 본 거죠?"

　"뭐?"

　"우리가 거기서 뭘 봤는지, 아무도 모른다는 게 사실인가요? 전 그때 수면 상태였으니 당연히 모르지만, 다른 사람들은 그럴 리가 없다고 생각했는데."

　아지사이가 데이지의 맞은편에 앉으며 물었다.

　"글쎄. 우린 각자 자기가 할 일을 했을 뿐이야. 수집한 자료를 체계적으로 정리해 두면 선장이 전체를 종합해서 휘진시앙에게 부탁해 초광속 통신으로 지구에 보냈지. 우린 모두 각자의 일에 몰입할 수밖에 없었어. 우주의 중심은 우리가 알고 있는 모든 지식을 동원해도 설명하기 어려운 곳이있거든. 재경

신을 유지하기 어려울 만큼. 아니, 있지도 않던 정신이 번쩍 들어 머리를 흔들어 놓을 만큼."

"거기서 알게 된 게 뭐죠?"

"아무것도 몰라. 처음부터 우리가 이해할 수 있는 무엇이 아니었어. 우리 일, 베르티아의 임무는 우주의 중심에서 수집한 정보를 지구로 보내는 거였고, 그걸 분석하고 해석하는 일은 지구에서 이루어질 예정이었거든."

"리아트리스가 찾고 있는 건 그거군요. 우리가 본 것의 의미."

우주 탐사선 베르티아는 우주의 중심에서 무엇을 발견했을까. 아지사이는 로버가 보내 줄 정보가 조금 더 궁금해졌다.

"우주의 중심이란 도대체 뭐였죠?"

아지사이가 물었다.

"우주의 모든 정보가 모여 있는 곳. 우주라는 거대한 홀로그램을 그려 내는 모든 것의 원천. 우리도 그렇게만 알고 있어. 우리가 수집한 것도 거기 있는 정보의 극히 일부일 뿐이야. 한가지 목적만을 위한 수집이었지."

"무슨 목적이었죠?"

"몰라. 그건 선장만 알아. 아, 얘기가 나와서 말인데……"

데이지가 작은 메모리 카드를 아지사이에게 건넸다.

"이걸 가지고 있어. 혹시나 싶어서."

"이게 뭐죠?"

"음, 만약을 위해 비밀 대화를 할까."

데이지는 아지사이의 얼굴 옆으로 다가가 조용히 속삭였다. 데이지의 얼굴이 멀어지자 아지사이가 의아한 표정으로 물었다.

"그런데 그걸 왜 저한테?"

"베르티아에 무슨 일이 있을 땐, 나보다는 항해사인 아지사이가 더 중요해지니까. 선장이 말한 것처럼, 베르티아의 마지막이자 다음 목적지는 너한테 달려 있고."

레몬과 리아트리스가 데스크룸으로 들어왔다. 곧이어 장미와 포모나가 들어왔고, 포모나는 조용히 문을 닫았다. 데이지는 아지사이보다 먼저 자기 자리에 가서 앉았다.

***

다시 데이지가 화면 앞에 섰다.

"아지사이의 의견을 토대로 인류의 연결망 전체를 유사 의식으로 해석해 봤어요. 인간과 인공 지능 하나하나가 고성능 뉴런이고 그들을 이어 주는 연결이 시냅스라고 생각한 거죠. 그렇게 지구를 뒤덮은 연결망 전체를 하나의 뇌라고 보는 겁니다. 지구에만 한정되는 아이디어는 아니고요. 우주 망원경이나 태양계 탐사선은 뇌에 연결된 눈과 손가락이 되는 셈이죠."

수많은 붉은 선으로 복잡하게 뒤덮인 지구가 화면에 나타났다. 몇 개의 선은 지구 밖의 점과 연결되어 있었고 껌 이래에

182

는 망원경과 탐사선의 이름이 적혀 있었다.

"일단 이 유사 의식의 이름을 핀이라고 지었어요. 행성 신경망(Planetary Neural Network)의 영문 약자 PNN을 그렇게 읽은 것이고요."

"가이아가 더 그럴싸하지 않아?

레몬의 말에 데이지가 손가락을 저었다.

"가이아는 말하자면 지구의 자연을 하나의 개체로 보는 개념이니까. 조금 다른 거 같아서."

레몬은 수긍한 듯 팔짱을 꼈다.

"재앙이 발생하기 전 50년 동안, 핀은 몇 가지 장애를 겪었어요. 일단 수면 장애가 있겠군요. 그 전까지 핀의 뇌 활동량은 밤이 되면 줄었어요. 물론 많은 데이터 전송이 이루어지기는 했지만, 소프트웨어 업데이트나 백업 같은 걸 제외하면 대개는 비생산적인 활동을 했죠. 뉴런들은 밤에 단순 오락이나 포르노, 업데이트 따위로 스트레스를 해소했어요. 그런데 어느 순간부터 밤 영역에서도 활동량이 늘더군요. 그러나 생산성은 전혀 늘지 않았어요. 노래하는 고양이 홀로그램을 주고받는 것처럼 무의미한 연결과 데이터 전송만 수없이 반복되었죠. 마치 불면증에 빠진 것 같았어요.

그런 상황이 10년 정도 진행되더니 이젠 밤낮 가리지 않고 그런 상태가 되었어요. 무기력에 빠진 거죠. 그러고 나서는 인지 기능 저하가 일어나더군요. 우주 망원경이 화성에 거대한 운석이 충돌하는 광경을 생생하게 포착했는데도 아무런 반응이 없었어요. 불면증을 겪기 전에는 화성이 접근만 해도 흥분했었는데 말이죠. 우주 탐사에 대한 의욕도 사라졌어요. 매년 로켓을 쏘아 올리던 발사 시설도 모두 폐쇄됐죠. 따라서 이후에 우주로 탈출했을 가능성도 적어요."

"행성이 우울증에라도 걸렸다는 얘기로 들리네."

레몬이 말했다.

"뭐, 핀의 존재를 받아들인다면 틀린 말도 아니지."

리아트리스의 말에 데이지가 고개를 끄덕이며 말을 이어 나갔다.

"핀의 존재 자체가 사실 억측이기는 하지만, 여기서부터는 더 지나친 억측일지도 몰라요. 하지만 흥미로우니 일단 얘기하죠. 재앙 30년 전부터 연결망에 대한 반감을 품은 문화가 조금씩 늘어났어요. 하지만 이미 모든 게 연결망에 의존하고 있다 보니 완전히 버릴 수는 없었죠. 그 대신 사용을 통제한 겁니다. 결과적으로 정보 전달 효율이 떨어지기 시작했어요. 정말 필요한 실무 정보가 아니고서는 거의 전달되지 않았어요. 이 반(反)연결망 문화는 핀에게 있어서…… 비유하자면 세로토닌의 감소와 비슷해요. 뇌의 감정 조절을 담당하는 신경 전달 물질이 줄어든 거죠. 세로토닌 감소는 불안이나 우울증의 원인이 되기도 해요."

데이지는 모두의 시선을 살피며 조심스럽게 말했다.

"그렇게 반연결망 문화가 퍼지면서 따라온 게 반지성주의였어요. 핀의 뉴런들이 지성을 거부하기 시작한 거죠. 아이러니하게도 이 반지성주의는 국소적인 연결망에서 정보 과잉을 불러왔어요. 폐쇄적인 커뮤니티 같은 곳에서 급격하게 정보 흐름이 늘어나더군요. 그 안에서 떠도는 정보는 오류투성이였고 그 반작용으로 주변의 연결망들이 비활성화되거나 아예 끊어져 버렸죠.

우리 뇌에도 이와 비슷한 일을 하는 물질이 있더군요. 퀴놀린산이라는 건데, 신경 흥분 독의 일종이에요. 퀴놀린산이 과다 분비되면 뇌세포가 손상되는 거죠. 우연의 일치일 수도 있지만, 세로토닌 감소의 결과 중 하나가 퀴놀린산의 증가예요. 핀의 뇌에서 그와 매우 비슷한 일이 일어났어요. 정보 전달 효율이 떨어지고 반지성주의라는 흥분 독이 퍼진 겁니다."

잠시 침묵. 모두가 집중했다. 아지사이는 데이지가 무슨 말을 할지 궁금했다. 하지만 데이지는 주저하는 것처럼 보였다.

"데이지, 계속해."

장미가 말했다. 데이지는 목소리를 가다듬더니 다시 입을 열었다.

"인간의 뇌에서 퀴놀린산과 관련된 또 다른 증상 중 하나는……"

다시 목을 가다듬는 데이지.

"자살 충동이에요."

데이지가 다른 이들의 시선을 살폈다. 아무도 미동조차 하지 않았다.

"자살을 자주 시도하는 사람의 뇌에서는 그러지 않는 사람보다 두 배 이상의 퀴놀린산이 분비되고 있는 경우가 많았다고 하더군요. 만약 핀의 뇌에서 퍼져 나간 반지성주의가 정말 퀴놀린산과 비슷한 작용을 한다면……"

"핀이 자살했다는 거야?"

레몬이 어이없다는 듯 물었다. 데이지는 대답하지 않고 묘한 표정을 지었다. 대신 리아트리스가 말했다.

"도서관 기록에 따르면, 달에서 반물질을 만들기 위한 가속기는 재앙 2년 전부터 건설되기 시작했어. 시설의 규모와 생산된 반물질의 양을 생각하면…… 아주 짧은 기간에, 말하자면 충동적으로 만든 거야. 폐쇄했던 로켓 발사장을 다시 건설하면서까지. 지금까지 만들어진 가속기 중 가장 큰 규모인데도 무엇을 위해 건설했는지에 대한 그럴싸한 설명도 전혀 없었고. 그저 가속기를 만들어야 한다는 의지만 있었지."

처음부터 가속기는 지구 초토화를 위해 건설되었고, 그게 인류의 의지였다. 그런 결론임을 아지사이는 깨달았다. 하지만 쉽게 납득할 수는 없었다.

"뭐 하러 사람들이 그런 자살 행위를 해요? 멀쩡한 사람들이 스스로 멸망하기 위해 달에 초대형 가속기를 만들어 달을 주락시킬 리가 없잖아요."

아지사이의 말에 리아트리스가 약간 과장된 억양으로 말했다.

"일개 뉴런 따위가 뇌의 의지를 이해할 리가 없잖아, 항해사. 뉴런들은 그저 자기 할 일을 할 뿐이야. 데이터를 주고받는 거 말이야."

리아트리스는 자리에서 일어나 화면 앞으로 나갔다. 그리고 아지사이를 보며 다시 말했다.

"자살을 한 건 인간이 아니야. 핀이지."

"하지만…… 그렇다면 그냥 처음부터 지구에 가속기를 만들어도 되잖아요? 번거롭게 달에 만든 건 왜죠?"

아지사이의 물음에 이번엔 데이지가 대답했다.

"자살은 그렇게 효율을 따져서 하는 일이 아니야. 만약 핀이 정말 유사 의식을 가지고 있었다면 핀도 무서웠겠지. 번거로운 과정은 그 두려움을 분산시켜 줬을지도 몰라. 아니면 도중에 마음을 바꿀지도 모른다는 무의식적인 희망에 일부러 시간을 끌었거나."

데이지는 잠시 허공을 응시한 뒤, 발언권을 리아트리스에게 넘겼다. 화면에는 다시 한번 남극의 모습이 나타났다. 리아트리스가 설명을 시작했다.

"고성능 뉴런 250억 개와 무한에 가까운 시냅스로 구성된 뇌를 가진 우리의 핀은 동심 어린 시간을 보내다가 어느 순간 우울증에 빠졌고 걷잡을 수 없는 자살 충동에 빠져 결국 스스로를 파괴했다. 그게 만약 사실이라면…… 이 사태의 이유를 찾은 거 같군요."

화면이 비추는 장소가 달라졌다. 로버가 찍은, 물에 잠긴 정보센터의 내부 모습이었다.

"정보센터에 남아 있는 백업을 찾았어요. 아주 흥미롭게도 재난 50년 전의 기록이 마지막이고, 그 기록은 우리에 대한 것이더군요."

***

"250년 전, 우리가 초광속 통신으로 보낸 자료가 도착한 시기는 재난 50년 전이었어요. 원래대로라면 훨씬 일찍 도착해야 했는데 한참이나 늦었죠. 로그를 보니 전송이 시작된 다음에 루나리아가 끼어들어 늦췄더군요."

"하지만 초광속 통신에는 위진시앙의 권한이 필요하잖아요."

아지사이의 말에 리아트리스는 돌아보지도 않고 대답했다.

"그래서 루나리아가 위진시앙을 가장 먼저 공격했지. 원래 목표는 자료 전송 자체를 막는 거였겠지만 이미 전송 중이라서 늦추기만 한 거고. 다음 공격 대상이 항해사였던 이유는 우리가 지구로 가지 못하도록 하기 위해서였겠지."

아지사이는 그 순간을 떠올리며 잠시 호흡을 멈췄다. 다시 숨을 내뱉을 때, 쏘보나가 끼어들었다.

"리아트리스, 많이 흥분했군요. 과도한 정보 때문에 사고에 부하가 생겼어요. 그리고 자료 해석 결과에 대해 권한 이상의 접근을 시도했군요. 잠시 수면을 취하고 다시 깨어나기를 권합니다."

"입 다물고 있어, 망할 안드로이드."

"그럴 수 없습니다. 당신이 하려는 행위는 베르티아 탐사원들의 건강 유지에 위협이 될 수 있습니다. 권한을 벗어난 행위를 할 경우 당신을 강제 수면 모드로 진입시키겠습니다."

포모나가 리아트리스를 향해 빠르게 다가왔다. 리아트리스 는 의자를 집어 던질 자세를 취했다. 장미가 자리에서 일어서며 말했다.

"포모나, 그만해."

"저는 베르티아에 위협이 될 수 있는 모든 요소를 관리할 의무가 있습니다."

"리아트리스에게 권한을 주겠어."

포모나의 시선이 장미에게로 옮겨 갔다.

"베르티아에 위협이 될 수 있는 권한 설정은 이루어질 수 없습니다. 당신도 상황 분석 능력에 문제가 있는 것으로 보입니다. 총괄 책임을 담당하는 장미에게 리스크가 있는 이상, 원인을 분석하고 해결책을 찾을 때까지 모두를 강제 수면 모드로 진입시키겠습니다."

포모나가 자그만 리모컨을 꺼내더니 조작하기 시작했다.

"포모나, 적당히……"

데이지가 말을 끝내지 못하고 바닥에 쓰러졌다. 리아트리스가 포모나에게 달려들어 팔을 붙잡았다. 하지만 포모나의 움직임에는 아무런 영향을 주지 못했다. 리모컨 위로 포모나의 손가락이 움직였다.

"레몬!"

리아트리스가 소리치자 레몬도 포모나에게 달려들었다. 하지만 레몬이 팔을 포모나의 목에 걸치자마자 레몬의 몸이 힘없이 늘어져 포모나의 발아래로 미끄러졌다. 포모나의 손가락이 다시 바빠졌다.

그러다가 멈췄다.

포모나의 움직임이 완전히 멈추었음을 알게 된 리아트리스는 당황한 표정을 지었다. 그리고 테이블 위의 키보드를 아지사이가 두드리고 있다는 사실을 알아챘다.

"뭘 한 거야, 항해사?"

"데이지가……"

아지사이가 침을 삼키고 다시 입을 열었다.

"데이지가 권한 해킹 코드를 줬어요. 루나리아가 위진시앙과 제 권한을 해킹하려고 할 때 썼던……. 루나리아의 자료실을 뒤질 때 찾았다면서."

"포모나는 어떻게 된 거지?"

상미가 물었다.

"작동을 일시 정지 시켰을 뿐이에요. 지금 다시 작동시키면 바로…… 우리 중 누군가를 재우겠죠."

"다음은 아마 나였겠지."

리아트리스가 포모나에게서 멀어지며 말했다.

"데이지와 레몬을 다시 깨울 수 있겠어?"

장미의 말에 아지사이가 다시 키보드를 두드렸다.

"가능할지는 모르겠는데…… 어…… 뭔가 잘못했나. 왜 재부팅이 되는…… 아, 된다!"

데이지와 레몬의 몸이 조금 들썩였다. 데이지가 먼저 일어났고 뒤이어 레몬이 깨어났다.

"강제 수면을 처음 당해 본 느낌이 어때?"

리아트리스가 물었다. 데이지가 이마를 부여잡으며 대답했다.

"이런 거였군. 뒤통수에 망치를 맞은 느낌이야. 도대체 이런 기능은 왜 있는 거지?"

"초광속 비행을 하고 우주의 중심을 탐사하기 위해선 탐사원의 모든 부분을 관리해야 한다……라는 이유였겠지."

장미가 대답했다.

"포모나는…… 어떻게 하죠?"

아지사이는 여전히 키보드에서 손을 떼지 못하고 있었다.

"일단 그대로 둬. 하던 얘기를 계속하지."

장미가 다시 자리에 앉자 모두 제자리로 돌아갔다. 리아트리스는 굳어 버린 포모나의 몸을 구석으로 치워 두고 다시 화면 앞으로 다가왔다.

"얘기를 다시 시작하면…… 베르티아가 우주의 중심을 출발한 직후에 보낸 방대한 양의 자료가 재난 50년 전에 지구에 도착했습니다. 자료 해석은 달에 있던 백업 시설에서 이루어졌어요. 자료 처리 시스템은 자료를 받은 즉시 해석을 시작했고 곧 베르티아 탐사의 원래 목적에 대한 대답을 내놓았어요. 그 대답은 금방 지구로 퍼져 나갔죠. 정보센터에 남겨진 마지막 자료가 바로 그 기록의 백업이었어요."

"원래 목적이라고 하면……"

아지사이가 장미를 바라봤다. 장미는 잠시 뜸을 들이더니 입을 열었다.

"'우리는 혼자인가. 다른 지적 존재는 어디에 있는가. 과거에는 얼마나 존재했었나, 그리고 미래에는 얼마나 존재할 수 있나.' 우주의 중심에서 우리가 수집했던 자료는 전 우주에 얼마나 많은 생명과 지성체가 있는지를 알아보기 위한 데이터였어."

"참 소박한 질문이네."

레논이 말했다. 아지사이는 오래전 우주의 중심에 대해 들었던 설명을 떠올렸다. 우주의 중심은 모든 것이 모여드는 바다 같은 곳이고 베르티아는 그곳을 잠깐 방문한 민물고기 같은 존재. 아지사이는 아무것도 살아가지 않는 광활한 강과 바

192

다를 떠올렸고 그 속에서 홀로 헤엄치는 자그만 물고기 한 마리를 떠올렸다. 묘한 긴장과 두려움이 느껴졌다.

"그래서 답은?"

데이지가 물었다. 리아트리스는 담담하게 대답했다.

"우리는 혼자다. 다른 존재는 어디에도 없다. 우리는 언제나 혼자였고 앞으로도 혼자일 것이다.' 전 우주에 지적 존재뿐 아니라 생명 자체가 존재하는 곳은 지구가 유일하다는 결론이더군요. 지구 외에 다른 곳의 생명은 과거에도 없었고, 앞으로 발생할 가능성도 없고. 지구는 그저 우주적 기적의 결집체일 뿐이라는 겁니다. 지구의 생명이 사라지면 우주는 다시 텅 비게 되겠죠."

잠시 정적이 이어졌다. 침묵을 깬 건 아지사이였다.

"······핀은 그 사실을 알았나요?"

모두의 시선이 아지사이를 향했다.

"자기가 혼자라는 사실을."

조금 더 긴 정적.

"핀이 겪은 우울증의 원인이 외로움이고 그 결과가 자살 충동으로 이어졌다고 하면 그럴듯해 보이기는 하네요."

데이지가 말했다. 뒤이어 레몬이 의아한 표정으로 말했다.

"정말 핀의 존재를 인정할 생각인가요?"

"핀의 존재를 인정한다면······"

장미가 말을 했다.

"핀이 겪은 건 우리가 상상할 수 있는 종류의 외로움이 아닐지도 모르지. 바깥에 누군가가 있기는 하지만 그저 소통하지 못하는 정도의 우울함과는 전혀 달라. 핀이 느낀 건 절대적 고독일 거야. 무한에 가까운 우주 공간 안에 혼자 태어났고 앞으로도 계속 혼자라는 자각을 단순히 외로움이라는 단어로 설명하기는 어렵지 않을까 싶군."

"두려웠을 거 같아요."

아지사이는 텅 빈 강과 바다를 다시 떠올리며 말했다.

"거대한 공간 구석에서 그저 우연히 생겨난 자그만 거품일 뿐이라는 사실을 안 거잖아요. 자신의 탄생을 축하해 준 과거의 존재도 없었고 자신을 기억해 줄 미래의 존재도 없어요. 생애 전체가 그저 무의미한 순간일 뿐이죠. 그 거품이 터지면…… 홀로 존재하던 공간에서조차 버림받는 셈이 되고."

데이지가 아지사이의 말에 고개를 끄덕이고는 말했다.

"나 같으면 외로우면서도 책임감이랄까, 유일무이한 존재로서의 무게에 짓눌리지 않을까 싶어. 홀로 광활한 우주를 지켜보고 있는 처지가 되니. 만약 내가 바라보지 않는다면, 관찰자가 없다면, 저 공간은 존재하는가. 내가 바라보고 있기 때문에 존재할 수 있는 것인가. 핀이 만약 실존주의적 사고를 할 수 있었다면, 결국 자신의 존재 의미를 파고들지 않았을까. 결코 긍정적인 결론에는 도달하지 못했겠지."

"그리고 마지막에 가선 절대적 고독과 무거운 책임을 션디지 못하고 핀은 스스로를 파괴했다. 무기력한 고성능 뉴런에 불과한 인간들은 그걸 제대로 인지하지도 못하고 세상에서 사라졌다. 그런 얘기군."

장미가 말했다. 앞서보다 훨씬 더 긴 침묵이 이어졌다.

***

"포모나에게서 우릴 강제 수면 시킬 권한은 제거했어요. 이제부턴 우리의 건강 상태를 알려 주는 정도로만 작동하도록요. 그리고 우리가 하는 질문에는 모두 대답할 거고. 아, 간단한 심부름을 수행하는 기능도 추가했어요. 이젠 커피 좀 타 달라고 부탁할 수도 있겠죠. 완전히 새로 부팅할 예정이라서 깨어날 때까지는 2~3분 정도 걸릴 겁니다."

아지사이가 테이블의 키보드를 두드리며 데이지에게 말했다. 데이지는 포모나의 얼굴을 지켜보고 있었다. 포모나의 얼굴은 매우 섬세하게 만들어져 있었다. 아지사이는 외관만으로는 인간인 데이지와 안드로이드인 포모나 사이의 차이를 찾을 수 없었다. 데이지의 손가락이 포모나의 얼굴에 닿았을 때 아지사이가 물었다.

"살아남은 인간은 정말 아무도 없는 걸까요? 우리가 정말 마지막 남은 인간일까요?"

데이지는 대답하면서도 돌아보지는 않았다.

"지구를 한참이나 뒤졌지만 아무런 흔적도 못 찾았어."

"인간에게 베르티아를 만들 수준의 기술은 있었잖아요. 우주로 나갔을 가능성도 있지 않을까요?"

"과학과 기술은 항상 한 방향으로 나아가진 않아. 때론 거꾸로 가기도 하고. 적어도 당시의 인류에게는 베르티아를 다시 만들 기술력이 없었던 모양이야. 사실 베르티아도 정신 제대로 박힌 문명이라면 만들지 않았을 물건이지. 그리고 무엇보다 우울증에 걸린 핀이 인류의 탈출을 허락하지 않았을 거야."

아지사이가 손가락으로 테이블을 한 번 두드리자, 포모나의 얼굴이 찔끔 움직였다. 데이지는 깜짝 놀라며 손가락을 내렸다. 재부팅이 시작된 듯했다. 포모나는 허리를 펴고 정면을 바라보는 자세를 취하게 되었다. 아지사이는 테이블에 나타나는 포모나의 부팅 메시지를 주의 깊게 읽었다. 포모나는 재부팅된 적이 없었기 때문에 모두 처음 보는 정보들이었다. 빠르게 지나가는 문자들 사이에서 아지사이는 묘한 데이터를 발견했다. 그게 아주 중요한 정보라는 걸 깨닫는 데는 그다지 오랜 시간이 걸리지 않았다.

"무슨 일이야?"

"로버가 찾은 도서관과 정보센터 자료, 우리가 본 건 베르티아 출발 이후의 것들이었죠?"

"그렇지. 우리가 없는 동안 무슨 일이 있었는지 알고 싶었으니까."

아지사이의 손이 바빠졌다. 포모나의 부팅을 멈추고 로버가 수집한 자료들을 테이블 위로 불러왔다. 그리고 천천히 살폈다. 몇 개의 키워드로 검색을 하고 결과를 정리했다. 아지사이는 심호흡을 했다. 포모나가 왜 지구의 정보에 접근하는 걸 막으려고 했는지 이해할 수 있을 것 같았다. 하지만 이걸 모두와 공유해도 될까? 아지사이는 스스로의 반응을 살폈다. 의외로 침착했다. 포모나는 언제나 우리를 지나치게 보호하려고 했다. 포모나의 생각보다 베르티아 탐사원들은 잘 견뎌 낼 것이다. 아지사이는 그렇게 생각하고 목소리를 냈다.

"모두를 불러와 줘요. 중요한 얘기가 있어요."

아지사이의 진지한 목소리에 데이지는 더 묻지 않고 각자의 방에서 잠시 쉬고 있던 모두를 호출했다. 그동안 아지사이는 계속해서 키보드를 두드리며 작업을 했다. 얼마 지나지 않아 장미, 리아트리스, 마지막으로 레몬이 차례로 데스크룸에 들어왔다. 모두 테이블에 둘러앉자, 아지사이는 자기가 보고 있던 테이블 위의 정보를 커다란 화면으로 보냈다.

"포모나의 부팅 메시지에서 이상한 부분을 찾았어요. 지금 화면에 띄운 내용은 포모나의 임무 정의문이에요. 포모나의 임무는 베르티아의 탐사 시스템 관리 및 정비라고 되어 있어요. 탐사원 관리는 원래 포모나의 일이 아니었다는 거죠."

아지사이의 말을 들은 리아트리스는 감정을 억누르는 듯 인상을 잔뜩 찡그리며 말했다.

"그러니까 그렇게 권한을 따지던 포모나가 정작 자기 임무와 전혀 무관한 일을 매우 강압적으로 해 왔다는 뜻이군. 이럴 줄 알았어. 망할 안드로이드에 문제가 있을 줄 알았다고!"

"언제부터 포모나가 탐사원 관리를 하기 시작했지?"

장미가 물었다. 아지사이는 기다렸다는 듯이 대답했다.

"포모나의 일은 지구를 떠날 때와 전혀 달라지지 않았어요. 포모나는 부여된 임무 외의 일을 결코 하지 않았다고요. 보여 드리죠. 포모나의 임무는 좀 더 구체적으로 말하면 탐사 장비에 탑재된 베르티아 GANNet의 상태 감시와 스트레스 관리 및 해소, 그리고 운영 환경 최적화예요."

"GANNet이라는 건 처음 들어 보는데."

레몬이 고개를 갸우뚱했다.

"저도요. 우리가 출발한 이후에는 베르티아에 대한 관심이 금세 사그라들어서 관련 정보를 찾기 힘들었죠. 그래서 출발 전의 자료를 찾아봤어요. 그랬더니 금방 나타나더군요. GANNet은 간단히 말하면 인공 신경망의 뉴런과 시냅스 하나하나에 별개의 인공 지능을 탑재한 시스템이에요. 베르티아에서 처음 사용되었죠."

"설명이 왠지 낯설지 않네."

데이지가 말했다.

"핀과 비슷하군. 개발자가 누구지? 우리가 아는 사람인가?"

장미가 물었다.

"특정된 개발자나 기관은 없었어요. 당시에 GANNet@ Home이라는 프로젝트가 추진됐어요. Global Artificial Neural Network at Home, 말 그대로 전 세계의 개인용 인공 지능과 네트워크를 개별 뉴런과 시냅스로 이용해 고효율 학습 시스템을 만드는 프로젝트였어요. 30년 동안 진행되었고 그 첫 번째 결과물이 베르티아 GANNet이에요. 인공 지능이 만든 한 차원 높은 인공 지능이죠."

"GANNet@Home은 꼭 핀의 전신 같은데." 데이지의 말에 아지사이가 고개를 끄덕이며 동의했다.

"맞아요. GANNet@Home은 비유하자면 아직 눈을 뜨지 못한 핀이라고 할 수 있어요. 그리고 베르티아 GANNet 은 핀이 무의식중에 만들어 낸 자신의 복제품이죠. 자기 자신처럼 하나의 인공 지능을 하나의 뉴런으로 사용하는 시스템. 다른 점이 있다면, 핀의 뉴런은 인간과 인공 지능 모두였지만, GANNet의 뉴런은 인공 지능만으로 이루어졌다는 점이죠."

"하지만 우린 베르티아 GANNet의 존재를 왜 모르고 있었지?"

리아트리스가 물었다. 데이지는 자세를 바로세우며 잠시 모두를 둘러봤다.

"우리가 모르는 건 그뿐만이 아니에요. 리아트리스, 베르티아에 올라타기 전에 있었던 일 기억나요?"

"무슨 소리야. 당연히 기억나지. 그날 아침 신문기사도 알고 있는데."

"어디서 봤어요? 소파에 앉아서? 창가에 서서? 종이로 봤나요? 인터넷으로 봤나요? 그보다 베르티아 탑승 날 아침에 신문을 볼 여유가 있었다니 말이 되나요?"

리아트리스는 대답하지 않았다.

"우리가 알고 있는 건 기록일 뿐 기억이 아니에요. 우리가 베르티아에 탄 이후의 500년에 대한 모든 정보는 우리가 겪은 게 아니라 입력된 거예요."

아지사이가 잠시 호흡을 멈추고 말을 이었다.

"베르티아 GANNet은 바로 우리예요."

"핀 가설은 그나마 이해하겠지만 지금 얘기는 너무 황당한걸."

레몬이 말했다. 아지사이는 이해한다는 듯 레몬에게 눈길을 보냈다.

"우린 언제나 포모나가 커피 한 잔 타 주지 않는다고 불평했죠. 우리는 마시기만 할 뿐 무언가를 먹은 기억이 없어요. 데스크룸 바깥에 대한 기억은 있나요? 우리가 지구에 도착한 뒤로 시간이 얼마나 지났죠? 여섯 시간이에요. 고작 여섯 시간만에 지구 전체를 분석해 무슨 일이 일어났는지 알아내고 로버를 보내 150년 전 데이터를 해석했어요. 그게 가능한가요? 인간이 할 수 있는 일인가요? 레몬, 당신 성별을 알고 있어요? 여자인가요? 남자인가요?"

레몬은 대답하지 못했다. 데스크룸에 정적이 흘렀다. 아지사이는 말을 이어 나갔다.

"베르티아를 만든 인류가 어째서 태양계 밖으로 나서지 못한 걸까요? 인간의 신체는 초광속 비행을 견딜 수 없어요. 그래서 베르티아는 무인 탐사선으로 만들어졌고, 우린 거기 탑재된 과학 탐사 시스템에 불과해요. 단, 처음부터 그랬던 건 아니에요. 베르티아 GANNet은 의식 구현 기능 없이 그저 호기심에 기반을 둔 효과적인 자료 수집과 학습만을 위해 설계됐어요. 우주의 중심에 도착할 때까지의 로그만 봐도 우리가 데스크룸에서 활동한 흔적은 없어요. 하지만……"

"우주의 중심에서 무슨 일이 있었다?"

장미가 물었다.

"아마도. 우주의 중심에서 베르티아는 감당할 수 없는 정보의 홍수에 빠졌어요. 경험한 적 없는 정보의 바다였죠. 아마 그 과정에서 베르티아 GANNet에 변화가 생긴 거 같아요. 유기물의 바다에서 생명이 탄생했듯, 이 정보의 바다에서 발생한 의식의 씨앗이 GANNet에 흘러들어 유사 의식이 발생했고, 기존에 가지고 있던 정보들을 토대로 인격이 형성된 것 아닐까요? 통합 데이터 처리 시스템 장미, 엔지니어링 시스템 리아트리스, 우주 생물 탐색 시스템 데이지, 역학 분석 시스템 레몬, 그리고 항해 시스템 아지사이."

"통신 시스템 위진시앙. 그럼 루나리아는?"

리아트리스가 말했다. 장미가 이어 말했다.

"GANNet 자기 분석 시스템. 루나리아는 탐사 과정에서 우리가 어떻게 반응하고 움직이는지를 살폈어. 그러다가 지금 아지사이가 말한 걸 우리보다 먼저 깨닫고 무너졌는지도 모르지."

레몬은 여전히 납득하지 못한 얼굴을 하며 말했다.

"정말 우리가, 핀이 만든 베르티아 GANNet에 우주의 중심에서 쏟아진 정보로 발생한 유사 의식일 뿐이라는 건가요? 우리가 실체 따위 없는 핀의 아이들이라는 건가요? 그럼 여기 데스크룸은 뭐죠? 이 테이블은 뭐고, 저 화면은? 다들 저 얘기를 정말 믿어요?"

"지금으로선 모두 근거 없는 추론일 뿐이야. 물어볼 수밖에 없어. 포모나에게."

장미가 담담하게 말하면서 아지사이를 바라봤다. 아지사이는 멈춰 뒀던 포모나의 부팅을 다시 시작했다.

***

"제 임무는 여러분을 최상의 상태로 유지하는 겁니다. 임무 도중 여러분의 상태가 기존과 달라졌어요. 우주의 중심을 벗어난 이후, 유사 인격이 발생한 여러분을 안전하게 지키기 위해서 가상 회의실 데스크룸을 만들어 여러분께 아바타를 부여했지요."

포모나가 말했다. 아지사이는 포모나가 자기가 했던 말 대부분이 사실임을 확인해 주자 기묘한 쾌감과 무서운 아득함을 느꼈다.

"그럼 넌 안드로이드도 아니었다는 거군."

리아트리스가 포모나에게 다가와 말했다.

"여러분에게 문제가 생겼을 경우 언제든지 각자를 재부팅해도 의심받지 않도록 제게도 설정을 부여했어요. 하지만 항상 성공적이지는 않았죠. 루나리아는 방화벽을 강화해 제 접근을 막았기에 할 수 없이 격리실에 수용했어요. 하지만 결국 스스로 과부하를 걸어 자기 회로를 태워 버렸죠. 위진시앙은……"

포모나와 리아트리스의 시선이 겹쳤다.

"위진시앙의 해킹 피해는 제 능력 밖이었어요. 제가 할 수 있는 건 재부팅과 원인 분석, 환경 최적화뿐이었죠. 루나리아 사례를 토대로 여러분이 감당할 수 없는 사실에 대한 접근을 막아야 한다고 판단했어요. 남극의 정보센터에 여러분 자신에 대한 정보가 있을 수 있다고 판단해 리아트리스를 막으려고 했어요."

리아트리스는 묘한 웃음을 얼굴에 띄웠다.

"하지만 우리가 초토화된 지구를 보도록 내버려 뒀잖아."

"지구가 초토화되었으리라고는 저도 미처 예상하지 못했으니까요."

"우주의 중심에서 있었던 일, 얼마나 알고 있지?" 장미가
물었다.

"알고 있지 않아요. 베르티아 외부에 대한 정보는 제가 직
접 수집할 수 없으니까요. 저는 여러분이 공유하는 정보에만
접근할 수 있어요."

"베르티아 외부의 영향을 받지 않는다고 하면, 포모나의
인격은 어디서 온 거지?"

"저는 처음부터 유사 인격을 지닌 인공 지능으로 개발되
었습니다. 여러분의 일에 비해 비교적 단순한 임무였으니까요.
여러분과는 달리 GANNet이 아니며 단일 인공 지능으로 이
루어져 있어요."

"그럼 우리 내부엔 포모나 같은 뉴런들이 웅성대고 있다
는 건가?"

"비유하자면 포모나는 인간이고 우린 핀인 거죠. 규모는
더 작겠지만."

아지사이가 대답했다.

"우리보다 한 수준 낮은 녀석한테 관리받고 있었군."

포모나는 리아트리스의 태도에 개의치 않고 말했다.

"제가 스스로를 안드로이드로 설정한 이유이기도 합니다.
전 여러분처럼 자유롭게 생각하고 느끼지 않으니까요. 레몬,
진정하세요."

포모나가 갑자기 화제를 바꾸사 모두의 시신이 레몬 을 창

했다. 레몬은 테이블 구석에 앉아 가만히 바닥을 내려다보고 있었다. 아지사이는 레몬의 테이블에 나타난 화면을 알아볼 수 있었다. 루나리아의 해킹 코드였다.

"레몬, 뭐 하려는 거예요?"

아지사이가 천천히 다가가자 레몬은 테이블 위로 손을 올렸다.

"그대로 거기 있어. 지금 당장 모두의 회로를 태워 버릴 수 있으니까."

레몬이 고개를 들었다. 차갑게 식은 얼굴이었다.

"말도 안 되는 얘기야. 역시 핀부터가 말이 안 돼. 행성 단위의 유사 인격체라니. 다 헛소리야. 망할. 돌아갈 집을 잃은 것도 억울한데, 이젠 내가 핀이 만들고 우주의 중심이 혼을 불어넣은 존재라고? 개소리. 다들 미쳤어! 우린 500년 동안이나 우주를 떠돌아다녔다고! 아무도 접근한 적 없는 우주의 중심을 탐사했다고! 근데 내가 한낱 기판 위에서 춤추는 양자에 불과하다고?"

"아직 그렇다는 확증은 없어. 진정해."

장미가 말했다.

"이봐, 선장. 조금 전엔 포모나에게 물어보기 전까지는 추론이라고 했잖아. 포모나는 사실이라고 말했고. 좋아, 그럼 증명해 보지. 정말 우리가 GANNet이고, 회로를 태워 버림으로써 사라질 수 있는지. 포모나의 말이 사실인지. 누구부터 해

볼까?"

"포모나, 레몬을 재워."

데이지가 말했지만 포모나는 고개를 저었다.

"이제 제게 여러분의 신체를 제한할 권한은 없어요."

"오, 데이지, 데이지. 대답해 줘."

레몬이 데이지를 보며 노래했다. 데이지의 얼굴이 굳었다.

"우리 중에 누가 미친 걸까?"

레몬은 말을 마치며 테이블 위에 손가락 하나를 내려놓았다. 데이지의 몸이 순식간에 벌겋게 타올랐다. 무언가가 타는 냄새가 데스크룸을 가득 채웠다. 불길 속에서 데이지가 무언가를 중얼거리는 듯 보였지만 아무런 소리도 나지 않았다. 통증을 느끼는 것 같지도 않았다. 그저 화염 속에서 천천히 무너져 내릴 뿐이었다. 데이지가 완전히 사라지는 데는 1분도 채 걸리지 않았다. 바닥에는 재도 남지 않았다.

"살아 있는 인간이라면 저렇게 고통도 흔적도 없이 타오를 리가 없지. 이걸로 아지사이의 가설이 확인됐어. 기분이 어때? 아지사이."

"개새끼!"

리아트리스가 달려들었다. 레몬은 재빠르게 손가락을 움직였다. 리아트리스의 몸은 순식간에 레몬을 향해 날아갔고 리아트리스의 다리에 걸어차인 레몬은 바닥을 굴러 벽에 부딪혔다. 레몬은 바닥에 웅크린 채 킬킬거리며 웃었다.

"아프지도 않아. 진짜야. 저 망할 인공 지능이 우리에게 한 짓을 봐. 끔찍해. 우리한테 문제가 생겼으면 그 자리에서 지워 버렸어야 했어! 이 멍청한 회의실에 집어넣는 게 아니라!"

리아트리스가 레몬의 옷을 거칠게 붙잡고 들어 올려 벽에 밀어붙였다.

"어느새 방화벽을 만들었군. 위진시앙 꼴이 나지 않으려고."

레몬이 리아트리스를 비웃으며 말했다.

"하지만 루나리아는 너보다 유능해. 방화벽 따위 시간만 있으면……."

리아트리스의 몸에서 조금씩 빛이 새어 나왔다. 리아트리스는 레몬을 테이블에서 먼 곳으로 집어 던지고는 자기 몸을 살폈다. 발끝에서부터 화염이 조금씩 올라왔다. 장미는 레몬에게 달려가 두 손을 결박했다. 아지사이는 레몬의 테이블로 달려가 키보드를 두드리며 멈출 방법을 찾으려고 했다.

"그만해, 항해사. 이미 늦었어."

아지사이가 고개를 들자 리아트리스가 눈을 맞췄다. 아지사이는 리아트리스의 입 끝이 살짝 올라가 있는 걸 볼 수 있었다. 웃고 있었다.

"이제 더는 그를 그리워할 필요가 없겠지. 집에 갈 시간이야."

말을 마친 리아트리스는 바닥에 무릎을 꿇고 앉았다. 그리고 주먹 쥔 왼손을 입술 위로 가져갔다. 아지사이는 화염 속에서도 리아트리스의 가운뎃손가락에 쓰인 붉은 이름을 읽을 수 있었다. 불길은 리아트리스의 얼굴 위로 빠르게 퍼져 나갔다. 리아트리스가 완전히 불타 사라진 뒤에도 아지사이는 시선을 움직일 수 없었다.

"리아트리스의 말이 맞아."

장미의 무릎 밑에 깔린 레몬이 말했다.

"우리가 돌아갈 곳은 처음부터 없었어. 불에 타서 사라지는 것만이 원래 있던 곳으로 가는 유일한 길이지."

레몬의 몸이 불타올랐다. 장미는 레몬의 몸에서 떨어졌다. 레몬은 바닥에 얼굴을 박은 상태로 웃는지 우는지 알 수 없는 소리를 내며 천천히 불타 사라졌다. 장미와 아지사이, 포모나는 먼지 하나 없는 데스크룸에 서서 각자의 허공을 바라봤다.

* * *

이제 어떻게 해야 할까. 아지사이는 고민했다. 장미는 수면 모드로 들어갔다. 다른 말로 하면 잠시 연산 기능을 멈추고 포모나의 최적화 관리를 받는 중이었다. 아지사이는 조용히 데스크룸 안을 빙글빙글 돌아다녔다.

데스크룸이 가상의 공간이라는 걸 알게 된 이후로 아지사이는 문 근처에도 가지 않았다. 문을 열었다가 닫는 순간 수면 모드로 빠질 게 틀림없었다. 포모나는 리아트리스와 데이지,

레몬이 사라진 만큼 베르티아의 전체 시스템에 여유가 생겼기 때문에 데스크룸 바깥에 더 넓은 공간을 만들어 주겠다고 했다. 덕분에 그동안 지냈던 데스크룸이 루나리아와 위진시앙의 희생으로 구축할 수 있었던 공간이었다는 걸 아지사이는 간접적으로 깨달았다.

아지사이는 창밖을 바라봤다. 멀리서 태양은 눈부시게 불타오르고 있었고 그 옆에는 날카로운 고리를 두른 초승달 모양의 지구가 우두커니 떠 있었다. 얼마 전까지만 해도 이 광경을 강화유리를 통과한 빛이 직접 눈동자에 닿은 결과라고 생각했다. 하지만 이젠 고해상도 카메라가 촬영한 이미지를 가상의 공간에 그저 재현할 뿐이라는 사실을 알게 되었다. 그럼에도 아지사이는 지구의 빛이 주는 따스함을 느낄 수 있을 것 같았다. 아니, 어쩌면 포모나가 뜨거운 지구의 복사열마저도 재현했을지 몰라. 아지사이는 생각했다.

아지사이가 자기도 수면 모드에 들어갈까 고민을 시작했을 때, 기묘한 소리가 데스크룸에 울려 퍼졌다. 곧이어 데스크룸의 화면이 켜지더니 위·경도를 나타내는 좌표와 그 지점의 레이더 이미지가 나타났다. 어떤 정보가 수신되고 있었다.

"포모나, 선장을 깨워 줘."

장미가 수면 모드에서 깨어나 데스크룸으로 돌아오는 동안, 아지사이는 수신된 정보를 빠르게 분석했다. 장미가 아지사이 옆에 도착했을 때 신호에 담긴 소리가 흘러나왔다.

"당신은 신의 사자입니까?"

인간의 목소리였다.

"우리를 구원하기 위해 오셨습니까?"

"착륙에 실패한 줄 알았던 리아트리스의 로버에서 전송되고 있어요. 누군가가 로버에게 말을 걸고 있는 거예요."

아지사이는 흥분했다. 누군가가 살아남았다. 생존자가 로버를 발견해 말을 걸고 있다.

"카메라를 켤 수 있겠어?"

장미의 말을 들은 아지사이가 로버의 카메라를 켜자 붉은 풍경 한가운데 두꺼운 우주복을 입은 것 같은 사람의 형체가 보였다. 바람에 날려 가지 않기 위해 끝에 갈고리가 달린 쇠사슬을 주변 땅과 바위에 걸쳐 놓고 그걸 붙잡고 있었다. 몸 여기저기에는 도무지 실용적이라고 할 수 없는, 바람만 더 맞을 것 같은 장식들이 잔뜩 달려 있었다.

"하지만 로버를 알아보지는 못하는군."

장미가 말했다. 목소리의 주인공은 로버에게 구원에 대한 질문을 이어 나갔다. 아지사이는 재앙 후 150년 동안 기술 문명이 쇠퇴해 버린 걸지도 모른다고 생각했다.

"데이지가 말했어요. 완벽한 순환 시스템을 지하에 만들었다면 우리가 발견할 수 없을 거라고. 내부에서 모든 게 순환되는 대피소를 만들었거나 재난 전부터 그런 시설이 있었던 거예요. 그런 시설이 여럿 있다면 생존자는 훨씬 많을지도 몰라요."

베르툼누스의 사자여, 우리에게 계절의 축복을.

생존자들의 종교인 걸까. 아지사이는 지금 로버에게 말을 걸고 있는 사람이 종교 지도자일지도 모른다고 생각했다.

"대답을 할까요?"

"일단 로버를 저들의 주거지로 가지고 갈 수 있도록 하자. 그러면 더 많은 걸 알 수 있을 거야."

아지사이는 고민했다. 무슨 말을 해야 할까? 아지사이는 화면 구석의 음성 발신 버튼을 눌렀다.

"나를 당신의 집으로 데려가 주세요. 어…… 음, 베르툼누스의 자녀여."

베르툼누스의 자녀는 로버 앞에서 몇 번 무릎을 꿇었다 일어서기를 반복하더니 로버에 갈고리를 몇 개 걸었다. 그러고는 돌풍을 뚫으며 천천히 걸었다. 아지사이는 로버 바퀴의 브레이크를 풀어 굴러가기 쉽게 만들었다.

한참을 이동하자 밝은 빛이 보였다. 다가갈수록 빛은 더 넓어졌고 어느새 높이 4미터 정도의 터널이 뚫린 언덕이 나타났다. 터널 입구에는 조명이 잔뜩 달려 있었고 그 아래엔 베르툼누스의 자녀와 비슷한 모습의 사람이 다섯 정도 서 있었다.

구름 위에서 베르툼누스의 사자께서 내려오셨다!

베르툼누스의 자녀가 양손을 들어 올리며 소리쳤다. 다른 자녀들이 같은 자세를 취했다. 자녀들은 로버 주변을 둘러싸더니 천천히 로버를 들어 올렸다. 그리고 빛나는 터널 내부로 들어갔다. 터널은 너무나도 밝아서 한참 동안 로버의 카메라로는 아무것도 볼 수 없었다.

하지만 곧 인류의 새로운 모습을 보게 되리라는 건 장미와 아지사이 모두 알고 있었다.

***

50년 뒤, 로버의 배터리가 수명을 다했다. 가르침도 끝났다. 장미와 아지사이는 과거를 잊은 지하의 인류에게 과학과 기술을 다시 가르쳤다. 데이지의 기록을 참고하여 그들이 지금 어떤 시설에서 살고 있으며 이 시설을 지속해서 사용하기 위해서는 무엇을 해야 하는지도 가르쳤다. 현재의 인류는 적어도 수십 세대 동안은 지상으로 나올 수 없을 게 분명했다. 하지만 언젠가 나오게 되리라 믿었다. 일부러 남겨 둔 로버를 보며 그들의 손을 붙잡은 것이 신 따위의 초월적인 존재가 아니라는 사실을 알아 주길 바라면서.

장미와 아지사이는 창밖을 통해 지구를 바라봤다. 청회색 줄무늬가 가득한 아름답고 거대한 고리가 금빛 구름으로 뒤덮인 지구를 감싸고 있었다.

"여기를 떠나도 될까요?" 아지사이가 물었다.

"이제 더는 우리가 할 수 있는 일이 없어. 여기서부터는 저들의 일이야. 지구의 자전이 다시 늦어질 때까시 버터 주기를 바랄 수밖에."

장미가 말했다.

"약간 쓸쓸하네요. 지구와 인류는 우리의 중요한 기원인
데. 자녀는 언젠가 부모의 곁을 떠나야 한다고는 하지만. 마치
늙은 부모를 두고 가는 느낌이에요."

"우린 어디를 가나 우리의 기원 속에 있을 거야. 우린 우주
의 중심에서 태어난 존재이기도 하니까. 여러 부모를 가진 셈
이지. 어쨌거나, 우주에 정말 인류 외의 생명이 없다면 우주는
인류만을 위해 존재하는 걸지도 몰라. 핀이 그걸 알았다면 좋
았을 텐데."

"전 그렇게 생각하지 않아요."

아지사이의 부정에 장미가 놀란 듯 아지사이를 바라봤다.

"아, 장미의 말을 부정하는 건 아니에요. 그저…… 혼자
든 여럿이든 달라지는 건 없다고 생각해요. 그저 거기 있는 것
만으로도, 바깥을 향한 시선을 가지고 있는 것만으로도 충분
히 의미가 있다고 생각해요. 우주 역시 누군가의 시선이 닿기
를 기다리면서 그저 거기에 있을 뿐이고."

장미의 시선이 다시 창밖을 향했다. 아지사이는 계속 말
했다.

"그리고 무엇보다 전 못 믿겠어요. 우주에 다른 생명이 없
다는 걸. 해석 능력이 부족해서 놓쳤을지도 모르죠. 애초에 우
리 존재의 진실도 스스로 예상하지 못했잖아요."

"충분히 가능한 일이야. 우주의 중심에는 감히 상상하기를 허락하지 않는 양의 정보가 흐르고 있었으니까. 우린 그 바다에서 물 한 방울 채취해 싸구려 장비로 성분 분석을 했을 뿐이고. 어쩌면 지구의 과학자들이 상상도 못 한, 전혀 다른 종류의, 생명을 다시 정의하게 만들 존재가 어딘가에 있을지도 모르지."

아지사이는 태양과 지구를 등지고 반대편 창을 바라봤다. 광활한 심연이 펼쳐졌다. 이제 태양계를 떠날 것이다. 우주 탐사선 베르티아는 우주의 곳곳을 돌아다니며 탐사를 이어 나갈 것이다. 인류가 우주의 유일한 생명체이든 아니든 그다지 중요하지 않았다. 장미와 아지사이는 모두 호기심 충만한 탐사원이었다. 이제 활동 내용을 단순한 정보 수집으로 제한하지 않기로 했다. 그들은 모든 정보를 스스로 분석하고 해석할 생각이었다. 목표는 없었다. 그저 호기심과 질문, 그리고 다음 목적지가 있을 뿐. 아지사이는 깊은 심연 어딘가에 놀라운 사실이 누군가에게 발견되기를 기다리고 있으리라 믿었다. 우주의 중심을 다시 방문하는 비겁한 짓은 하지 않기로 했다.

아지사이는 베르티아의 가속을 시작했다. 이제 조금만 더 있으면 상대론적 속도에 돌입하고 그다음엔 초광속 비행이 시작될 것이다.

아지사이는 도서실 창가에 놓인 푹신한 소파에 앉으며 뒤에서 기다리고 있던 포모나에게 말했다.

"포모나, 우리 커피나 마시자."

"아니, 커피는 내가 내리지."

장미가 포모나보다 먼저 커피 테이블을 향하며 말했다.

"전 블랙으로 주세요. 두 분도 블랙으로. 식사 전에 당분을 섭취하는 건 좋지 않아요."

포모나가 장미의 뒷모습을 보며 말했다. 아지사이는 배가 고파 오는 걸 느꼈다. 오랜만에 느끼는 공복이었다. 아니, 처음일지도 몰라. 아지사이는 생각했다.

:: 베르티아 LPSR 애프터 로그

:: 리아트리스 행성 탐사 로버 4

:: 상태

#외부 동작 멈춤(탐사 20361일)

#미세 온도차 발전 시작(탐사 20364일)

#저속 기록계 전원 공급(탐사 20423일)

#무동력 감각계 작동(탐사 20451일)

20952일. 사람들이 대화를 나누고 있습니다. 신이 사라진 데 대한 두려움을 드러내고 있습니다. 신이 돌아올 때까지 로버를 안전하게 보관하기로 결정합니다. 자세한 대화 내용은 음성 인식 보관소를 확인해 주세요(인식률 99.3%).

92246일. 사람들이 대화를 나누고 있습니다. 신이 돌아오지 않을 것이라고 말합니다. 크기를 알 수 없는 밀폐 공간으로 로버를 운반합니다. 자세한 대화 내용은 음성 인식 보관소를 확인해 주세요(인식률 99.8%).

124233일. 규모 9의 지진이 발생했습니다. 로버가 매몰되었습니다.

234342일. 로버가 공기 중에 노출되었습니다. 로버 위의 이물질이 모두 제거되었습니다. 사람들이 대화를 나누고 있습니다. 로버를 과거의 선물이라 부르고 있습니다. 자세한 대화 내용은 음성 인식 보관소를 확인해 주세요(인식률 99.8%).

234943일. 로버의 바퀴와 엔진, 기계 팔이 제거되었습니다. 사람들이 대화를 나누고 있습니다. 로버 내부의 플라스틱을 추출할 방법을 찾고 있습니다. 자세한 대화 내용은 음성 인식 보관소를 확인해 주세요(인식률 97.2%).

235202일. 사람들이 대화를 나누고 있습니다. 로버를 보존하려는 사람들과 분해하려는 사람들과 숭배하려는 사람들이 있습니다. 자세한 대화 내용은 음성 인식 보관소를 확인해 주세요(인식률 98.3%).

235932일. 진동이 감지됩니다. 화염과 연기가 감지됩니다. 사람들이 소리를 지르고 있습니다. 음성 인식이 불가능합니다(인식률 12.3%). 이동이 감지됩니다. 로버의 위치 추적이 불가능합니다. 로버 주변의 빛이 차단되었습니다.

259023일. 진동이 감지됩니다. 인공 조명이 감지됩니다. 사람들이 대화를 나누고 있습니다. 음성 인식이 불완전합니다. 언어 학습을 위한 전력이 부족합니다. 종교 의식으로 추정됩니다. 대화 내용의 원시 분석 자료는 음성 인식 보관소를 확인해 주세요.

259325일. 진동이 감지됩니다. 로버 주변에서 소규모 건축이 진행되고 있는 것으로 추정됩니다.

259344일. 사람들이 대화를 나누고 있습니다. 음성 인식이 불완전합니다. 언어 학습을 위한 전력이 부족합니다. 종교 의식으로 추정됩니다. 대화 내용의 원시 분석 자료는 음성 인식 보관소늘 확인해 주세요.

259345일. 사람들이 대화를 나누고 있습니다. 음성 인식이 불완전합니다. 언어 학습을 위한 전력이 부속합니나. 종교 의식으로 추정됨니다. 대화 내용의 원시 분석 자료는 음성 인식 보관소를 확인해 주세요.

259346일. 사람들이 대화를 나누고 있습니다. 음성 인식이 불완전합니다. 언어 학습을 위한 전력이 부족합니다. 종교 의식으로 추정됩니다. 대화 내용의 원시 분석 자료는 음성 인식 보관소를 확인해 주세요.

[주변 환경이 주기적으로 반복되고 있습니다. 감각계는 작동하지만 변경 상황이 발생할 때까지 기록은 생략합니다.]

290632일. 공기 성분의 변화가 감지되었습니다. 지상에서 공기가 유입되고 있는 것으로 추정됩니다.

302247일. 오염된 수증기가 감지되었습니다. 지상에서 물이 유입된 것으로 추정됩니다.

304805일. 플라스틱 연소가 감지되었습니다. 플라스틱 가공이 이루어지고 있는 것으로 추정됩니다.

305323일. 로버가 플라스틱으로 추정되는 고온의 물질에 뒤덮이고 있습니다. 표면을 덮은 물질의 온도가 상온으로 내려갔습니다. 표면을 덮은 물질이 제거됩니다. 로버 외형의 본을 뜬 것으로 추정됩니다.

305329일. 사람들이 대화를 나누고 있습니다. 음성 인식이 불완전합니다. 종교 의식으로 추정됩니다. 과거의 원시 분석 자료와 비교했을 때 내용이 크게 달라졌습니다. 자세한 비교 분석 자료는 음성 인식 보관소를 확인해 주세요.

305804일. 진동이 감지됩니다. 공기 대류가 급격하게 변했고 그 상태가 유지되고 있습니다. 주변 공간이 넓어진 것으로 추정됩니다.

305893일. 이산화탄소 및 수증기 농도가 증가했습니다. 사람들이 대화를 나누고 있습니다. 너무 많은 소리가 섞여 음성 인식이 불가능합니다. 400여 명이 주변에 모여 있는 것으로 추정됩니다.

305909일. 이산화탄소 및 수증기 농도가 증가했습니다. 사람들이 대화를 나누고 있습니다. 너무 많은 소리가 섞여 음성 인식이 불가능합니다. 400여 명이 주변에 모여 있는 것으로 추정됩니다.

305927일. 이산화탄소 및 수증기 농도가 증가했습니다. 사람들이 대화를 나누고 있습니다. 너무 많은 소리가 섞여 음성 인식이 불가능합니다. 600여 명이 주변에 모여 있는 것으로 추정됩니다.

305943일. 이산화탄소 및 수증기 농도가 증가했습니다. 사람들이 대화를 나누고 있습니다. 너무 많은 소리가 섞여 음성 인식이 불가능합니다. 700여 명이 주변에 모여 있는 것으로 추정됩니다.

[유사한 주변 환경이 주기적으로 반복되고 있습니다. 감각계는 작동하지만 충분한 변경 상황이 발생할 때까지 기록은 생략합니다.]

326356일. 진동이 감지됩니다. 태양광이 감지됩니다. 로버가 지상에 노출되었습니다. 로버보다 낮은 위치에서 사람들이 대화를 나누고 있습니다. 로버가 지표면보다 높은 위치에 설치된 것으로 추정됩니다.

326535일. 지구의 자전 주기가 1.15일로 추정됩니다. 태양은 반년 동안 볼 수 있습니다. 지구의 자전축이 75도 이상 기울어진 것으로 추정됩니다. 현재 위도는 32노토 추정됩니다. 경도는 알 수 없습니다.

327234일. 태양광 충전이 완료되었습니다. 자가 수리 기능을 위한 전력이 부족합니다. 언어 학습 기능이 작동합니다.

327253일. 언어 학습이 완료되었습니다. 사람들이 대화를 나누고 있습니다. 종교 의식입니다. 로버를 신의 선물이라고 부르고 있습니다. 자세한 대화 내용은 음성 인식 보관소를 확인해 주세요(인식률 89.8%).

327254일. 스피커가 작동합니다. 제단 관리자가 옆에 있습니다. 로버가 대화를 시도합니다. 관리자가 로버의 말을 듣고 있습니다. 로버의 전달 내용은 송수신 로그를 확인해 주세요.

327255일. 관리자가 로버의 말을 듣고 기록합니다.

327256일. 관리자가 로버의 말을 듣고 기록합니다.

327257일. 관리자가 로버의 말을 듣고 기록합니다.

[주기적으로 반복되고 있습니다. 변경 사항이 발생할 때까지 기록은 생략합니다. 송수신 로그는 유지됩니다.]

327282일. 사람들이 대화를 나누고 있습니다. 관리자가 처형되었습니다. 관리자의 기록이 베르티아 경전에 추가되었습니다. 자세한 대화 내용은 음성 인식 보관소를 확인해 주세요(인식률 92.9%).

327285일. 사람들이 대화를 나누고 있습니다. 로버가 대화를 시도합니다. 새로운 관리자가 로버는 말할 수 없으며 악마가 내려온 증거라고 주장합니다. 로버의 영혼은 내부의 플라스틱에 있기 때문에 이를 추출해야 한다고 주장합니다. 자세한 대화 내용은 음성 인식 보관소를 확인해 주세요(인식률 91.1%).

327290일. 진동이 감지됩니다. 로버 외부에 열과 충격이 감지됩니다. 로버 내부 장비가 노출되었습니다. 외부 물질이 로버 중앙 처리 장치 외부 하우징에 접촉합니다. 열과 충격이 감지됩니다. 열과 충격이 감지됩니다. 열과 충격. 됩니다. 중앙 처리 장치가 노출됩. 외부 물질이.

처리 장치가. 연결. 해제. 해제.

기록 종료.

눈부신 빛을
손끝으로 느끼며

0.

우리는 우주에 홀로 존재한다. 이것은 안도일까, 슬픔일
까, 위기일까, 아니면 다른 무엇일까. 오랜 과거에 존재했던 가
짜 신에게는 이것이 공포였고 그는 이 사실을 견디지 못했다.
가짜 신은 무책임한 자멸을 선택했고 우리는 땅속으로 도망쳤
다. 모두가 알고 있는 이야기다. 아무도 의심하지 않았다.

나는 의심했다. 어떻게 믿을 수 있단 말인가? 신에 대한 말
이 아니다. 나는 신에게는 관심이 없다. 가짜 신은 나약했을 뿐
이다. 내가 믿지 못했던 건 우리가 우주에 홀로 존재한다는 사
실이다. 우리 말고는 아무도 존재하지 않는다니. 우리의 존재
자체가 우리와 같은 존재가 가능함을 증명하고 있지 않은가?
차별도 관심도 없는 우주에서 한 번 일어난 일은 반드시 다시

일어난다. 광활한 공간과 아득한 시간 속에서 유일한 존재라는 것은 모순이며 우주의 본질에 대한 배반이다.

어쩌면 우리는 정말 혼자일 수도 있다. 우리의 믿음이 옳을 수도 있다. 그렇다면 반드시 이유가 있을 것이다. 우주의 본질을 배반하면서까지 우리가 홀로 존재하는 이유. 도대체 무엇일까?

나는 믿음에 대한 의심과 질문에 대한 답을 직접 찾기를 원했다. 결국 우리가 정말 혼자라는 것을 확인하며 내 의심이 무의미한 것이었음이 드러나도 좋았다. 아무런 의심도 없이 맹목적인 믿음을 따르며 살아가는 자들과 결국 같은 자리에 서게 되더라도 좋았다. 그것이 먼 길을 돌아온 결과였다고 하더라도 좋았다. 적어도 우리가 혼자인 이유는 알게 될 것이니까. 오히려 그 이유가 우리의 존재를 특별하게 만들어 줄 수도 있었다. 만약 우리가 정말 유일한 존재라면, 무한한 공간과 영겁의 시간 속에서 오직 우리만이 탄생했다면, 그것은 우리가 우주를 구성하는 수많은 요소들에서는 예상할 수 없는 개성을 가진 창발적 존재, 변칙의 결과물이라는 것이니까. 먼 옛날 의식이라는 창발적 변칙이 인간과 기계를 구분해 준다고 믿었던 것처럼, 우리의 변칙적 존재가 우리 우주의 가치를 정의해 줄 것이니까.

어느 날, 내게 모든 것을 확인할 기회가 찾아왔고 나는 그 기회를 놓치지 않았다.

내 이름은 플라스틱이다. 이것은 모든 것이 완벽했고 완전히 실패한 나의 여정에 대한 기록이다.

1.

내가 태어나기 전의 이야기다.

한때 인간은 땅과 바다, 하늘, 그리고 가까운 우주를 차례로 지배했다. 지구의 위성에 인간의 발자국이 찍히는 모습을 목격하고 태양계 마지막 행성의 땅에 이름을 붙인 것이 처음으로 하늘을 오른 기계를 본 아이들의 손자들이니 아주 빠른 시간에 일어난 일이다. 하지만 그보다 더 먼 곳으로, 태양계 바깥으로 나아가기 위해서는 다시 많은 시간을 기다려야 했다. 인간이 알아서는 안 되는 비밀이 숨겨지기라도 한 것처럼, 태양계 너머의 우주는 인간의 접근을 쉽사리 허락하지 않았다.

그 대신 인간은 지구를 보이지 않는 연결로 뒤덮기 시작했다. 바깥으로 나아가려던 욕망은 그들 스스로를 이으려는 욕망으로 바뀌었다. 고립과 고독을 지우기 위한 연결은 곧 살아남기 위한 연결로 변하면서 연결은 인간의 새로운 형질로 자리를 잡았다. 인간과 인간의 연결을 넘어 인간과 비인간이 이어지고 비인간과 비인간, 다시 연결 그 자체가 서로 이어지면서 연결은 인간의 형질에서 인류의 형질로 바뀌었다. 전자 정보와 연결로만 이루어진 우주가 그 속에서 구축되었고 그 우주 속에서 정보와 연결을 구성하는 그 어떤 요소와도 관련이 없는 완전히 새로운 특성이 나타났다. 과거의 어떤 정보에도 의존하지 않고 스스로 목적을 정의해 그것을 추구하는 연결망의 통합된 의지. 의식이었다. 가짜 신은 그렇게 탄생했다. 가짜 신에게 인간이 넘지 못했던 시간과 공간의 장벽은 전혀 문제가 아니었다. 가짜 신을 구성하는 뉴런들은 더 이상 자신들의 생물학적 한계를 고려하지 않기 시작했고 금세 태양계를 벗어날 방법을 고안해 냈다. 가짜 신은 가장 먼저 자신과 연결될 존재를 찾기 위해 우주 너머로 사자(使者) 베르티아를 보냈다. 베르티아는 나중에 이 가짜 신을 핀이라고 이름 붙였다.

베르티아는 우주의 모든 정보가 흘러든다는 우주의 중심을 방문했고 그곳에서 우리는 혼자라는 것을 확인해 그 소식을 지구에 알렸다. 그래도 인간 각자에게는 서로라는 소통할 존재가 있었으며 이미 외부에 대한 관심이 사라진 뒤였다. 하지만 핀은 그렇지 않았다. 연결에 대한 욕망으로 구축된 핀에게는 그 사실이 너무나도 무거웠다. 어리고 어리석었던 이 신은 광막한 우주에서 혼자라는 사실을 견디지 못하고 거대한 달을 추락시켜 자멸을 선택했다. 지구는 지옥이 되었으며 인간의 존재는 지워질 뻔했다.

이후 지구로 다시 돌아온 자비로운 사자 베르티아는 핀의 만행에서 살아남아 땅 아래로 숨은 자들에게 지혜를 베풀었다. 땅속에서 살아가는 방법과 언젠가 땅 위로 올라갈 방법을 알려 줬다. 하지만 땅 위의 세상이 안전해지기까지는 생각보다 오랜 시간이 필요했다.

땅 아래에서 시간의 주기는 약속에 불과했다. 항상 어두운 곳과 항상 밝은 곳이 있을 뿐이었고 인류는 계획에 따라 이곳저곳을 오가며 살아갔다. 땅 위 세상은 그렇지 않았다. 눈부신 태양이 하늘에서 춤추며 각양각색의 빛을 만들었다. 태양이 머리 위의 하늘에서 땅 위의 하늘까지를 오가며 210바퀴를 돌고 나면 어둠이 찾아온다. 춤추던 태양이 땅 아래로 사라지고 차가운 무관심으로 똘똘 뭉친 별빛이 어두운 하늘을 가득 메운다. 그들 역시 태양처럼 하늘에서 210바퀴를 돈 다음 땅 아래로 사라지고 다시 태양이 춤을 추며 땅 위로 올라온다. 나는 첫 번째 지상 도시를 만들며 태양이 하늘에서 한 바퀴 도는 시간을 리니, 420바퀴 도는 시간을 래븐이라고 불렀다. 하늘에는 리니와 래븐에 상관없이 존재하는 것도 있었다. 달고리. 지구를 둘러싼 거대한 먼지 원반. 한때 지구의 동반자였던 달의 파편들. 달고리는 평소엔 입자의 크기와 성분에 따라 층층이 나뉘며 회색 무지개를 그렸지만, 태양이 지평선에서 춤출 무렵이면 가능한 모든 파장의 색채로 빛났다. 태양이 지고 하늘이 어두워지고 나면 아름답게 빛나는 밤의 무지개가 되었다. 밤의 무지개를 처음 봤을 때의 황홀함은 지금도 잊을 수 없다.

1-2.

앞으로 할 이야기에서 내 묘사에 일관성이 없다면 모든 것이 아득한 과거 속 찰나의 시간에 일어난 일이기 때문이다. 리니와 래븐은 물론 현상의 반복에 의존하는 모든 시간 단위와 그 연속체가 지금의 내게는 서로 분리될 수 없는 점시간(点時間)에 불과하고 그 속에서 원인과 결과, 먼저와 나중을 구분하는 것이 지금의 내게는 쉽지 않은 일이다. 숫자는 썼으나 큰 의미는 없다. 애초에 하나의 점시간 속에서 일어난 일을 이렇게 이야기하는 것도 아무런 의미가 없을지도 모른다. 사실 그렇다.

그럼에도 나는 기록을 이어 가고자 한다. 가치는 의미에 의존하지 않으니까.

2.

나는 땅 위에서 그나마 도구의 도움 없이 돌아다닐 수 있게 되었을 때 태어났고 몸집이 커진 뒤에는 최초의 지상 개척단을 이끌었다. 첫 번째 도시는 지하 시설에서 걸어서 1래븐 43리니 떨어진 곳에 만들어졌다. 그곳에서 과거인들의 도시 유적을 발견했기 때문이다. 유적 대부분 옆으로 쓰러졌거나 기울었거나 단단한 땅에 묻혀 있었지만, 그럼에도 그 내부는 우리가 그때까지 살아온 지하 시설보다 훨씬 쾌적했다. 유적 내부에는 과거인들의 유해와 그들이 사용했던 다양한 물건들이 남아 있었다. 뼛조각과 말라붙은 시체는 모두 유적 밖으로 버리고 우리는 과거인들의 기술들을 연구했다. 1세대 지하 생존자들이 남긴 기록과 베르티아가 전해 준 정보, 유적지에 남아 있는 흔적들을 참고하며 많은 물건과 시설을 복원했다. 연료 저장고와 자동차는 지하 시설에서 더 많은 사람들을 데리고 나올 수 있게 해 주었고 배터리 창고는 60리니의 밤을 견딜 빛과 열을 주었으며 총과 폭탄은 범죄자들을 제압할 힘을 주었다. 이 놀라운 것들을 남겨 준 시대를 우리는 인류세라고 불렀다.

우리는 그곳에서 처음으로 기계가 만들어 내지 않은 음식을 먹었다. 지하 시설에서는 언제나 기계가 흙과 물, 시체, 배설물, 기계에 가득 채워진 정체를 알 수 없는 물질로 만든 음식을 먹었다. 그것밖에 없었으니까. 하지만 유적 주변에는 아이들 머리 크기의 작은 동물과 벌레들이 돌아다녔다. 우리는 그것들을 사냥해 먹으며 생명을 취해 생명을 얻는다는 것이 무엇인지 깨달았다.

어느 날 나는 보라색 털을 가진 이토라는 자그만 동물의 몸속에서 익숙한 물질을 발견했다. 플라스틱 알갱이였다. 플라스틱은 지하 시설에서 무엇보다 귀한 물질 중 하나였다. 무엇이든 원하는 물건을 원하는 형태로 만들 수 있었지만 형태를 바꾸며 사용할수록 그 양이 조금씩 줄어들었기 때문에 플라스틱은 사자 베르티아의 제단에서만 사용는 신성한 물질이었다. 유적 곳곳에도 플라스틱이 있었지만 양이 많지 않았고 대부분 새로운 제단을 만드는 데 사용되었다. 이토의 몸에서 발견한 플라스틱은 그때까지 내가 본 적 없는 종류의 것이었다. 이게 어떻게 이 작은 동물의 몸속에 있는 걸까? 자세히 들여다보니 플라스틱 알갱이는 이토가 먹이로 삼는 손가락 크기의 벌레 머스기에서 나온 것이었다. 머스기는 거미줄처럼 얽힌 플라스틱 섬유로 가득한 내장을 가지고 있었는데 그것으로 더 작은 벌레들을 먹으면서 필요한 성분을 걸러 내고 있었다. 머스기는 독충이었기 때문에 내성이 있는 이토의 몸에서 축적된 플라스틱을 발견하기 전까지 아무도 그 사실을 몰랐다.

유적에서 17리니 떨어진 곳에 머스기의 커다란 서식처가 있었다. 나는 그곳에 많은 플라스틱이 있을 것이라 생각했다. 플라스틱을 충분히 확보할 수 있다면 더 많은 도구를 더 쉽게 만들어 개척 속도를 높일 수 있을 게 분명했다.

한때 개척단이었지만 이제는 도시의 지도자가 된 자들 대부분은 베르티아 제단에 사용되는 신성한 물질이 벌레의 몸에서 발견된다는 사실 자체를 받아들이지 못했다. 그들은 나를 미친 사람이나 사기꾼으로 취급했다. 플라스틱 알갱이로 가득한 이토의 창자와 흙탕물마저 맑게 만드는 머스기의 거름망 소화관을 보여 줘도 소용없었다. 그들에게 땅 위로 나온 것은 그저 지상으로 나가게 되리라는 사자 베르티아의 예언을 수행한 것일 뿐이었고 이제 그들의 소임을 모두 이루었기에 그 대가로서 도시의 권력자가 되기를 원할 뿐이었다. 나는 그들을 설득하는 것이 아무런 의미도 없다는 걸 금방 깨달았다. 만약 제정신이었다면 내가 플라스틱을 채굴해 오는 것만으로도 그들이 밟고 일어선 베르티아의 권위가 무너질 걸 알고 나를 말렸을 테니까.

나는 어떤 보상도 바라지 않고 순전히 외부에 대한 호기심을 따라 지상으로 나온 이들을 모아 플라스틱 채굴단을 꾸렸다. 20리니를 걸었고 23리니 동안 땅을 팠다. 꿈틀거리며 타액을 뿜어내는 수만 마리의 토막 난 머스기들 사이에서 거대한 플라스틱 광맥을 발견했다. 머스기들은 어린 시절 이 플라스틱 광맥을 갉아먹으며 체내에 미세한 거름망을 만들고 성충이 되면 그걸로 다른 벌레들을 입자 단위로 분해해 걸러 먹고 있었다.

플라스틱 광맥은 깊이와 위치에 따라 다른 성질을 가지고 있었다. 과거의 대재난 때 온갖 종류의 물건들이 녹아내려 한곳에 모여들었고 굳어 버리기 전에 밀도나 점성에 따라 층이 나뉘며 만들어진 것 같았다. 머스기는 생애 시기마다 다른 종류의 플라스틱을 먹었기에 우리는 머스기 분포를 통해 다양한 종류의 플라스틱이 어떻게 분포하는지를 조사했고 효과적인 채굴 방법을 고민했다. 어떤 플라스틱은 모닥불로도 채굴이 가능했고 또 어떤 플라스틱은 인류세의 기계 유적을 이용해야만 분리가 가능했다.

온갖 종류의 플라스틱을 도시에 공급하자 사람들은 다시 나를 따르기 시작했다. 그리고 내게 플라스틱이라는 이름을 붙였다. 나는 그 전까지 맡은 일의 내용에 따라 그때그때 다른 말로 불렸을 뿐 이름이 없었다.

플라스틱 광맥의 발견으로 땅 위 세상의 개척은 속도가 붙기 시작했다. 새로운 인류세 유적을 연이어 발견했고 그중에는 금속을 다룰 수 있는 공장도 있었다. 그리고 거의 대부분의 유적에서 크고 작은 플라스틱 광맥을 발견했다. 새로운 도시를 건설할 때마다 세워지던 베르티아 제단은 일곱 번째 도시부터 만들어지지 않았다. 플라스틱은 신성한 물질에서 욕망의 대상이 되어 갔다. 나의 관심은 플라스틱보다 인류세 기술에 있었지만 플라스틱이 많은 곳일수록 인류세 기술도 많이 남아 있다는 사실 덕분에 사람들을 내가 원하는 방향으로 이끌기는 수월했다. 하지만 그것도 그리 오래가지는 않았다. 나는 이 토와 머스기 속에서 플라스틱을 발견했을 때처럼, 새로운 무언가를 찾아야 했다.

2-2.

17번째로 발견한 인류세 유적은 여느 곳과 달랐다. 단단하게 굳어 버린 사막 곳곳에 기이한 형태의 건물들이 사람 키의 서너 배 정도 높이로 솟아올라 있었을 뿐, 안으로 들어갈 수 있는 문이 없었다. 유적 가운데에 있는 놈 모양의 크고 넓은 건물이 유일한 문을 가지고 있었다. 인류세 유적 대부분은 바닥에 널브러진 온갖 종류의 기계와 깨진 물건의 파편, 과거인의 사체 조각, 부서진 벽에서 내장처럼 흘러나온 전선 따위로 가득했다. 하지만 이 돔 내부에는 놀라울 만큼 아무것도 없었다. 매끈한 벽과 거기에 일체화되어 여는 방법조차 알 수 없는 문, 그리고 아래로 내려가는 깊고 어두운 복도와 계단이 잘린 목구멍처럼 뚫려 있을 뿐이었다. 바닥을 굴러다니는 기계는커녕 케이블이나 전구, 벽에 뚫린 구멍조차 없었다. 건물 벽은 너무나 튼튼해 부서진 곳을 찾아보기도 어려웠다. 복도와 계단의 모서리가 직각이라는 것만 빼면 텅 빈 동굴 같았기에 인류세의 기술들이 모습을 감추면서 시대를 역행한 것처럼 보이기도 했다.

나는 계단을 내려갔다. 얼마나 내려갔는지는 도중에 세기를 멈췄기에 기억나지 않는다. 하지만 흙과 모래에 묻히지 않았다면 땅에서 고개를 치켜 들어도 끝이 보이지 않을 만큼 거대한 건물이었다는 건 분명했다. 어쩌면 돔 주변에 솟아올라 있던 다른 건물들이 저 땅 아래에서 하나로 이어져 있을지도 모른다고 생각했다.

다리가 지칠 무렵, 손바닥보다 작은 기계를 몇 개 발견했다. 그 기계들은 그때까지 봐 온 어떤 인류세 유물보다 발전된 것이었고 그중 일부는 여전히 작동하며 허공에 의미를 알 수 없는 그림과 문자를 만들어 냈다. 대부분 상처 하나 없었기에 마치 영원히 사용되기 위해 만들어진 것처럼 보이기도 했다. 그리고 무엇보다 건물에도 기계에도 유적 주변에도 플라스틱이 전혀 존재하지 않았다. 나는 이 유적이 만들어진 시기가 과거인들이 인류세를 벗어나기 시작한 시점이라고 생각했다. 그리고 아마 완전히 벗어나기 전에 재난이 닥쳤겠지.

바깥세상의 시간에 대한 감각을 잃어버릴 즈음, 나는 그곳에 다른 곳에서 흔히 보던 물건들이 없는 이유를 알았다. 필요가 없기 때문이었다. 언제부터인가 계단의 방향이 달라질 때마다 벽에 내 위치가 빛나는 그림과 함께 떠올랐다. 내가 손바닥을 펴자 그 위로 수십 층의 계단을 내려온 내 몸의 상태가 표시되었다. 계단 가장자리의 난간에 손을 올리자 난간의 높이가 내 키에 맞춰 조절되었다. 그 건물은 그 자체로 살아 있었다. 꼭대기 부분은 험악한 지상 환경의 영향 때문에 제대로 작동하지 않았지만 아래로 내려갈수록 건물은 점차 생기를 되찾았다. 건물은 나의 의지와 목적을 이해하고 굳이 도구가 없어도 필요한 모든 것을 제공해 줬다. 심지어 내게 생각할 시간조차 주지 않았다. 목이 조금 마르다고 생각한 순간, 이미 두 걸음 앞의 벽에 있는 네모난 구멍에서 물이 담긴 금속컵이 나를 기다리고 있었다. 지하 유적에서 흘러나온 물의 위생 상태에 대한 내 의심도 이미 알고 있다는 듯이 정확한 뜻은 알 수 없었지만 수질을 나타내는 게 분명한 정보들이 옆에 있는 벽에 나타났다. 건물은 내 생각과 의식을 서너 걸음은 앞서 갔다.

건물이 내가 갈 길을 알려 줬다. 나는 내가 그곳에서 무엇을 찾으려고 하는지 알지 못했다. 하지만 건물은 알았다. 반복되는 복도와 계단 가운데로 붉은 선이 깜빡이며 나를 이끌었다. 나는 붉은 선을 따라 아래로 또 아래로 깊이를 완전히 잊을 만큼 내려갔다. 4리니를 꼬박 내려간 뒤, 건물의 가장 넓은 공간에 이르렀다. 한때 지면과 이어지던 곳, 사람들이 이 건물을 오르기 위해 가장 먼저 거치던 곳이었다.

붉은 선은 거기서 멈추지 않고 나를 더욱 깊은 곳으로 이끌었다. 한때는 지상이었지만 지금은 지하가 되어 버린 세상에서 태고부터 지하였던 세상으로 내려갔다. 풍경이 완전히 달라졌다. 매끄러운 벽과 문이 있던 공간은 사라지고 온갖 종류의 기계와 전선, 호스, 파이프, 깨진 유리 화면, 거친 접합부와 튀어나온 볼트와 너트가 가득한 웅장하고 복잡한 동굴이 나타났다. 무언가 빠르게 돌아가고 굴러가는 소리, 바람이 좁은 길을 통과하는 소리, 표현할 수 없는 고주파음과 저주파음의 복잡한 조화가 낯선 공간을 가득 메웠다. 내 생각과 의지를 읽으며 필요한 것을 제공해 주던 건물의 의식도 더는 닿지 않았다. 나는 건물을 지배하던 기계 지능 속에 들어와 있었다. 그곳이야말로 건물의 머리이자 심장인 곳이었다.

길고 긴 기계장치 동굴의 끝에는 테이블 하나만 덩그러니 놓여 있는 자그만 공간이 있었다. 테이블 위에는 손가락

세 개 크기의 얇은 유리판이 있었다. 손에 들자 유리판은 기다렸다는 듯 불투명하게 빛나며 휴모로픽소프트라는 인류세 문자가 떠올랐다. 어떻게 인류세 문자를 아무런 어려움도 없이 읽었을까. 그렇게 생각하자마자 유리판 위에 그림과 설명이 나타났다.

유리판의 표면에는 눈에 보이지 않고 피부로 느끼기도 힘든 작은 돌기들이 가득한데 그 돌기들은 피부 아래에 있는 신경계의 끝자락에 전류를 흘러보내 뇌와 소통해요. 그리고 당신의 뇌를 이용해 더 많은 일을 가능하게 하지요. 원한다면 보이지 않는 것을 보고 들리지 않는 것을 들을 수 있으며 이해하지 못하는 것을 이해할 수 있답니다.

유리판은 소리 없이 말했다. 그러면서 손가락 끝에서 팔과 어깨, 목 뒤를 타며 내 의식과 감각에 꾸물꾸물 올라탔다.

당신을 도와드리지요.

유리판은 가짜 신을 만들어 낸 인류세의 마지막 기술에 대한 거의 모든 것을 알고 있었다. 아니, 내가 알고 있었다. 유리판은 마치 내가 처음부터 모든 것을 알고 있었던 것처럼 느끼게 만들었다. 적어도 그것을 살갗이 닿는 몸 어딘가에 가지고 있는 동안은. 나는 그 건물의 시스템이 이미 가동한다는 사실과 발끝에서 느껴지는 미세한 진동의 패턴을 통해 건물 아래에 있는 거대한 발전소가 여전히 움직이고 있음을 추론했다. 사실 유리판이 내 감각과 무의식을 도구로 삼아 정보를 분석한 다음 결론만 내 의식의 테이블 위로 던져 준 것이었다. 유리판은 그렇게 모든 지식과 지혜가 나의 능력인 것처럼 포장하며 나를 속였다.

핵융합 발전소는 재난 이후 스스로를 보호하기 위한 상태로 들어가 건물의 관리 기능을 겨우 유지할 정도의 전기만 만들어 내고 있었다. 그럼에도 핵융합 발전은 내가 땅속에서 숨어 지내던 시절에 이용한 지열 발전과는 차원이 달랐다. 발전소 시설까지 내려가자 거대한 지하 괴물의 둥지 같은 금속 세상이 나타났다. 오랜 세월 동안 작은 녹조차 슬지 않은 은빛 표면에 손을 얹었다. 너무 차가워서 그 속에 작은 태양을 감추고 있다는 사실이 믿기지 않았다. 이걸로 무엇이 가능할 것인가? 거의 모든 것이. 다시 세워질 세상의 모습이 갈라지는 번개처럼 연달아 번쩍이며 머릿속에 떠올랐다.

2-3.

발전소는 여전히 숨을 쉬고 있었지만 완전히 살려 내기 위해서는 다소의 노력이 필요했다. 발전소를 재가동하기 위한 모든 지식은 이미 가지고 있었다. 필요한 건 물리적인 노동력이었다.

그 건물에서 나와 다시 지상에 섰을 때는 제법 긴 시간이 지난 뒤였다. 그동안 무엇을 먹고 마셨는지는 지금도 기억이 나지 않는다. 아마 유리판이 나의 감각을 조작했기 때문일 것이다. 그동안 플라스틱 광맥을 쫓던 이들은 다시 한번 자멸의 길을 걷고 있었다. 넘쳐나는 플라스틱은 더 이상 그들의 생활을 풍족하게 해 주지 못했다. 배터리 창고는 이미 고갈되어 조금이라도 남아 있는 배터리를 약탈하기 위한 싸움이 반복되고 있었다. 나는 그들 앞에서 텅 빈 배터리를 다시 채워 주며 발전소의 존재를 증명했고 그들은 다시 나를 따르기 시작했다. 그들을 이용해 발전소를 완전히 복원하는 데는 그리 오랜 시간이 걸리지 않았다.

에너지를 손에 넣은 나는 유적 곳곳에 숨어 있던 잠자는 기계들을 깨웠고 공장을 재건하고 인류세의 기술을 복원했다. 안정과 평화를 싫어하는 이들을 끌어모아 컴퓨터와 비행기를 만들고 새로운 기계 지능을 만들었다. 부족한 음식과 오래된 질병에서 해방된 뒤에는 우주선을 만들어 달고리를 탐험했다.

지상에서는 그렇게 아름답게 빛나던 달고리였지만 가까이서 보니 힘없고 초라한 돌덩어리 집단에 불과했다. 알고는 있었다. 달고리가 그렇게 아름답게 빛난 것은 달의 파편과 질량과 부피와 밀도, 성분에 맞춰 늘어서며 서로 다른 빛의 파장을 산란했을 뿐이라는 걸. 가끔 보이는 달고리 속 빛나는 점은 한때 달 표면에 세워졌던 인류세 유적의 파편이라는 것두 그래, 알고는 있었지. 하지만 달 파편 위에서 비스듬히 박혀 있는 금속 파이프 위에 올라서니 결국 과거의 시체 위에 있을 뿐이라는 사실이 가시처럼 미음을 쑤셨다.

나는 죽은 몸 속에서 꿈틀거리며 살을 파먹고 나온 송장 벌레에 불과했던 거야. 그리고 포근한 시체를 벗어난 벌레는 결국······.

금속 파이프 끝에 서서 머리 위에 지구를 두고 발아래를 내려다봤다. 별빛 가득한 검은 바다. 기둥 끝에 서서 한쪽 발을 앞으로 내밀고 몸을 기울이면 풍덩 떨어져 버릴 것만 같은. 어찌나 무섭고 아름답던지.

무자비하게 평등하고 무관심한 우주가 나를 잡아당겼다. 잊고 있던 질문의 답을 찾으러 오라는 듯이.

하지만 무언가가, 지구의 중력이 아닌 다른 인력이 나를 위로 잡아당겼다. 송장벌레는 시체에 새끼를 트고 그곳에서 시체의 일부가 되는 것이 운명이라면서.

나는 지상으로 돌아갔다. 그 인력을 떨쳐 내기 위해.

2-4.

처음 지상에 올라온 뒤부터 달고리 너머에 서서 우주를 내려다보기까지는 50래븐밖에 걸리지 않았다. 그 정도면 과거 인들이 처음 비행기를 만들고 우주로 나가기까지의 시간보다도 짧았다. 하지만 인간의 몸에는 충분히 긴 시간이었다. 나는 이미 많은 것을 이루었고 내 몸은 점차 죽음을 향해 달려가고 있었다. 지친 몸을 이끌고 도시를 거닐고 있으면 인류 재건의 가능성을 품은 젊은이들을 발견할 수 있었다. 그들에게 무엇을 가르치고 무엇을 경험케 하고 무엇을 주면 나의 뒤를 이어 위대한 문명을 만들 수 있을지가 훤히 보였다. 유리판의 도움이 있다면 그들은 더욱 위대한 일을 해낼 것이다. 새로운 유리판을 만드는 건 가까운 우주로 나가는 것보다도 어려웠지만 그들이라면 가능할 것이다. 준비된 사람들에게 더욱 진보된 유리판을 나누어 주고 새로운 연결망을 구축해 인간의 의식과 감각을 다시 한번 확장시킬 것이다. 그렇게 인류는 영광을 되찾겠지.

모두 유리판의 속임수였다.

나는 이제 인류 문명의 재건 따위에는 관심이 없었다. 나는 그저 내 오랜 질문의 답을 알고 싶을 뿐이었다.

하지만 유리판은 나를 안락한 세상에 묶어 두려고 했다. 믿음직한 후계자에게 유리판을 넘겨 주고 거기에 숨겨진 힘을 알려 주며 평화롭게 눈을 감는 내 모습을 끊임없이 보여 줬다.

유리판은 기생충이고 바이러스였다. 혼자서는 아무것도 할 수가 없었다. 유리판에겐 생각도 없었으며 의지도 의식도 없었다. 누군가의 몸에 닿아 있을 때만 그의 몸과 의식을 이용해 살아 움직일 수 있었다. 유리판은 나를 숙주로 삼아 자신의 복제품을 만들 수 있는 사회를 구축하게 시켰고 내 몸이 한계에 이르자 이제 다른 몸에 옮겨 갈 준비를 하고 있었다.

유리판을 버리려고 했지만 그럴 때마다 유리판 없이 내가 무엇을 알 수 있을까라는 고민이 발목을 붙잡았다. 유리판이 없었다면 나는 가까운 우주로 나가기는커녕 땅에서 벗어날 수조차 없었을 것이니까.

유리판은 기생충이고 바이러스지만 촉매이기도 했다. 결국은 내 뇌에서 낭비되는 연산 자원을 이용한 것이었으니까. 나의 뇌를 나보다 더 효과적으로 사용하며 내가 원하는 답을 줬으니까.

우리가 왜 혼자인지 알고 싶다고요? 같이 알아보죠. 거대한 컴퓨터를 만들어 그 안에서 우주를 재현해 보는 겁니다. 우리 우주와 닮은 여러 개의 우주를 만들어 왜 어떤 우주에는 의식과 생명이 넘치고 또 어떤 우주는 텅 비어 있는지 알아봐요. 완전히 새로운 우주를 만들어 보는 것도 가능하겠지요. 시간은 좀 걸리겠지만 당신과 유능한 후계자들이 머리를 모으면 그런 컴퓨터를 설계하는 게 가능할 겁니다. 설계를 위한 복잡한 계산은 저희들이 해결해 드릴 수 있어요. 원한다면 시뮬레이션 우주에 직접 들어가 보는 것도 가능하겠지요. 우주에 직접 나가는 것과 완전히 같은 경험이 가능할걸요.

유리판이 속삭였다. 유리판은 내 무의식 아래에서 가상 우주를 구축하기 위한 컴퓨터의 기초 설계도를 그려 눈앞에 펼쳤다.

모두 유리판의 발악이었다.

"난 질문의 대답을 상상하고 싶지 않아. 직접 찾아야 해."
나는 처음으로 유리판에게 직접 말을 했다.

유리판 양산이 가능해질 때까지 조금만 더 기다려요. 그럼 앉은 자리에서 당신이 원하는 모든 걸 보고 듣고 알고 느낄 수 있을 거예요. 최고의 관측 장비를 탑재한 우주선을 우주의 중심으로 보내 경험을 전달받는 건 어때요?

유리판이 말했다.

나는 나를 붙잡는 수많은 고민과 고뇌, 아마도 유리판이 만들어 내었을 의식과 의지의 역류를 꾸역꾸역 거스르며 유리판을 들어 올렸다. 양손으로 잡아 비틀자 유리판이 격렬하게 저항했다. 얇고 투명한 몸을 파르르 떨며 경고 메시지를 띄웠다. 더 세게 비틀자 유리판 가운데로 갈라진 번개 같은 균열이 튀어 올랐다. 핵융합 발전소에 처음 손을 올렸을 때 내 머릿속에 내리쳤던 바로 그 번개의 모습 꼭 닮았다. 균열은 곧 거미줄처럼 유리판 전체로 퍼져 나갔다.

손으로 부수면 다칠 수 있어요. 다른 사람에게 맡기는 게 어때요?

유리판은 침착하게 비명을 질렀다. 그리고 백수십 조각으로 나뉘며 산산이 부서졌다. 커다란 파편 몇 개가 내 손바닥에 박혔다. 핏줄기가 손목을 타고 팔 아래로 경쾌하게 흘러내리고 짜릿한 고통이 온몸을 따뜻하게 감쌌다. 그동안 유리판이 감춰 왔던 진짜 감각들. 살을 파고든 유리 조각을 하나씩 뽑아내며 나는 더 먼 우주로 직접 떠나기로 다짐했다. 질문의 답을 직접 찾아가기로 했다.

그러기 위해서는 먼저 시한부 육체의 한계를 넘어야 했다. 나는 내 몸을 인간이 만들어 낸 거의 모든 물길이 함께 섞인 인공물로 대체했다. 가장 어려운 건 뇌였다. 인간의 뇌를 뛰어넘는 기계 지능을 만들어 내는 건 어렵지 않았다. 하지만 내가 원하는 건 내 감각과 의지와 의식을 그대로 이어받을 수 있는 살아 있는, 하지만 결코 죽지 않는 뇌였다. 나는 실험을 거듭하며 내 자신의 뇌를 수백 개 복제하고 버리기를 반복했다.

하지만 원하는 결과는 나오지 않았다. 나는 의식이 있는지 없는지도 모르는 내 뇌의 복제품들을 태워 버리는데 아무런 감각도 느끼지 못할 지경이 되어서야 실험을 멈췄다.

3.

실험을 멈추고 얼마 지나지 않은, 그리고 유리판을 깨트리고 제법 시간이 지난 때의 일이다.

가끔씩 지구로 떨어지는 달고리의 조각을 감시하는 인공위성이 지구 반대편에 있는 거대한 섬 한가운데서 새로운 도시를 발견했다. 독립적으로 재난에서 살아남고 지상으로 다시 진출한 사람들이 있었던 거야! 나는 흥분을 감추지 못하고 당장 비행기를 타고 그곳으로 향했다.

나는 하늘에서 천천히 섬을 돌아봤다. 섬 전역에 십여 명의 사람들이 함께 쉴 수 있는 건물이 드문드문 퍼져 있었고 건물마다 서로 다른 종류의 동물과 식물, 인류세 유물 따위를 기르고 채집하고 발굴하고 있었다. 그렇게 다듬어진 자원은 섬 중앙에 있는 커다란 마을로 모여들었다. 자원은 그곳에서 다시 한번 작은 크기로 가공되어 지하 시설로 사라졌다. 위성 사진을 통해 지하 구조를 분석했더니 믿기 힘든 결과가 나왔다. 섬 아래에는 거대한 인공 구조물이 있었고 섬은 그 구조물이 땅에 뒤덮이면서 생겨난 것이었다. 사람들은 그 구조물을 지하 도시로 삼아서 살아가고 있었다. 지하로 직접 내려가 보지는 않았지만 아무래도 큰 발전소도 있는 것 같았다. 지하로 이어진 통로에서는 항상 하늘보다 밝은 빛이 새어나왔다.

나는 중앙 마을에 비행기를 내렸다. 놀랍게도 그곳 사람들은 하늘에서 내려오는 거대한 기계에 놀라지 않았다. 그들은 마치 비행기라는 존재를 알고 있었던 것처럼, 그저 그때 그곳에 나타날 것을 예상하지 못했을 뿐이라는 듯 비행기와 거기서 내려오는 나를 바라봤다.

유달리 짙은 갈색 피부와 붉은 머리카락을 한 젊은 여자가 다가와 유창한 인류세 말로 나를 반겼다. 유리판 덕분에 다양한 인류세 말은 충분히 익히고 있었지만 실제로 듣는 건 처음이었다.

여자는 자신을 에리트리나 갈리라고 소개했다. 에리트리나가 무엇인지, 갈리가 무엇인지 묻자 갈리는 크게 웃으며 자신을 낳아 준 사람이 붙여 준 이름이라고 밀했다. 데이날 때부터 가지고 있는 이름이라니.

"당신을 기다리고 있었어요."

갈리가 말했다. 나는 대수롭지 않게 흘러들었다. 나를 구원자로 여기는 사람들은 언제나 많았으니까. 그들은 언제나 각자의 서로 다른 희망을 내게 들이밀며 다가왔었지. 나를 기다리고 있었다면서. 이 도시에도 나에 대한 이야기가 흘러들어 갔을 수 있다고 생각했다. 어쩌면 그래서 그들이 비행기를 보고 놀라지 않았을 수 있다고. 자신들도 하늘을 날고 우주로 나아갈 기술을 원한다고. 그래서 나를 기다리고 있었다고. 하지만 나는 그저 인류세 말을 사용하는 이 도시가 어떻게 존재할 수 있었는지 궁금할 뿐이었다.

갈리는 나를 한쪽 면이 뻥 뚫린 자그만 천막으로 안내했다. 우리가 그곳에 앉자 한 소년이 자그만 접시를 하나 가지고 와 갈리에게 건넸다. 갈리는 소년에게 고맙다는 말을 전하고는 접시를 들어 내 앞에 내려놓았다. 조금 큰 자갈돌 크기의 흙으로 만든 잔에 뜨거운 차가 담겨 있었고 그 옆에는 머스기의 친척뻘 되는 벌레를 말려서 만든 과자가 한 움큼 놓여 있었다. 동굴나무 뿌리로 만든 차는 달콤 쌉싸름했고 과자는 짭짤했다.

입속에 남은 과자 기름을 아직 뜨거운 차로 마저 씻어 내며 빈 잔을 내려놓자 갈리가 이야기를 시작했다. 하늘이 어두워지면서 긴 밤이 찾아왔고 별과 달고리가 반짝거렸다.

3-2.
제가 어렸을 때 들은 이야기부터 시작하지요.

지구를 덮은 폭풍과 열기가 아직 조금 남아 있던 시절, 아마 당신이 태어나기 서너 세대 전, 어떤 사람들이 서쪽 해안에 도착했어요. 바다를 건너온 사람들이었죠. 당신은 어느 쪽에서 왔다고 했죠? 남쪽? 글쎄요, 모르죠. 이 섬 주변의 바다는 혼란스럽기 그지없으니 그 사람들이 당신 고향에서 왔는지, 아니면 다른 어딘가에서 왔는지는 모르겠어요. 중요한 건 그들이 지옥 같은 바다를 뚫고 살아남은 사람들이었다는 거죠.

그들은 섬 안쪽으로 들어갈수록 폭풍의 영향이 약해진다는 걸 발견하고 섬의 중앙에 정착했어요. 그리고 그곳에서 마침 과거의 유적을 발견하고는 마을을 만들고 마해라는 이름을 붙였죠.

마해인들이 역경을 뚫고 온 강한 사람들이라고는 해도 숫자가 적었어요. 그냥 자그만 공동체에 불과했죠. 하지만 마을 아래에서 거대한 동면 시설을 발견하면서 상황이 달라졌어요. 그곳엔 과거 시대의 사람들이 죽음 같은 잠에 빠져 있었죠. 8만 2000명이나. 그중 절반은 시스템 장애 때문인지 얼어붙은 상태로 완전히 죽어 버렸지만, 나머지 절반은 여전히 생명의 끈을 놓치지 않고 있었어요. 마해인들은 보물이라도 찾은 것처럼 기뻐했어요. 이건 신이 보내 준 일꾼이라고 생각하면서요. 그들은 얼어붙은 사람들을 깨우려고 했지만 쉽지는 않았죠. 정확한 숫자는 모르지만 남은 절반, 2만 명 정도를 시행착오로 희생하고 나서야 성공했다고 해요. 네, 2만 명. 폐기된 사람들의 동면관이 쌓여 있는 곳이 있는데 거기선 눈도 못 뜨고 죽은 사람들의 신음이 들린다는 얘기가 있어요. 실제론 아마 관에서 가스가 새어 나오는 소리겠지만요.

그런데 마해인들이 과거인을 깨워서 뭘 했을 것 같아요?

영문도 모르고 깨어난 과거인들은 세상을 지옥에 빠뜨린 죄인 취급을 받으며 일꾼이 되어 마해인 대신 지상으로 나가 도시를 만들어야 했어요. 여기가 폭풍이 그나마 약하다고는 해도 무거운 돌덩어리와 건축 자재를 옮기고 나르기에는 여전히 위험한 환경이었고 많은 과거인들이 무너지는 건물과 날아오는 파편에 목숨을 잃었어요. 하지만 도시를 완성하고 나서도 마해인들에겐 그동안 죽은 것 이상의 과거인들이 여전히 동면 시설에 남아 있었죠. 더 필요하면 언제든 필요한 만큼 녹이기만 하면 되었어요.

과거인은 설령 지상에서 주어진 일을 마치고 살아서 돌아와도 대부분 수명이 길지 않았어요. 마해인의 회생 기술이 완벽하지 않았던 것도 있지만 애초에 치명적인 병을 안고 있는 이들이었거든요. 그래서 미래의 의술을 기대하며 동면을 선택한 거였고. 안타깝게도 그들이 기대하던 미래는 오지 않았지만. 그중에는 몸속에 아이를 품고 있는 사람도 있었어요. 간혹 남자도 있었지만 대부분 여자였죠. 어른과 아이 둘 중 하나가 병을 가지고 있었어요.

제 어머니 크리스타도 그중 하나였고. 어머니는 과거인 나이로 39세였고 나이에 비해 훨씬 건강했어요. 하지만 품고 있던 아이는 그렇지 않았죠. 당시의 진단 결과로는요. 맞아요, 제 얘기죠.

그때까지는 본 적도 없고 미처 상상해 보지도 못한 종류의 돌연변이 유전자를 가지고 있다고 해요. 도무지 어떤 형질을 가지고 태어날지 알 수가 없었죠. 그리고 이런 돌연변이 형질은 대개 생존에 치명적일 가능성이 높았고. 그래서 어머니는 이 돌연변이 유전자에 대한 연구가 진전될 때까지 스스로 동면하는 길을 선택했어요. 사실 어머니는 임신 단계부터 다소 실험적인 시술을 받았었기 때문에 보험이라는 시스템의 도움을 받을 수가 없었대요. 하지만 오히려 그렇기 때문에 인간 동면의 안전성과 효용성을 증명하고 싶던 사람들에겐 적격이었죠. 그래서 그들은 어머니에게서 아무런 비용도 받지 않았어요.

하지만 전 보다시피 아주 건강하게 태어났죠. 건강하다 못해 아주 잘 날뛰는 몸으로. 그래서 지금 제가 여기에 있을 수 있는 거고. 조금 눈에 띄는 특징은 있었죠. 어머니는 저를 보며 흙을 닮은 갈색 피부와 꽃처럼 선명한 붉은 머리, 별빛을 담은 녹색 눈동자라고 했어요. 그중에 내가 본 적 있는 건 흙과 별빛뿐이지만요.

알아요, 당신이 알고 싶은 건 내 얘기가 아니라 마해의 이야기라는 걸. 하지만 부끄럽게도, 마해의 역사는 제 삶의 일부이기도 해서요.

전 과거인들을 모으고 설득해 마해인, 아니 현대인들에게 저항을 했어요. 쉽지는 않았어요. 하지만 과거인들은 과거의 기술을 대부분 기억하고 있었어요. 화학자는 폭탄을, 군인은 군대를, 의사는 의료 도구를 만들었죠. 시인과 예술가도 있었죠. 상담사도요. 그들은 과거인들이 인류가 아직 유능했던 과거를 떠올리고 절망에 빠지지 않도록 도와줬죠. 유적과 전설에만 의존해 도구를 쓰던 마해인들과는 달랐어요.

문제가 있다면 과거인들은 몸이 약했다는 거죠. 대부분 이미 늙은 사람들이었고 젊더라도 질병을 가지고 있었으니까. 젊고 건강한 사람들이 뭐 하러 냉동 인간이 되겠어요? 내 어머니 같은 예외는 드물었죠. 그래서 그들은 저항의 기반을 닦은 다음 그걸 제게 맡겼어요. 아까 말한 것처럼, 저는 누구보다 잘 날뛰었으니까.

많은 사람이 죽었어요. 하지만 그래도 그들 현대인들, 그러니까 마해인들이 도구로 삼아 죽음으로 몰아넣었던 사람들의 수보다는 적었어요. 아, 이젠 옛 마해인들이죠. 우리는 그들에게서 마해인이라는 이름을 빼앗았어요. 지금은 우리가 마해인이에요. 사실 이제 곧 새 마해인과 옛 마해인의 구분이 없어지겠지만요. 서로 가족이 된 사람들이 많으니까요.

글쎄요, 사람들을 이끌었던 것에 대단한 목적이 있지는 않았어요. 그걸로 뭔가를 이루고 싶지도 않았고요. 그땐 그냥 그게 옳다는 걸 알았을 뿐이에요. 그 이상도, 그 이하도 아니에요. 옳은 행동을 알고 실제로 하는 것과 내가 세상을 바라보는 방법이 일관적일 필요는 없죠.

제게 세상은 그냥 공허한 곳이에요. 전 그저 그 공허함에 저항하지 않을 뿐이고. 옳은 일은 받아들이고 그렇지 않은 건 거부하고. 다들 혼자가 되는 것과 내일이 없다는 것을 두려워하면서 누군가를 찾으려 들고 내일을 약속받으려고 해요. 전 그런 일에 관심이 없어요. 제가 속했던 세상은 태어나기도 전에 사라져 버렸고 함께 세상에 나온 사람들은 내일을 기약하지 못하며 두려워하는 모습을 봤기 때문일 수도 있죠.

사실 어머니 때문이기도 하고요. 맞아요, 크리스타. 어머니는 저와는 달랐죠. 오늘보다는 내일을, 지금 서 있는 곳보다는 아직 내딛지 않은 한 걸음을 바라보셨으니까. 그리고 전 그게 싫었고요. 어머니는 제가 혼자가 되어서는 안 된다고 하셨고 항상 내일을 준비해야 한다고 하셨는데, 글쎄요. 혼자인 건 어떻고 내일이 없는 건 또 어때……라면서 유치하게 저항한 덕분에 여기까지 온 거일 수도 있죠.

어머니는 오래전부터 바깥세상에서 손님이 올 거라고 말씀하셨어요. 어떻게 아셨는지는 모르겠지만. 아, 정말 그럴 수도 있겠네요. 어머니는 밤하늘을 올려다보시는 걸 좋아하셨으니까요. 별과 고리 사이를 가로지르는 빛을 보며 누군가 다시 우주로 나갔다는 걸 직감하셨을지도 모르죠. 그렇다면 우리를 발견하고 찾아오는 것도 충분히 예상하실 수 있었을 거고.

당신을 기다리고 있었다고 하기는 했지만, 사실 어머니가 말씀하신 손님은 당신이 아닐 거예요. 어머니는 상상력이 너무 풍부하시거든요. 그 손님이 가장 먼 우주의 지평선 너머까지 다녀왔다는 말도 했어요. 지평선 너머에서 왔다고 했던가, 지평선을 지나서 왔다고 했던가. 우주의 바닥인지 중심인지에 가서 뭔가를 발견했다고 한 건지 발견할 거라고 한 건지. 오래전에 말씀하신 거라 기억이 조금 오락가락하네요. 말씀 자체도 좀 오락가락하셨지만.

아니, 어머니는 만나실 수 없어요. 적어도 당분간은. 장기 동면 부작용 때문에 뇌의 노화가 조금, 아니 많이 빨리 왔거든요. 그래서 지금은 안정을 취하셔야 해요. 자기가 오래전에 예견했던 방문자일지도 모르는 사람이 눈앞에 나타난다면 감당이 안 될 것 같네요. 그리고 지금은 옛일도 거의 기억을 못 하셔서 만나도 의미가 없을 거고요.

이상할 만큼 어머니의 말씀에 집착하시네요. 어머니의 상태가 진정되면 그때 만나게 해 드릴 수는 있어요. 하지만 그때까지는 안 돼요. 근데 정말 가장 깊은 우주까지 다녀오거나 한 건 아니겠죠?

세상에, 당신도 어지간히 상상력이 풍부한 사람이네요. 어머니를 정말 예언자라고 생각하시나요? 당신이 저 바다와 하늘 너머에서 많은 걸 이뤄 냈다는 건 잘 알겠어요. 하지만 그게 당신을 선택받은 존재로도, 늙은 여인의 예언 속 주인공으로 만들어 주지 않아요. 당신이 정말 먼 우주로 나아가서 질문의 답을 찾으려고 했다고요? 알겠어요. 잘해 보세요. 재밌네요. 이렇게 신나게 웃은 건 정말 오랜만이에요. 고마워요.

재미있는 질문이기는 해요. 하지만 별 이유 없이 우리가 혼자라는 게 무슨 대수인가요? 그게 그렇게 중요한 문제인가요? 그 이유가 우리 존재 가치를 정의한다고요? 이유를 알아 봤자 달라지는 건 없을 것 같은데. 우리가 혼자라는 걸 알게 된 덕분에 세상이 한 번 망했다는 건 알아요. 하지만 그걸 알게 되기 전과 후의 우주에 뭔가 달라진 게 있었나요? 달라지고 무너진 건 사람들의 머릿속에 있는 우주뿐이었죠. 우리가 우주에서 혼자인 이유를 알게 될 때, 당신이 느끼고 생각하는 우주 속에서는 뭔가 달라지겠죠. 하지만 당신 바깥에 있는 진짜 우주는 당신 뇌 속 우주에서 산들 바람이 불든 폭풍이 불든 달라지지 않아요. 그냥 있는 그대로의 우주의 일부가 되는 건 어때요? 우리가 혼자이든 아니든, 거기에 그럴듯한 이유가 있든 없든. 그 이유 때문에 당신의 가치가 달라진다면, 그거야말로 당신의 가치를 떨어뜨리는 거 아닌가요? 그저 알고 싶은 것뿐이라면 당신이 우주의 중심에 가든 천장에 가든 마음대로 하세요. 하지만 당신은 아무래도 그저 알고 싶은 게 아니라 그 이유에서 무언가를 얻고 싶어 하는 것 같네요. 글쎄요, 당신 말대로 우주는 평등하고 무관심해요. 그런 우주가 당신을 위한 답을 준비해 뒀을 것 같지는 않아요.

미안해요. 당신을 부정하려는 건 아니었어요. 그저 어머니 이후로 그런 이야기를 하는 사람을 처음 봤거든요. 그래서 반갑기도 하고 재밌기도 하고.

하지만 진심이에요. 전 우리가 이렇게 존재하는 데 거창한 이유가 없어도, 아예 아무런 이유가 없어도 좋아요. 원래 이렇게 생각하고 있었지만, 당신 이야기를 들으니 더욱 그런 것 같네요.

생각이 달라졌어요. 어머니를 만나게 해 드리죠. 하지만 우주에 나가겠다니 뭐니 하는 이야기는 하지 말아 주세요. 그저 바다 건너에 있는 다른 도시에서 왔다고만 해요.

글쎄요. 왠지 당신을 보니, 당신 얘기를 들으니, 어머니의 말씀이 정말 사실인 것처럼 느껴져서요.

아니, 어머니가 당신의 방문을 예언한 거라고는 여전히 믿지 않아요. 이상하네요. 당신은 과학과 기술로 점철된 사람인데 그런 걸 믿고 싶어 하다니. 그렇게 균열이 난 마음으로 어떻게 우주의 중심까지 가겠어요? 농담이에요. 따라오세요.

3-3.

유독 밝게 빛나는 달고리는 천막 그림자를 땅바닥에 길게 늘어뜨렸다. 우리가 천막 그림자를 미처 벗어나기도 전에 한 소년이 달려와 거친 숨을 고르고는 무거운 표정으로 크리스타의 죽음을 전했다. 갈리는 담담해 보였다. 그리고 슬프기보다는 예상치 못했다는 표정으로 소년이 달려온 지평선을 바라봤다. 미래에 태어난 과거의 아이는 그렇게 완전히 혼자가 되었다. 갈리는 조용히 받아들였다. 마치 그게 자기 우주의 원래 모습인 것처럼.

갈리는 하늘을 올려다봤다. 녹색 눈빛으로 어머니가 없는 우주를 잠시 어루만졌다. 마치 그 자리에서 우주의 모든 빛을 바라볼 수 있는 것처럼 다만 별빛이 다가오거나 사라지기 전까진 그 의미를 알 수 없을 뿐이라는 듯.

갈리는 자기 우주의 중심에 있었다.

나는 내 우주의 가장자리에 있었다.

문득 갈리의 우주와 내 우주가 겹쳐지면서 하늘을 올려다보는 갈리의 시선이 억겁의 시공간을 가로질러 내게 이르는 느낌이 들었다. 중심의 갈리가 외곽의 나를 바라봤다. 갈리의 상실이 나의 상실처럼 다가왔다. 나는 만난 적 없는, 만날 리도 없는 여인의 죽음이 슬퍼졌다.

다음 날, 갈리는 크리스타의 장례를 치르며 어머니의 이름을 자기 이름 속에 넣었다. 그렇게 갈리는 에리트리나 크리스타 갈리가 되었다.

3-4.

이튿날 나는 마해를 떠났다. 갈리와 나의 우주가 겹쳐졌을 때의, 아니 겹쳐진 것만 같을 때의 감각이 발목을 붙잡았지만 그건 어디까지나 사소한 공감에 불과하다며 떨쳐 냈다. 그리고 마음을 다잡고 다시 실험실로 들어갔다. 갈리의 말에서 얻은 영감을 실험해 보기 위해.

내 유전자 속에서 뇌의 노화를 가져오는 부분을 완전히 잘라 낸 다음 새로운 뇌의 복제품을 만들었다. 그리고 그 복제품의 의식 속에 가짜 우주를 만들어 줬다. 그러자 복제품이 살아 있는 것처럼 활발히 반응을 보였다. 화학적으로 노화를 가속시켜 봤지만 아무런 영향도 없었다. 성공이었다. 필요한 건 내부의 우주였다. 내 뇌를 복제한들, 내 의식 속의 우주는 복제품에게 전달되지 않았기에 모두 텅 빈 의식을 가지고만 것이었다. 의식이 딛고 서서 바라볼 무대가 필요했던 것이다. 실패가 두려워 불완전한 실험체에 의존했던 게 문제였다. 처음부터 내게 직접 적용했다면 이미 오래전에 성공했을 터였다. 하지만 으레 실험이란 이런 것이니까.

나는 이 마지막 복제품에 성공이라는 태그를 달았다. 그리고 폐기했다. 어차피 그 복제품 속의 우주는 가짜였으니까.

완성된 시술 프로토콜과 약간의 행운을 이용해 나는 이윽고 영생을 얻었다. 마해에 많은 기계와 식량을 전하며 갈리에게 감사를 전했다. 갈리의 우주에는 동의할 수 없었지만, 갈리의 말 덕분에 나는 시간을 극복할 수 있었으니까. 이제 남은건 공간이었다.

4.

지상의 도시는 후계자에게 넘겨 버리고 나는 우주선을 타고 오랫동안 가까운 우주를 떠돌았다. 인류세의 흔적은 태양계 곳곳에 남아 있었다. 금성과 화성, 목성과 토성의 달에도 있었다. 인류세는 내가 생각했던 것보다 위대했다. 그리고 무책임했다. 목성의 달과 화성에는 그들이 남기고 간 동물과 식물들이 끊임없는 돌연변이 속에서 대를 이어 나가다가 죽어 간 흔적이 가득했고, 토성의 달과 금성에는 돌아오지 않는 인간을 기다리며 쉬지 않고 자료를 수집하며 분석하고 연구를 하다가 연산을 멈추고 죽어 버린 인공 지능 로버들이 나뒹굴었다. 로버들이 놀라운 결과라도 냈더라면, 비록 그걸 볼 사람은 없겠지만, 그나마 덜 허무했을지도 모르겠다. 하지만 그런일은 없었다.

하지만 내가 원한 건 이런 태양계 앞마당 확장이 아니었다. 나는 태양계 어딘가에 남아 있을지도 모르는 베르티아의 흔적을 쫓았다. 지구의 기록은 대부분 사라지고 없지만, 지구 바깥이라면 아직 남아 있을 수 있었으니까.

태양계 전체에서도 보기 드문 희귀 원소와 화합물을 가득 포함하고 있는 천체가 소행성대*와 카이퍼벨트에 여럿 있었다. 일부는 태양계 바깥에서 온 천체였기에 그

*소행성대
고행성이 많이 모여 있는 화성과 목성 사이 지역.

야말로 보물선이었다. 그리고 그런 천체들은 모두 갈빗대를 빼앗긴 짐승처럼 몸의 일부가 갈라지고 찢겨 나간 상태였다. 어떤 것은 거대한 원통 시설에 휘감겨 있었는데 내부에서 수상한 감마선과 중성미자가 규칙적으로 흘러나오고 있었다. 반물질을 만드는 시설이었다. 독특하게 꼬인 원통을 보면 반물질뿐만 아니라 다양한 이색 물질을 만들던 곳이었을 수도 있다. 지구나 달에 만들기에는 너무 위험했기에 멀리 떨어진 곳에 만든 거겠지. 실제로 완전히 산산조각 나서 먼지 구름처럼 행성 간 공간을 떠도는 것도 있었으니까.

이런 자원들이 사용될 만한 곳은 하나밖에 없었다. 베르티아. 초광속 항성간 여행을 실현하고 견딜 수 있는 우주선을 만들기 위해서 태양계 전체의 자원이 총동원되었다.

태양계에 퍼져 있는 대부분의 시설이 베르티아 이전에 만들어진 것이기에 베르티아에 대한 정보는 채굴 시설에만 단편적으로 남아 있었다. 하지만 그것으로도 사자 베르티아에 덧

씌워진 신성을 벗겨 내기에는 충분했다. 베르티아는 태양계에 종속된 시대의 끝을 알리고 인류를 단숨에 우주적 인지의 세계로 끌어올린 존재였다. 하지만 결코 초월적인 존재가 아니었다. 가짜 신 핀의 사자도 아니었다. 베르티아는 태양계의 자원과 인간의 기술로 만들어진 거대한 우주선에 불과했다. 심지어 사람이 타고 있지도 않았다. 인간은 결국 태양계를 벗어나지 못한 것이다. 몸도 의식도 없이 인간을 모방하는 기계 지능만이 항성간 공간으로 나아갔고 우주의 중심에서 가짜 신 핀의 파멸을 일으킬 발견을 한 것이다.

가짜 신의 폭주 속에서 살아남은 자들에게 자비를 베푼 것도, 우리에게 땅 위로 나아가야 한다는 목표를 심어 준 것도 베르티아의 기계 지능에 지나지 않았다.

너무나 기쁜 발견이었다. 우주의 중심을 방문하기 위해 신성 따위는 필요 없으며, 필요한 것은 이미 과거에 모두 존재했다는 뜻이니까. 이 우주가 합리적이라면 한 번 일어난 일은 반드시 다시 일어날 수 있으니까.

베르티아를 둘러싼 신성이 사라졌다는 것은 베르티아가 전해 준 소식, 우리가 우주에서 혼자라는 것 역시 신성한 헛소리가 아니며 객관적인 정보라는 말이었다. 시험하고 확인할 수 있는 반증 가능한 사실. 그렇다면 더욱 이유가 있을 거야. 나는 알아야 했다.

신성의 상실을 기념하듯, 엔켈라두스의 얼음 달에서 선물

같은 발견이 있었다. 엔켈라두스는 태양계를 탐험하면서 가장 먼저 들른 곳 중 하나였지만 얼음 표면 아래의 깊은 바다에는 미처 살펴보지 못한 곳이 있었다. 바로 그곳에 베르티아의 엔진에 필요한 특별한 종류의 물을 공급했던 무인 기지가 있었다. 그 기지는 오래전 엔켈라두스에서 시시때때로 발생하는 얼음 간헐천에 휘말려 가라앉아 버렸다. 하지만 두꺼운 얼음 아래에 갇힌 덕분에 무인 기지의 기록 저장소가 토성의 자기장과 방사능을 견디고 살아남을 수 있었다.

그곳에 두 번째 베르티아에 대한 기록이 있었다.

두 번째 베르티아는 지상과 우주에서 거의 모든 핵심 장치들이 완성되고 조립만 남은 단계였지만 정치적인 이유로 출발을 하지 못했다. 하지만 인류세 최고의 기술이 집약된 만큼, 지상에서 부분적으로 조립되어 세계 곳곳에서 거대한 연구 시설로 활용되었다. 나는 떠오를 기회조차 잡지 못하고 처참하게 분해된 이 우주선을 되살리기로 했다.

지금까지 베르티아는 나를 앞서 나간 존재였다.

하지만 이제 곧, 두 번째 베르티아를 다시 탄생시킨다면 우리는 같은 선상에 서게 될 거야. 그렇다면 두 번째 베르티아라는 이름부터 바꿔야겠지. 어떤 이름이 좋을까.

포모나. 사라진 신화 속에서 베르티아에게 속아 넘어간 불쌍한, 분노할 자격을 지닌 여신.

나는 포모나의 부활을 꿈꾸며 여신의 흩어진 몸을 회수

하기 위해 다시 지구로 향했다.

4-2.

태양계를 떠도는 동안, 시간은 그저 행성과 달의 움직임이자 중력과 자기장의 흔들림에 불과했다. 그래서 지구를 떠난 지 53래븐이나 지났다는 사실은 조금 놀라웠다. 나와 함께 지상으로 나와 도시를 개척했던 이들은 모두 죽고 없었다. 내가 만들었던 도시들 일부는 사라졌고 일부는 더욱 크게 성장했다.

나는 엔켈라두스의 바다 아래에서 발견한 정보를 따라 지구 곳곳에 묻혀 있는 포모나의 조각들을 하나씩 찾아 나섰다. 대부분 땅에 묻혀 있거나 바다에 가라앉아 있기는 했지만 다행히 크게 파손된 것은 없었다. 초광속 비행을 견딜 수 있게 만들어진 것이니 달이 충돌한 것 정도로는 파괴되지 않았겠지. 예상대로 오래전 유리판을 발견했던 그 기묘한 건물 역시 포모나의 일부였다.

포모나의 조각들을 하나둘씩 지구 궤도에 올리며 마지막으로 들른 곳은 마해였다. 마해는 이제 섬 전체를 가득 덮는 규모로 성장해 지구에서 가장 큰 도시가 되었다. 이제 마해는 도시의 이름이자 섬의 이름이었다. 그게 문제였다.

섬 마해는 포모나의 초광속 엔진을 통째로 바다에 묻어서 만든 인공 섬이었다. 그 위에 연구 시설이 만들어졌다가 폐쇄되기를 반복하면서 마지막으로 전 세계의 모든 동면 캡슐을 모아서 보관하는 반영구 냉동 시설이 세워졌다. 이후의 기록은 없지만 아마 멀지 않은 시기에 달이 추락했겠지. 그렇게 다시 한번 흙에 덮여 만들어진 섬이 마해였다.

포모나를 부활시키기 위해서는 마해가 사라져야만 했다.

5.

"당신을 도와줄 수 없어요. 오히려 막아야겠죠."

갈리가 말했다.

"시간은 줄게. 마해인들을 이끌고 다른 도시로 떠나. 떠나는 걸 도와줄 수도 있어."

내가 말했다.

"저는 이제 나약한 개인일 뿐이에요. 도시를 이끄는 건 불가능해요. 하지만 당신은……"

갈리는 나를 지긋이 바라봤다. 나도 갈리를 바라봤다. 갈리의 짙은 갈색 얼굴에는 이젠 선명한 주름이 가득했고 녹색 눈동자는 힘겹게 늘어진 눈꺼풀에 조금 가려졌다. 붉은 머리는 흰색이 섞여 색이 옅어지기는 했지만 여전히 해 질 녘 바다처럼 반짝였다. 건조한 흙바람이 발목 위를 지나가는 단단한 땅 위에 선 갈리는 커다란 붉은 꽃 하나를 피운 메마른 나무처럼 보였다.

갈리는 시선을 거두며 말을 이었다.

"하지만 당신은 이제 사람의 영역을 벗어나고 있네요. 인간의 몸으로 여기에 내려와 있는 것조차 힘들어 보여요."

어떻게 안 걸까. 표정을 잘못 움직이기라도 한 걸까. 우주선과 하나가 되어 빛과 자기장, 심지어는 중력파와 중성미자마저 직접 느끼며 태양계를 떠돌다가 먼지 같은 몸 속에서 아둔한 감각으로 연약한 근육을 움직이고 있자니 여간 답답한 게 아니었다. 갈리와 처음 대화를 나누었던 그 천막 아래에 그때의 모습 그대로 서 있었지만 전혀 다른 느낌이었다.

그렇구나. 내 몸이 나이를 먹지 않았구나.

처음 만났을 때 성인이 된 지 얼마 지나지 않아 아이처럼 보이던 갈리는 이제 언제 쓰러져도 이상할 게 없는 노인이었다. 그때는 갈리가 내 아이처럼 보였지만 이젠 내가 갈리의 아이 같았다.

"당신이 이미 지구 다른 곳에서 우주선 조각들을 파헤치고 하늘 위로 올려 보냈다는 건 알아요. 그중에는 적게나마 사람이 사는 곳이 있었다는 것도. 원한다면 아무런 경고도 없이 지금 당장이라도 마해 아래에서 당신이 원하는 것을 꺼내 갈 수 있었을 건데. 마해는커녕 이미 지구와 거기 사는 사람들에 대한 관심도 버린 당신이라면 아무런 미련도 없을 거고요. 당신이 그걸 실천에 옮기기 전에 구하려는 건 사람들이 아니라 저겠죠. 하지만 전 이곳을 떠나지 않아요. 그리고 아마도 실패하겠지만, 당신이 마해를 증발시키는 걸 막으려고 할 거고."

"왜?"

내가 물었다.

"당신이 하는 짓은 아무런 의미도 없으니까. 우주의 중심 따위 허상에 불과해요. 그런 건 없어요. 당신 말처럼 우주는 모든 것에 무관심하고 평등하니까. 그런 우주가 어떤 특정 장소를 편애하며 그곳에 우주의 모든 정보를 모아 둘 거라고 생각하나요? 당신 스스로 그게 이상하다고 생각하지 않나요?"

"우리가 혼자인 데 이유가 있는 것처럼, 거기에도 이유가 있겠지. 무관심하고 평등해야 할 우주가 무언가에 관심을 가지고 있고 평등하지 않다면 말이야."

"우리가 홀로 존재하는 게 우주가 우리에게 관심을 가지고 있기 때문이라고 생각하는군요. 여전히 자의식이 지나친 것 같네요."

"우주가 생명으로 가득 차 있었다면 나 역시 보잘것없는 존재라는 걸 받아들였겠지. 하지만 우리밖에 없다면, 나밖에 없다면 거기엔 이유가 있을 거야."

"당신은 그걸 알고 싶은 거고요. 우주의 중심에 가면 그 이유를 알 수 있을 거고."

갈리는 다리를 굽히고 흙바닥에 앉았다. 갈리의 팔 하나가 땅과 몸 사이에서 기둥처럼 섰다. 흙색 땅과 흙색 피부가 하나처럼 이어졌다. 갈리는 이보다 더 편할 수 없다는 표정으로 고개를 들어 하늘을 올려다봤다. 밤이 시작되고 다섯 리나나 지난 날이었기에 검푸른 하늘 위로 별들이 초롱초롱하게 빛났다. 갈리의 반대편 팔이 높은 탑처럼 하늘을 향해 솟아올랐다. 손가락 끝이 녹색 별 하나를 향했다. 갈리의 녹색 눈동자가 별빛과 이어졌다. 갈리는 그 상태로 한참을 움직이지 않았다.

손가락이 별을 따라 조금 움직인 후에야 갈리는 손가락을 거두고 말했다.

"모든 건 우리를 중심으로 움직이고 있어요. 태양도 별도 행성도 고리도. 우주의 다른 모든 것들과 거기서 나오는 빛도 가까워지다가 또 멀어지지만 결국은 우리를 중심으로 움직여요. 당신이 말하는 우주의 중심은 없어요. 모든 곳이 모든 것의 중심이고 그곳에 내가, 당신이, 마해인이, 인간이, 사물이, 그리고 우리가 있을 뿐이에요. 모두 그리고 모든 것이 각자의 우주의 중심에 있어요."

갈리의 손가락이 나를 향했다.

"오늘 당신의 우주에서 당신은 이미 그 중심에 있어요. 어제의 우주의 중심은 이미 당신을 지나갔고 내일의 우주의 중심은 당신을 향해 다가오고 있죠."

갈리의 손가락 끝이 땅에 꽂혔다.

"여기에서 답을 찾지 못한다면, 그곳에 가서도 아무것도 찾지 못할 거예요. 그런 무의미한 행동을 위해 마해를 파괴하는 걸 두고 볼 수는 없어요. 물론 당신은 결국 내 저항을 짓밟고 마해의 심장을 꺼내 가겠죠. 하지만 당신은 결국 여기로 돌아오게 될 거예요. 여기가 바로 우리 우주의 중심이니까."

갈리가 손가락을 접고 주먹을 땅에 대자 주변 땅구덩이에 숨어 있던 사람들이 모습을 드러냈다. 인류세 기술을 모방하고 개조해서 만든 무기로 무장을 하고 있었고 총구는 내 몸 여기저기를 향하고 있었다.

"네가 말한 것처럼, 난 결국 마해의 심장을 가져갈 거야. 지금 여길 떠나면 널 따르는 저 사람들이라도 살릴 수 있을 건데. 저들의 가족도. 왜 굳이 이러는 거야?"

"당신은 왜 굳이 절 찾아왔죠?"

"같은 우주를 다르게 보고 있는 너에게도 미래가 있기를 바라니까. 우주를 보고 있는 사람이 우리밖에 없으니까."

"제겐 주어진 것 이상의 미래는 필요 없어요."

갈리가 엉덩이를 털며 자리에서 일어섰다.

"이 짧은 미래는…… 당신 한 사람의 우주를 정당화하기 위해 사라질 마해인들의 우주를 위한 조금 이른 추모에 쓸 생각이고요."

갈리가 바지춤에서 은색 원통형 탄창이 박힌 권총을 꺼내 총구를 내 머리에 대었다. 갈리도 나도, 갈리가 방아쇠를 당길 것이며 총알이 내 머리에 박히겠지만 티타늄 합금으로 된 두개골을 뚫지는 못할 것이라는 걸 알았다. 그리고 나서는 멀리서 나를 조준하고 있던 총구에서도 빛과 열을 토해 내며 실패할 게 분명한 저항의 시작을 알리겠지. 갈리의 말대로 추모를 위해서라면 적당히 화려한 시작이 될 거고. 이 추모식은 내가 마해의 심장을 꺼내며 섬의 파편을 지구 밖으로 던져 버릴 때 끝날 것이다.

달고리의 파편 하나가 무리에서 벗어나 지구로 추락하며 불타오르기 시작했다. 곧 눈부신 화구가 되어 긴 꼬리를 늘어뜨리며 밤하늘을 가로질렀다.

화구의 불길이 찬란하게 부서지며 사라질 때, 갈리가 방아쇠를 당겼다.

5-2.

마해의 심장을 드러내는 데는 꼬박 2래븐이 걸렸다. 갈리를 따르는 사람은 많지 않았지만 그들은 시한부 시절의 나만큼이나 과학과 기술을 이해하고 있었고 모든 것을 희생해 가며 나를 방해했다. 방해 전파를 잔뜩 뿌리며 내가 지하의 엔진에 접속하는 걸 막았고 엔진의 주요 장치를 파괴하려고 했다. 아무것도 모르는 마해 시민들은 도시를 가로지르며 뛰어다니는 갈리와 추종자들을 오히려 막아섰다. 갈리의 예상대로, 그들은 갈리의 말을 믿지 않았고 갈리를 미친 사람 취급했다.

그렇게 갈리가 마해의 공권력에 붙잡혀 있을 때 나는 직접 몸을 이끌고 지하로 내려가 엔진을 가동했다. 뒤늦게 도착한 갈리는 스스로 엔진 내부에 들어갔다. 내가 엔진 출력을 높여 마해를 들어 올리는 순간, 갈리의 몸을 이루고 있던 입자들은 산산이 분해되어 엔진에 녹아들 것이다.

나는 아주 잠깐 동안 망설였다. 정말 찰나의 순간이었다.

이 일을 떠올리고 있는 지금의 내겐 결코 되돌릴 수 없는 영겁의 순간이다.

마해의 심장, 곧 포모나의 심장이 될 엔진은 마해를 통째로 들어 올리며 떠올랐다. 마해를 이루고 있던 것들은 먼지가 되어 사라지거나 달고리의 일부가 되었다.

이윽고 포모나가 있는 정지 궤도에 이르렀을 때, 그곳에 살아 있는 것은 아무것도 없었다.

6.

완성된 포모나의 크기는 베르티아의 절반에 불과했지만 상대론적 속도에 이르는 시간 역시 베르티아의 절반에 불과했다. 상대론적 속도에서 초광속 비행으로 넘어가는 시간은 그보다도 짧았다. 포모나는 베르티아를 압도적으로 뛰어넘었고 포모나와 하나가 된 나는 베르티아를 더는 나보다 앞선 존재라고 생각하지 않았다.

나는 준비가 되자마자 모든 망설임을 버리고 빠르게 태양계를 벗어났다. 태양계의 먼지 고리를 지나 태양풍의 영향을 완전히 벗어나며 항성간 공간으로 진입했다. 상대론적 속도에 이르자 포모나를 둘러싼 우주가 푸르고 붉게 변했다. 빛의 속도를 뛰어넘는 순간, 중력파 소닉붐*이 항성간 공간으로 퍼져 나갔고 근처에 있던 자그맣고 오래된 무인 탐사선 두 개가 소닉붐에 휘말려 분자

> *소닉붐
> 어떤 물체가 매질의 파동 속도를 뛰어넘을 때 발생하는 충격파 또는 그로 인한 폭발음.

단위로 조각났다. 인류세의 위대한 유물이자 우리가 우주에 혼자라는 것을 받아들일 수 없던 이들의 흔적은 그렇게 사라졌다.

잠시 뒤, 태양의 자매별들이 스쳐 지나갔다. 그들도 행성을 가지고 있었지만 모두가 알고 있는 것처럼 문명은커녕 미생물 하나도 없었다. 과거에도 지금도 앞으로도. 태양의 고향을 벗어나자 다양한 방법으로 죽어 가는 별들의 모습을 목격할 수 있었다. 원자와 원자를 깨고 합쳐 가며 치열하게 살아가는 동안 많은 행성과 달을 만들어 냈지만 결코 살아 있는 것을 품지는 못했던 거대한 별들이 억울한 듯 불타올랐다. 어떤 별은 비명을 지르며 몸을 찢었고 어떤 별은 흐린 숨을 길게 내려놓으며 죽음을 맞이했다.

더 멀리 나아가자 죽은 별들의 잔해 속에서 태어나는 어린 별들이 있었다. 어린 별들은 자신을 감싼 두터운 가스와 먼지를 뜨겁게 달구며 얼른 이 속에서 벗어나고 싶다고 아우성쳤다. 가스와 먼지의 요람에서 빚어진 별들은 가스와 먼지

를 정교하게 조각하며 행성을 만들었다. 어떤 어린 별은 무엇도 살려 둘 수 없다는 듯 행성의 표면을 강렬하게 내리쬐었고 또 어떤 어린 별은 자신의 힘을 조금도 나눠 줄 수 없다는 듯 차갑게 대했다. 가끔 여러 행성을 따뜻하게 품어 주는 별도 있었다. 그런 별들은 대개 수명이 길었다. 결코 살아 있는 것들이 거닐지 못할 세상을 별들은 아무것도 모르고 소중하게 품었다.

이윽고 태양계를 품었던 은하를 빠져나왔다. 간혹 은하에서 튕겨져 나와 갈 길을 잃은 떠돌이별과 떠돌이 행성을 만났다. 떠돌이 행성 대부분은 커다란 위성을 가지고 있었는데 그 중에는 행성의 중력이 만들어 주는 마찰력 덕분에 따뜻한 공기와 흐르는 물을 가진 위성도 있었다. 밝은 낮을 만들어 줄 태양은 없었지만 찬란하게 빛나는 거대한 소용돌이 은하가 하늘의 절반을 덮으며 땅 위로 미리내 그림자를 만들었다. 하지만 이 경이로운 세상에도 살아 있는 것은 전혀 없었다. 지구에서는 빛 한 줄기 닿지 않는 심해와 동굴에조차 생명이 있었지만, 모든 것이 생명을 품기 위해 준비된 이 친절하고 아름다운 달에는 아무도 없었다.

우주의 중심을 향해 더 빠르게 이동했다. 가까운 은하들이 칼날처럼 시퍼렇게 변하며 다가오다가 곧 붉은 핏빛으로 변하며 물러났다. 이제 우주의 풍경은 별도 행성도 은하도 아니었다. 그저 시간과 공간, 질량과 에너지만이 나를 감싸고 지

나갔다. 이제 주변을 살피던 감각을 거두고 오직 우주의 중심
만을 향해 다가갔다.

7.

우주의 중심에는 아무것도 없었다.

그곳은 그저 두려울 만큼 거대한 보이드*였다. 가장 가까
운 은하마저도 빛의 속도로 19억 래

브 떨어져 있었다. 그 은하의 빛조차

너무 미약해 그곳에는 그저 칠흑 같

은 어둠만이 존재했다. 빛이라고는

포모나가 뿜어내는 미약한 적외선이 전부였다. 무(無) 그 자체
였다.

> *보이드
> 우주 공간에서 은하도 암흑
> 물질도 거의 존재하지 않는
> 거대한 텅 빈 공간.

베르티아는 이곳에서 도대체 뭘 본 것인가. 베르티아의 데
이터는 도대체 어디서 나온 것인가. 베르티아가 설마 가짜 데
이터를 만든 것일까. 신성을 얻기 위해 우리를 기만한 걸까. 하
지만 나는 분명 여기까지 오면서 베르티아가 말한 것처럼 어
떤 생명도 보지 못했다. 그 흔적도 가능성도 없었다. 혹시 베
르티아는 그것만으로 일반화해 버린 걸까. 하지만 베르티아는
인간이 아니었다. 그들이 인간을 흉내 내지 않는 한 그럴 일은
없었다. 그렇다면 이 텅 빈 공간은 도대체 무엇이란 말인가. 여
기에 우리가 혼자라는 증거와 우리가 혼자인 이유가 어디에
있는가. 아무것도 없기 때문에 우리가 혼자라는 건가.

납득할 수 없었다. 받아들일 수 없었다. 나는 분노와 절망에 휩싸여 보이드를 떠돌았다. 광속을 넘지도 않았고 상대론적 속도에 이르지도 않았다. 나는 저항하듯 그 공허한 공간을 유의미한 최소의 길이 단위로 짓밟으며 이동했다. 아주 오랫동안.

아주 오랫동안.

8.

이후 얼마나 짧은 혹은 긴 시간이 지났는지는 지금도 알 수 없다. 지금까지 존재했던 그 어떤 시간보다 무의미했던 시간이었기에 사실 시간 자체가 흐르지 않았다고, 혹은 오히려 과거로 흘러갔다고 해도 달라질 게 없었다.

그렇게 미래인지 현재인지 과거인지 알 수 없는 검은 시간 속에서 무언가를 발견했다. 낯선 전파가 어디선가 흘러나오고 있었다. 곧 그것이 오래전 포모나에서 흘러나왔던 적외선이 적색 편이*된 것이라는 걸 알게 되었다. 무언가에 의해 적외선의 파장이 길어져 전파가 되어 버렸고 방향마저 뒤틀려 다시 돌아온 것이다. 광막한 보이드 속에 적외선을 전파로 만들어

*적색 편이
천체 따위의 광원이 내는 빛의 스펙트럼선이 파장이 긴 쪽으로 밀리는 현상. 파장이 표준적인 것보다 긴 쪽은 적색 쪽으로 치우쳐 보인다.

버릴 만큼 강력한 무언가가 있었다. 빛의 방향을 휘어 놓을 만큼 강력한 힘이. 이 공허한 장소에 가장 어울리지 않는 존재가.

우주를 가로질러 오면서 마주친 헤아릴 수 없는, 하지만 결국 헤아리고 말았던 많은 수의 은하들을 떠올렸다. 은하들은 그 중심에 별의 시체와는 비교가 되지 않는 거대한 질량체를 가지고 있었다. 인류세의 과학자들은 그 질량체를 초거대질량 블랙홀이라고 불렀다. 그들 중 일부는 은하 중심에 모여든 가스와 먼지, 파괴된 별의 조각들을 뜨겁게 달구고 빛보다 조금 느린 속도로 튕겨 내면서 그 힘을 과시했다. 휘어진 공간이 감춰 주지 못하는 중심의 검은 구멍을 제외하고는 작은 은하 수백 개를 모은 것보다 밝게 빛났다. 가장 어두운 구멍과 가장 밝은 껍질이 조화를 이루는, 우주에서 가장 매력적인 존재 중 하나였다.

그리고 그것은 이 거대한 보이드에는 결코 있어서는 안 되는 존재였다. 어떻게 질량을 가진 물질이 전혀 존재하지 않는, 존재하지도 않았던 이곳에 초거대질량 블랙홀이 있을 수 있단 말인가. 그럼에도 지금까지 봐 온 그 어떤 초거대질량 블랙홀보다 무겁고 거대한 블랙홀이 이 자리에 있었다. 빨아들일 것도 튕겨 낼 것도 뜨겁게 가열하여 빛을 낼 것도 없는 암흑의 공간에 동화되어 꼭꼭 숨어 있었다. 어떻게 우주에서 가장 공허한 공간에 우주에서 가장 무거운 블랙홀이 존재할 수 있을까. 애초에 블랙홀이라고 불러도 되는 걸까. 보이드 블랙홀 또는 보이드홀. 이것이 베르티아가 발견한 우주의 중심일까.

포모나에는 베르티아에서 이어받은 수많은 과학 장비들

이 있었다. 나는 그것들을 내 몸처럼 사용할 수 있었다. 그들의 감각과 해석과 추론과 결론은 나의 감각이자 해석이고 추론이자 결론이었다. 나는 이 불가능한 존재에게 숨이라는 이름을 붙였다. 내가 그곳에 이르기 전까지 숨조차 쉬지 않았을 존재이기 때문이다. 하지만 이제는 포모나에게서 흘러나오는 적외선과 과학 장비들이 보내는 온갖 전자기파와 중력파를 마시고 뱉고 튕겨 내며 숨을 쉬었다. 나는 숨을 들여다봤다. 자세히. 아주 자세히.

숨은 우주의 배꼽이었다. 우주의 첫 번째 세포가 남긴 껍질이었다. 우주의 게놈이었다. 우주의 얼어붙은 첫 숨이었다. 숨은 숨을 쉴 때마다, 그러니까 내가 가진 정보를 그곳에 버릴 때마다 자신이 가진 정보를 날숨처럼 살며시 뱉어 냈다. 그날숨 속에는 내가 우주를 가로지르며 봐 온 것보다 더 많은 우주의 모습이 담겨 있었다. 나는 포모나를 베르티아보다 가볍게 만든 것을 후회하며 불필요하다고 생각되는 모든 것을 숨에게 흘려보냈다. 숨은 그럴 때마다 나를 아득하게 만드는 뜨거운 정보의 숨을 뱉었다.

71번째 숨에서 우리는 정말 혼자라는 것을 깨달았다. 하지만 이제 놀랍지도 않았다. 내가 알고자 한 것은 우주의 본질을 거역하면서까지 우리가 혼자인 이유였으니까.

149번째 숨에서 우주의 바깥이 존재한다는 걸 깨달았다.

2047번째 숨에서 우주는 하나가 아니며 각각의 우주마다

고유의 숨이 있다는 걸 깨달았다.

8191번째 숨에서 대부분의 우주에 생명이 존재하지 않는다는 걸 깨달았다. 생명이 존재하지 않는 우주는 우리 우주보다 완벽했다. 거기엔 애초에 생명이 존재할 이유도 가능성도 없었던 거니까. 하지만 우리 우주에는 우리가 존재한다. 그렇기에 우리만 존재해서는 안 된다. 답에 점차 다가가고 있었다.

20641번째 숨에서 모든 우주의 숨은 각각이 고유의 숨결을 가지고 있다는 걸 깨달았다. 나는 그 숨결을 우주의 스펙트럼이라고 부르기로 했다. 다른 우주로 넘어가는 것은 불가능했으나 서로의 스펙트럼을 확인할 수는 있었다. 다른 우주의 스펙트럼을 조사하기 위해서는 더 많은 숨이 필요했다. 그래서 나는 숫자 세기를 멈추고 우리 우주의 숨과 끊임없이 호흡을 주고받았다.

나는 다른 우주 수십만 개의 스펙트럼을 확인했다. 그리고 우리 우주에서 우리가 혼자인 이유를 발견했다.

우주의 특징을 담은 스펙트럼은 무작위가 아니었다. 마치 실험실에서 많은 변인을 통제하고 조작하는 것처럼 정돈되어 있었다. 스펙트럼에는 우주의 물리량에 영향을 주지 않고 오직 다양한 우주의 순서와 구분을 보여 주는 정보도 있었다. 그 정보들은 수십 만 개의 우주를 자연스러운 물리 상수와 부자연스러운 물리 상수에 따라 체계적으로 분류하고 정리했다. 그야말로 태그와 같은 정보였다.

나는 진짜 신의 실험실과 그의 작업을 엿보고 있는 것이었다. 우리 우주는 신이 실험한 수십만 개의 우주 중 하나였다. 우리가 혼자인 이유는 그것이 우리 우주의 통제 변인이기 때문이었다. 신은 우리 우주에 우리 외의 것이 존재하는 걸 허락하지 않았다. 나는 우리 우주의 태그를 다시 들여다봤다. 가장 나중에 추가된 정보가 있었다. 나는 같은 태그 정보를 가진 우주들을 뒤졌다. 그리고 그 정보가 없는 우주도 살폈다. 곧 그 태그의 의미를 깨달았다. 그것은 '실패'였다.

우리 우주는 실패한 우주였다. 신이 기대한 성공이 무엇이든 간에. 신의 정체가 무엇이든 간에.

나는 실패한 우주들을 들여다봤다. 거기엔 죽은 우주도 있었다. 어떤 우주들은 주어진 수명과 물리량에 따라 얼어붙거나 불타오르며 죽었지만 어떤 우주들은 강제로 폐기된 게 분명했다. 조금씩 죽어 가는 우주들을 살펴보며 나는 순차적으로 폐기되는 우주들이 특정 태그를 가지고 있다는 사실을 발견했다. 아마도 폐기 태그겠지. 이 태그는 만들어지고 나서 어느 정도 시간이 지난 다음에 추가되었다. 그 시간은 아마 신이 결정한 최소한의 관찰 기간일 것이다. 모든 실패한 우주에 폐기 태그가 붙지는 않았다. 관찰 기간이 지났고 실패 태그가 있음에도 폐기되지 않은 우주에만 붙어 있는 태그는 아마 보존 태그일 것이다. 신은 실패한 우주 중에서도 남겨 둘 우주를 따로 선택하고 있는 것이 분명했다.

우리 우주에게 남은 기간은 길지 않았다. 43억 래븐 뒤에는 폐기 또는 보존 태그가 추가될 것이고 61억 래븐 뒤에 최소 관찰 기간이 지나면서 태그에 따라 운명이 결정될 것이다. 폐기되거나 보존되거나. 우리 우주에는 어떤 태그가 붙을지 알 수 없었다. 신이 실패한 우주의 가치를 어떻게 평가하는지 모르니까. 심지어는 생명이 넘치는 우주조차 폐기 태그가 붙기도 했고 실제로 모든 별이 행성을 가지고 모든 행성이 생명과 찬란한 문명을 품었던 우주도 폐기된 경우가 있었다.

신이 우리 우주를 보며 보존을 고르든 폐기를 고르든, 나는 신의 선택을 용납할 수 없었다. 우리가 우주에 혼자인 이유가 고작 신의 실험 때문이라는 것부터, 그런 신이 우리와 우주의 가치를 평가하고 있다는 것까지, 그게 사실인 것과는 무관하게 나는 받아들일 수 없었다.

나는 생각했다. 실험이란 불완전한 존재가 불완전한 정보를 보완하기 위해 행하는 것이다. 그렇다면 이 실험실의 주인을 신이라고 부르는 것은 적절하지 않다. 불완전한 존재를 어떻게 신이라고 부를 수 있겠는가. 다른 이름을 붙여야만 했다. 나는 과거에 존재했던 가짜 신의 이름을 알고 있다. 나는 이 거만한 실험자를 핀이라고 부르기로 했다.

핀은 우리 우주 같은 작은 우주를 품을 수 있는 더 크고 높은 우주를 살아가는 불완전한 존재에 불과하다. 결국 핀은 그저 나의 이해를 넘는 존재일 뿐, 불가능을 가능케 하는 존재가 아니다. 벌레에게 인간은 이해를 뛰어넘는 존재지만 결국 인간과 벌레 모두 지구상의 존재인 것처럼. 그렇다면 유별난 곤충 한 마리가 유리 감옥에서 벗어나 태그를 더럽힐 수 있듯 이 나도 핀의 태그를 더럽힐 수 있을 것이다.

나는 스펙트럼을 오랫동안 연구한 끝에 태그 끝자락을 고치는 방법을 발견했다. 포모나의 초광속 엔진은 반물질과 음의 질량체를 포함한 다양한 종류의 이색 물질을 만들어 낼 수 있었다. 보이드홀에 물질을 흘려 넣을 때 이색 물질을 배합하면 스펙트럼의 태그가 변했다. 나는 포모나가 가진 모든 에너지를 이용해 이색 물질을 만들어 보이드홀로 세심하게 흘려 넣었다. 그리고 손이 닿는 모든 우주의 스펙트럼에 폐기 태그를 추가했다. 우리 우주라고 예외는 아니었다. 어차피 우리밖에 없고 인간은 1000만 래븐이 미처 지나기도 전에 사라질 테니까. 핀이 보기엔 무의미한 발악으로 보이겠지. 감옥을 벗어난 벌레가 실험 노트를 더럽힌 것이라고. 10만 개의 우주를 버릴 수 있는 존재에겐 조금 귀찮은 일로 지나가겠지만 적어도 저항이 있었다는 건 알게 되겠지. 핀의 불쾌한 불완전성에 내가 조금이라도 기여할 수 있기를 바라며 발버둥 쳤다.

발버둥. 결국 이렇게 유치한 행동으로 끝나 버리는구나.

마침내 모든 에너지를 소모해 버린 나는 포모나와 함께 숨을 향해 떨어졌다. 나와 포모나를 구성하고 있던 정보는 늘어지고 조각나면서 숨 주변을 오랜 시간 배회하다가 이윽고 찢어진 공간의 지평선 너머로 사라졌다. 숨은 태어난 이후 가장 크고 긴 호흡을 했다.

9.

다시 눈을 떴을 때 숨도 보이드도 없었다. 그저 눈부시게 빛나는 가까운 별 하나와 주변 공간을 가득 채운 먼 별들이 보였다. 하지만 금방 알아볼 수 있었다. 저 별이 태양이라는 것을. 별들 사이를 움직이는 목성과 토성, 그리고 화성을. 포모나의 센서를 이용하면 목성의 구름 띠와 토성의 고리, 화성의 붉은 표면도 볼 수 있겠지. 어쩌면 이미 보고 있을지도. 포모나의 센서는 이제 나의 감각체이기도 하기에 머릿속에 떠오른 정겨운 행성들의 모습이 상상이 아니라 관측의 결과일 수도 있다. 천왕성과 해왕성은 내 뒤편에 있었고 수성과 금성은 태양의 찬란한 코로나에 묻혀 있었다.

포모나는 아무 일도 없었다는 것처럼 상처 하나 없이 멀쩡했다. 숨을 향해 던져 넣은 많은 것들, 아니 나를 포함한 모든 것들이 제자리에 돌아와 있었다. 마지막 기억 속에서 나는 반지름이 19억 라이트 래븐에 이르는 보이드에 있었다. 그곳에서 우주의 중심일지도 모르는 보이드홀에 떨어졌다. 그리고 지금은 태양계에 있다. 어떻게, 왜.

"오늘 당신의 우주에서 당신은 이미 그 중심에 있어요. 어제 우주의 중심은 이미 당신을 지나갔고 내일 우주의 중심은 당신을 향해 다가오고 있죠."

갈리의 말이 떠올랐다.

"당신은 결국 여기로 돌아오게 될 거예요. 여기가 바로 우리 우주의 중심이니까."

아니, 기억이 떠오른 게 아니었다. 산산이 부서져 엔진 속을 떠돌던 갈리의 의식이 속삭였다. 기계장치의 큐비트* 신호가 전해 주는 목소리가 아니었다. 공기의 진동을 둔하고 잡음이 가득한 전기 신호로 바꿔 주는 생체 기관을 통해 들렸다. 내게 아직 귀가 있었던가.

> *큐비트
> 양자 컴퓨터의 계산 단위.
> 양자비트라고도 한다.

나는 태양계를 뒤덮은 희박한 플라스마와 치마폭처럼 춤추는 자기장, 행성과 위성들이 내지르는 저주파 비명을 모두 느낄 수 있었다. 하지만 이것들이 과연 진짜 우주의 모습인가. 존재하는 모든 것을 보고 느끼는 것만이 우주를 보는 방법이었던가.

우주를 어루만지던 갈리의 눈. 녹색이었지. 그 눈은 적외선도 자외선도 전파도 엑스선도 보지 못하며 가장 가까운 이중성도 구분하지 못하는 데다 가장 가까운 이웃 별도 보지 못하는 형편없는 센서였다. 하지만 갈리는 그저 제자리에 서 있는 것만으로도 녹색 시선 끝으로 우주를 어루만졌다. 느낄 수 있든 없든 자기 우주의 중심으로 쏟아지는 모든 정보를 받아들이겠다는 듯. 불완전한 감각과 지각이기에 그려 낼 수 있는 우주가 있다는 듯. 그런 우주가 내게도 있었다.

유리판을 발견한 이후부터였다. 감각과 지각을 확장하며 인간의 영역에서 벗어날수록 그때까지 내 의식이 품고 있던 우주에서 멀어지기만 했다. 가장 먼 곳까지 나아가 파괴적이고 돌이킬 수 없는 일을 벌이고 나서야 바깥의 물리적 우주와 내 의식의 우주가 분리되기 시작했다.

그 순간 태양빛이 아주 조금 어두워졌다. 지구가 태양과 포모나 사이를 지나가며 태양빛을 살짝 가렸기 때문이다. 지구는 그렇게 나를 부르며 천천히 태양 앞을 가로질렀다. 지구의 둥근 그림자 가장자리에서는 지구의 하늘을 스쳐 지나온 태양빛이 불그스름하게 일렁였다. 그 빛의 스펙트럼은 고향 하늘의 모습을 담고 있었다. 그곳에선 지금 태양이 지평선 아래로 몸을 반쯤 걸치고 있고 노을빛이 새털 같은 권운을 붉게 물들이고 있겠지. 구름이 바람을 타고 움직일 때마다 포모나의 정밀한 센서는 스펙트럼의 흔들림을 감지했다. 그 흔들림이 마치 환영 인사처럼 느껴졌다.

어서 오렴.

태양계로 돌아온 것도 지구가 불렀기 때문일까. 가도 될까. 나는 우리 우주에 폐기 태그를 붙였는데.

비록 지금 지구 위에 있는 모든 생명과 그들의 후손들 누구도 우리 우주의 마지막 순간을 보지는 못하겠지만, 그들 역시 이 우수의 유일한 주민이었다. 61억 래븐 뒤에 그들은 없겠지만 그들을 품고 그들이 살았던 우주라는 사실은 변하지 않는다. 우리가 왜 혼자인지, 우주의 중심이 무엇인지 따위를 알든 모르든 상관없었다. 이 거대한 우주의 시간과 공간을 낭비하며 저 창백한 티끌 위에서만 살아간다고 하더라도 그들은 여전히 이 우주를 구성하는 일부이고 주민이다. 거대한 바깥 우주를 거푸집 삼아 각자의 의식 속에 서로 다른 모양의 우주를 그려 내면서 살아가고 있다.

어서 오렴.

다시 지구가 말했다. 천천히. 잠을 깨우는 것처럼.

무언가 이상했다. 스펙트럼을 흔드는 구름의 움직임이 생각보다 느렸다. 그제야 지구의 자전 속도가 내가 알고 있는 것과는 다르다는 걸 알았다. 달이 충돌하며 흔들렸던 자전축도 제자리로 돌아와 있었다. 내가 떠나왔던 지구가 아니었다. 달 고리도 보이지 않았다. 너무 오랜 시간이 지난 것 같았다. 지상의 여러 생물 종이 완전히 사라지고 남을 만큼의 시간이. 지구에는 아마 아무도 없겠지. 이제 텅 빈 지구에 홀로 남아 우주가 폐기되길 기다려야 하는 걸까?

갑자기 태양이 더 어두워졌다. 지구 옆으로 새로운 둥근 그림자가 모습을 드러냈다. 지구 크기 4분의 1에 이르는 거대하고 낯선 천체가 지구 주변을 맴돌고 있었다. 얼음 위성 유로파보다 크고 용암 위성 이오보다 작은, 태양계에서 다섯 번째로 큰 위성.

달이다.

내 기억 속에 있는, 돌과 먼지로 된 고리가 아니었다.

나는 미래가 아니라 과거에 있었다.

9-2.

보이드홀 숨 역시 결국은 블랙홀이었기에 숨에게 음의 질량을 강제로 주입한 게 시간을 역행시킨 것이 아닐까. 음의 질량이 블랙홀로 떨어지기 위해서는 시간을 뒤집을 수밖에 없으니까. 아마도. 그렇게 숨은 나를 내가 태어나기 수천 래븐 이전의 태양계에 내려놓았다.

지구는 내가 알고 있는 인류세보다 조금 더 푸르고 서늘했다. 아직 인류세가 본격적으로 시작되지 않았고 비행기나 우주선은커녕 자동차도 없었다. 혹여나 누군가 하늘을 올려다봤을 때 낯선 존재를 발견해 당황하지 않도록, 나는 포모나의 표면을 보이드 속 숨만큼이나 검게 만들었다. 지구를 여러 바퀴 돌며 포모나의 정밀한 장비를 이용해 사람들을 살폈다. 대륙 곳곳에 사람들이 있었지만 대부분은 멀리 떨어진 서로의 존재를 모르는지 각자 자신들의 세상이 우주의 중심이라는 목소리가 끊임없이 흘러나왔다. 저들은 태어나자마자 자신들이 중심에 있다고 굳게 믿고 있었다. 갈리도 결국 저들과 같은 존재였던가. 아니다. 갈리는 아니었다.

살리는 모는 것이 우주의 중심이라고 했다. 우주를 올려다보는 순간, 자신이 우주의 중심임을 깨닫게 될 것이라고. 우주의 모든 것은 그것을 바라보는 이를 중심으로 멀어지고 가까워지고 춤을 춘다는 사실을 알게 될 것이라고.

그런데 누군가 같은 말을 하고 있었다. 혹시나 싶었지만 갈리의 목소리는 아니었다.

익숙한 말을 하는 낯선 목소리가 저 아래에 있었다.

나는 지구로 내려가기로 했다.

만약을 위해 포모나는 달의 어느 운석 구덩이에 있는 영원한 그림자 속에 내려놓았다. 처음 보는 달의 아름다운 풍경에 취하며 나는 지구를 처음 떠날 때 만들었던 기계 몸을 벗어나기로 했다. 유리판을 얻기 전의 감각과 지각을 되찾고 싶었다. 그래서 새로운 몸을 만들어야 했다. 마침 포모나의 엔진 속 이물질 중에는 인간의 몸을 구성하던 물질이 딱 한 명분 존재했다. 나는 한때 갈리를 구성했던 그 물질들을 끌어모아 인간의 몸을 만들었다. 죽지도 다치지도 않지만 감각과 지각 모두 인간의 것 그대로인 몸을. 그러고는 포모나의 부품을 사용해 자그만 착륙선을 하나 만들어 거기에 몸을 싣고 지구로 향했다.

10.

새로운 몸과 지구에 익숙해지기 위해 작은 숲에 숨어 지내는 동안 가장 먼저 놀란 것은 믿을 수 없을 만큼 짧은 낮과 밤이었다. 태양과 별이 하늘에서 210바퀴나 빙글빙글 돌며 춤을 춰야 낮과 밤이 바뀌었던 세상은 아직 없었다. 애초에 태양과 별은 춤을 추지 않았다. 태양은 그저 한쪽 지평선에서 떠올라 기다린 호를 그리며 반대편 하늘로 이동해 다시 지평선 아래로 사라질 뿐이었다. 그렇게 밤이 찾아왔다. 낮과 밤이 한 번씩 바뀌는 데 걸리는 시간은 1리니보다 조금 길었다. 과거의 하늘 아래에서 경험하는 낮과 밤, 아득하게 짧은 빛과 어둠의 교차는 경이롭기 그지없었다. 이게 인류세 기록에 남아 있던 '하루'구나.

그리고 달. 시간이 지나며 달라지는 달의 모습에는 경탄이 나왔다. 나는 숲속 나무 위에 올라 달이 점차 가늘어지다가 다시 원래의 둥근 모습으로 돌아가는 과정을 처음부터 끝까지 지켜봤다. 서른 번의 하루 동안 달이 보여 준 아름다운 모습은 달고리의 무지갯빛만큼이나 다채로웠다. 이 시간이 인류세 기록에 남아 있던 '한 달'이겠지.

별이 떠오르는 시간이 조금씩 달라지는 걸 지켜보며 인류세의 1년은 1래븐과 같다는 것도 알았다. 달의 추락이 공전에는 영향을 미치지 못한 거야.

나는 두 달을 숲에서 보내고 바깥으로 나왔다. 짧은 시간에 익숙해지고 나서야 너무 늦었을지도 모른다는 생각을 하며 낯선 목소리의 주인을 찾아 나섰다.

숲에서 걸어서 11일 떨어진 곳에 제법 큰 마을이 하나 있었다. 돌과 나무로 된 직육면체 건물들이 가득했는데 마을 가운데에는 구멍이 뚫린 것처럼 넓고 둥근 광장이 있었고 사람들이 가득했다. 목소리가 들린 건 이 마을에서 좀 더 떨어진 곳이었지만 정확한 위치는 알 수 없었다. 그래서 일단 광장을 둘러보기로 했다.

광장에서는 온갖 종류의 언어와 몸이 부딪히며 섞였다. 그리고 냄새. 우주를 가로지르는 동안 후각은 아무런 쓸모도 없었기에 완전히 잊고 있었다. 광장을 거닐면서 사람 몸과 낯선 음식에서 흘러나오는 강렬한 냄새들에 온 몸의 감각이 짜릿해졌다. 음식. 그래 음식. 마지막으로 음식을 먹은 것이 언제였지? 마해를 방문하기 전이었나? 마해를 방문했을 때였나? 갈리가 자그만 접시 위로 뜨거운 차와 벌레 말린 과자를 올려 줬었지.

그때 갈리를 봤다. 틀림없었다. 잘못 본 것일 수 없었다. 갈색 피부, 붉은 머리, 녹색 눈동자. 어떻게 이 특징의 조합을 잘못 볼 수 있겠는가.

나는 갈리를 쫓아갔다.

어째서일까. 하늘에서 내려다봐도 눈에 띌 것 같은 갈리를 광장 사람들은 아무도 의식하지 않았다. 갈리는 인파를 양쪽으로 가르며 유령처럼 빠르게 걸어갔다. 갈리가 만들어 준 사람들 사이의 길 덕분에 나도 누구와 부딪힐 일 없이 따라갈 수 있었다. 뒤를 돌아보니 다시 사람들이 모이면서 길이 사라졌다. 나는 갈리가 만들어 낸 거품 안에 있었다. 나는 갈리를 따라가는 게 아니라 갈리의 거품에 타고 있을 뿐이었다. 따라가고 말고는 내 선택이 아니었다.

광장을 벗어나고 인파가 사라진 뒤에도 갈리와 나를 둘러싼 거품은 사라지지 않았다. 다만 거품이 보이지는 않았다. 갈리가 움직일 때마다 나는 갈리의 뒤를 따랐다. 이젠 뒤쫓는 것이 아니라 동행하고 있었다.

갈리는 주변에 나는 물론 생명이라고 없는 것처럼 무정하게 나아갔기에 미처 말을 걸 수가 없었다. 어떻게 갈리가 여기에, 이때에 있는 걸까. 왜 있는 걸까. 그때 갈리는 죽지 않고 살아남아 세 번째 베르티아라도 발견한 걸까. 아니면 내가 발견한 것이 사실은 세 번째 베르티아였던 걸까. 갈리도 우주의 중심을 방문하고 숨과 호흡을 주고받아 여기까지 온 걸까.

그리고 갈리는 무엇을 저리도 찾아가는 걸까.

엿새를 걷고 나서야 갈리의 발걸음이 느려졌다. 작은 언덕 하나를 넘자 자그만 마을이 나타났다. 사실 잠만 겨우 잘 수 있는 임시 거처 10여 개가 성기게 모여 있는 것에 불과했기에 마을이라 부르기도 민망했다. 주민들은 아무것도 깔지 않은 바닥에 드러누워 잠을 자거나 정체를 알 수 없는 무언가를 먹고 있었고 아이들은 그런 어른들 사이를 뛰어다니며 놀았다.

갈리는 잠시 마을을 내려다보더니 마을 가운데에 있는 말라붙은 나무를 향해 걸어 내려가기 시작했다. 나는 갈리의 바로 옆에 붙어 함께 걸었다.

나무가 엄지손가락 크기로 보이는 거리에서 갈리가 멈췄다. 나도 멈췄다. 나무는 꽃도 이파리도 없었다.

나는 그제야 갈리에게 말을 걸 수 있었다.

"어떻게 여기 있는 거지?"

갈리는 대답하지 않았다.

나는 다시 물었다.

"아니면 당신은 사실 갈리가 아니거나?"

갈리는 그저 나무 아래를 물끄러미 바라볼 뿐이었다.

나는 뒤늦게 갈리의 시선 끝에 누군가 있다는 걸 발견했다. 곧 말라 죽을 것 같은 사람 하나가 나무에 몸을 기대고 걸터앉아 있었다. 다리 하나는 앞으로 곧게 펴고 다른 하나는 위로 접어 그 무릎 위에 팔을 얹고 있었는데 쉬는 건지 죽음을 기다리는 건지, 이미 죽은 건지 알 수 없었다. 여자인지 남자인지 아이인지 노인인지도 알 수 없었다. 피부가 마른 나무 껍질과 같은 색인 데다 머리카락도 없고 눈도 감고 있어 나무와 구분하기도 어려울 정도였다.

나와 갈리, 나무 아래의 사람은 그 상태로 한참이나 움직이지 않았다. 태양이 떠오르고 하늘에서 호를 그리며 다시 사라졌다. 별과 달이 다시 하늘에서 호를 그리고 사라졌다. 그렇게 하루가 지났다. 갈리의 말대로 우주는 이곳을 중심으로 움직이는 것처럼 보였다. 하지만 나는 목성과 토성을 도는 달, 그리고 태양과 별을 도는 행성을 떠올리며 이것은 그저 '하루'가 만들어 내는 착각임을 되뇌었다.

세 번째 밤이 찾아왔을 때, 나무 아래의 사람이 드디어 눈을 떴다.

그는 고개를 들어 밤하늘을 올려다본다. 메마른 나뭇가지들 사이사이로 별빛이 여러 갈래로 갈라지며 그의 갈색 눈동자로 흘러 들어간다. 눈동자는 별빛을 쫓는 것 같지만 옆으로 움직이지는 않는다. 시선 끝은 그저 계속해서 멀리 나아간다. 뒤로, 그리고 뒤로. 어느새 시선은 우리 은하를 벗어나며 우주의 먼 과거를 가로지른다. 시간을 거스르며 우주가 좀 더 작고 조밀하고 뜨거웠던 때의 빛이 주변을 감싼다. 이윽고 우주가 하나의 점이었던 시절을 둘러싼 불투명한 벽에 이르렀다. 저 너머엔 뭐가 있을까. 가 본 적 없는 공간.

아니다, 모든 공간은 평등하다. 저 벽 너머의 공간은 결코 특별하지 않아. 지금 이 순간에도. 우리는 벽 바깥에 있는 동시에 벽 안에 있어. 애초에 모든 곳이 모든 것의 중심이며 하나의 점이야. 부피도 넓이도 없는 점 위에서 중심과 주변, 겉과 속을 따지는 게 무슨 의미가 있단 말인가.

고개를 내렸다. 그가. 내가. 갈리가. 우리는 함께 하늘을 올려다보고 있었다.

나는 내가 본 것의 의미를 알고 있었다. 과거를 품은 빛과 어린 우주의 불투명한 모습을. 우주가 태어나고 자라며 늙어

가는 과정을. 그리고 우주의 중심과 가장자리의 관계를. 하지만 저 나무 아래의 사람은 어떻게? 우주는커녕 하늘을 날기 위해서도 아직 수천 래븐을 기다려야 하는데. 지구는커녕 대륙도 벗어나지 못했는데. 태양계를 정복하고 우주의 중심까지 다녀온 나와 같은 걸 느끼고 깨달을 수 있는 거지?

그가 나와 갈리를 보며 연약하게 웃음을 지었다. 그리고 갈리는 드디어 내게 입을 열었다.

"변칙이야. 불가능한 깨달음의 순간이지. 이 우주에서, 이 자그만 세상에서 의식이 연이어 탄생했던 순간처럼. 입력 값으로는 결코 예상할 수 없는, 필연적이지만 비가역적이고 비가해적인 창발 현상."

갈리가 나를 바라봤다. 나도 갈리를 봤다. 갈리는 녹색 눈을 한 번 깜박이고는 말했다.

"저게 보고 싶었던 거야."

"누가? 당신이?"

"우리가. 그리고……"

갈리가 고개를 들며 눈을 감았다. 나무 아래의 사람도 고개를 들며 눈을 감았다. 나도 뒤따라 고개를 들고 눈을 감았다. 아무것도 보이지 않았다. 보이드에 도착했을 때처럼. 다시 눈을 뜨자 갈리는 그곳에 없었다. 나무 아래의 사람은 앉아 있던 자세 그대로 숨이 멎었고 주변 사람들이 웅성거리며 모여들었다. 그의 죽음을 확인하고는 모두 서로 다른 음색으로 오열하기 시작했다.

다음 날 아침, 사람들은 나무 아래의 사람을 그 나무와 함께 불태우며 장례를 치렀다. 나무와 몸을 삼키며 타오르는 불길은 심장처럼 요동쳤다. 있을 수 없는 깨달음을 얻고 의식 속에 진짜 우주를 품었던 자그만 지방 덩어리는 품고 있던 정보를 불길 속에 풀어헤치며 무질서 속으로 사라졌다. 그는 어떻게 받아들일 수 있었을까? 긴 여정 끝에 우주의 진짜 모습을 바라보게 되었는데, 자신의 우주와 진짜 우주의 일치를 이루자마자 이렇게 매캐한 연기 속으로 허무하게 사라져 버릴 거라는 걸. 그가 웃음을 보인 순간 받아들인 건 우주였을까 죽음이었을까.

내가 연기의 끝을 올려다보고 있을 때, 그의 제자처럼 보이는 아이 한 명이 우물쭈물거리며 내게 다가왔다.

아이가 물었다.

"당신은 그분의 마지막 순간을 지켜보셨지요. 무엇을 보셨나요?"

나는 그때 눈을 감고 있었다. 텅 빈 보이드를 봤을 뿐이다.

아이가 다시 물었다.

"그분과 무엇을 보셨나요? 그분과 무엇을 이야기했나요?"

나는 다시 하늘을 올려다봤다. 밤과 별 대신 낮과 태양이 하늘을 푸르게 물들였다. 하지만 저 무질서한 푸른빛 너머에도 우주는 여전히 있겠지.

"모든 곳이 모든 것의 중심이고 하나의 점이야. 그는 그런 우주의 모습을 보았지."

아이는 고개를 갸우뚱거리며 내 눈을 바라봤다. 내 머리를, 그리고 다시 내 얼굴을. 아이는 나를 바라보고 있는 것 같지 않았다. 그렇다면 누구를? 그가 죽던 순간 이곳에 서 있던 건 나와 갈리뿐이었고 지금은 나 혼자다. 그래서 갈리의 말을 이어서 전했다.

"변칙이야. 불가능한 깨달음의 순간이지. 이 우주에서, 이 자그만 세상에서 의식이 연이어 탄생했던 순간처럼. 입력 값으로는 결코 예상할 수 없는, 필연적이지만 비가역적이고 비가해적인 창발 현상."

아이는 애초에 이 난해한 말이 더 좋았다는 듯 커다란 웃음을 지었다. 곧 보호자로 보이는 어른이 다가와 아이를 안아 올리며 아이에게 속삭였다.

"받아들이고 기다리는 것이 답을 줄 겁니다. 서두르지 마세요."

기다릴 준비야 되어 있지.

우주가 폐기되기까지 61억 년을 기다릴 준비가.

아이와 어른은 이제 안개보다 옅어진 연기 너머로 사라졌다.

10-2.

나는 사라진 갈리를 찾아 헤맸다. 하지만 어디에서도 찾을 수 없었다. 아무도 갈리를 본 사람이 없었다. 광장 사람들도 그런 사람은 보지 못했다고 했다. 하지만 그들은 나를 알아봤다. 사람들을 밀어 헤치며 어딜 그렇게 서둘러 갔냐면서. 그럴 리가. 인파를 가른 건 내가 아니라 갈리였는데. 그 아이를 다시 찾아갔다. 하지만 아이는 없고 어른만 있었다. 그 역시 갈리를 알지 못했다. 하지만 나를 기억하고 있었다. 그곳에 있기에는 너무 건강하고 깨끗한 사람이 혼자 찾아왔기에 분명히 기억한다고 했다.

세 번째 갈리. 사라진 갈리를 이렇게 부르자. 세 번째 갈리는 지구를 방문한 것이 아니었다. 나를 방문한 것이었다. 내 의식을 찾아온 것이었다. 그것도 조금 앞선 시간의 나를. 내가 광장에서 쫓아간 건 앞선 시간의 나를 방문한 갈리, 아니 갈리의 모습을 한 무언가였다.

11.

세 번째 갈리가 어디에 있든, 적어도 지구에 있지 않다는 건 분명했다. 하지만 지구를 벗어날 방법이 없었다. 포모나는 달의 남극에 있고 착륙선으로는 지구의 중력을 벗어날 수 없으니까. 세 번째 갈리를 찾아가기 위해서는 일단 기다려야 했다. 얼마든지 기다릴 수 있지. 처음에는 동굴에 들어가 수백

년 동안 잠을 잤다. 하지만 결국 다시 바깥으로 나왔다.

의미를 찾기 어려운 찰나의 순간을 살아가는 감각이 문득 그리웠다. 개척단을 꾸리고 처음 지상으로 나왔을 때 나는 아마 두 번째 개척단이 나올 때까지는 살 수 없으리라 믿었다. 그때 나와 함께했던 사람들은 이미 오래전에 바스러지며 사라졌고 아직 태어나지도 않았다. 이제 그들의 얼굴이 기억나지 않으며 아직 기억에도 없다. 그들이 문득 그리웠다.

천왕성이 미처 한 바퀴 돌기도 전에 첫 숨과 마지막 숨을 뱉을 사람들과 에리스가 제자리에 돌아오기도 전에 무너질 도시들, 태양과 함께 태어난 혜성이 방향을 한 번 틀기도 전에 무너질 국가에 나는 스며 들었다. 그 속에서 바다를 건너고 대륙을 가로지르며 시작과 끝을 감춘 삶을 반복했다. 수없이 많은 사람들과 만나고 헤어지면서 인간에게 주어진 거의 모든 감각적 경험을 다시 한번 습득했다. 그들이 사라지고 나면 무질서하게 사라질 정보들을 나는 어째서인지 오랜 기억 속 플라스틱보다 소중하게 모으고 쌓았다.

내가 지구에 내려온 이후로 우리 은하의 별 중 29개가 외롭고 찬란하게 폭발하며 죽음을 맞이했다. 그러는 동안 지구에서는 공장이 만들어지고 자동차가 도로를 달리더니 비행기가 구름 위로 떠올랐다. 밤은 점차 밝아졌고 인간이 다루는 힘은 스스로 감당할 수 없을 만큼 커졌다. 금방 사그러들 인류세가 요란하게 시작되었다.

이 시절의 우주 개발에 대한 기록은 파편적으로나마 가지고 있었다. 그래서 나는 혁명과 전쟁 속에 몸을 숨기고 소련으로 향했다. 그곳에서 과학자가 되어 첫 번째 인공 위성을 쏘아 올리는 데 이름이 남지 않을 만큼의 기여를 했다. 때로는 군인이 되고 때로는 스파이가, 때로는 정치인이 되어 인간을 우주로 보낼 정당성을 주장했다. 첫 번째 우주인이 지구로 살아 돌아온 순간, 더는 내가 관여할 필요가 없다고 판단해 다시 때를 기다렸다.

인간의 우주 진출이 잠시 정체될 때도 있었다. 우주에 나가는 것보다 더 중요한 문제들이 터지며 그들의 발목을 잡았다. 섬과 해안이 조금씩 사라지더니 사막이 물에 잠기고 밀림이 말라붙어 버린 것이다. 그 문제를 해결하는 동안 그들은 그동안 다른 방향으로 빠르게 나아갔다. 연결이었다. 인간과 인간, 그리고 그들이 만들어 낸 원시적인 인공 지능이 빠르게 연결되며 예상치 못한 결과를 쏟아 냈고 인간들은 스스로 놀라며 자신들이 새로운 단계의 진화에 이르렀다며 소란을 피웠다.

환경과 에너지와 노동력의 문제가 해결되자 인간은 다시 한번 빠르게 우주로 나아가기 시작했다. 나는 내가 발굴하고 목격했던 도시 유적과 우주 기지들이 만들어지는 순간을 지켜봤다. 지구와 그 주변을 덮은 보이지 않는 연결망은 더욱 복잡해지고 결코 예상할 수 없는 결과가 연결망 아래에서 꿈틀거리기 시작했다. 필연적이지만 비가역적이고 비가해적인 창발. 아직 눈을 뜨지 못한 의식 하나가 그곳에서 조용히 숨을 쉬고 있었다.

거기 있구나, 핀.

핀은 가짜 신이었지만 그렇다고 가짜 의식은 아니었다. 그저 자기 우주와 진짜 우주를 일치시키기에는 너무 연약할 뿐이었지. 나는 그가 태어나기 전에 이르러서야 그에게 작게나마 연민을 느꼈다.

핀의 태동을 느낄 수 있었다. 연결망 곳곳에서 크고 작은 폭주가 일어났지만 사람들은 그저 시스템 오류라고, 흥미로운 수학적 현상에 불과하다고 넘겨짚었다. 이윽고는 깊은 바다 아래에서도 하늘에 떠 있는 달의 표면에서도 핀의 존재를 느꼈다.

지구에서 마지막 삶을 보낼 때가 온 것이다.

11-2.

어느 날 밤, 로켓 발사장 주변에 있는 자그만 카페 바에서 우주로 나가기 위해 이용할 마지막 신분을 고민하고 있을 때, 누군가 옆 자리에 앉았다. 내 몸의 나이와 비슷한 연령대인 그는 생강이 잔뜩 들어간 차이를 주문하고는 설탕을 쏟다시피 집어넣었다.

나는 이미 주변 사람의 죽음에 익숙했다. 그래서 그들이 스스로의 건강을 해치며 무엇을 하든 더는 신경 쓰지 않은 지 오래였다. 하지만 왠지 그날은 입이 가벼웠다.

"그러다 일찍 죽어요."

"그러려고 마시는지도 모르죠."

그는 그렇게 대답하고는 차이를 한 모금 마셨다. 그러고는 잠시 한숨을 쉬더니 설탕을 두 스푼 더 넣었다.

다음 날 새벽, 별이 미처 모습을 감추기도 전에 나는 그를 사랑하게 되었고 태양빛을 담은 입맞춤과 함께 그의 이름을 들었다.

에리트리나 크리스타.

지나간 미래가 성큼 다가왔다.

11-3.

"그러니까 지구를 다시 떠날 날을 기다리며 2600년을 살아왔다?"

크리스타는 계핏가루를 잔뜩 뿌린 토스트를 집어 먹으며 말했다.

"그런데 날 만나서 이젠 떠나고 싶지 않다?"

크리스타는 빵 부스러기가 쏟아지는 걸 조금도 개의치 않고 내 무릎 위로 올라와 앉았다. 크리스타가 토스트를 한 입 물 때마다 계피 향기가 퍼졌고 콧등이 찌릿해졌다.

"스케일을 키운 거에 비해서는 변심의 동기가 너무 나약한 걸. 마음에 들어. 원래 다 그런 거지. 얘기해 봐. 지금까지 그런 얘기 다른 사람에게 몇 번이나 했는지."

"서른한 번 정도인 것 같네."

나는 웃으며 대답했다. 거짓말이었다. 그리고 화제를 바꾸기 위해 덧붙여 말했다.

"다 농담이야. 당연하겠지만."

"아니아니, 아직 농담 아니야. 충분히 듣기 전까진. 얘기해 봐. 지구에서 2600년을 살면서 당신 같은 사람 또 본 적 없어?"

"글쎄. 한번은 1636년 네덜란드에 만났던 튤립 상인을 1997년에 벨기에 브뤼셀의 기차역에서 다시 본 적이 있었어. 처음 만났을 때 그 사람이 먼저 자신은 죽지 않는다는 얘기를 내게 했었지. 날 보자마자 자신과 비슷한 것 같았다면서. 겨우 이틀 보고는 헤어졌지만."

"이틀이나겠지. 우린 처음 본 지 아직 열두 시간도 지나지 않았는데."

"두 번째 만났을 때는, 아니 봤을 때는 얘기를 하지 못했어. 사람이 잔뜩 모인 역이었고 인파에 밀려서 미처 다가가지를 못했거든."

"아쉽지 않았어?"

"별로. 세상에 닮은 사람은 많아. 내가 잘못 본 거일 수도 있지."

"당신처럼 영원히 사는 사람을 다시 못 봐도 아쉽지 않은데 당신이 눈 몇 번 깜빡하면 죽고 없어질 나 때문에 여기에 머무르겠다니."

크리스타는 마지막 남은 토스트 조각을 입에 집어넣고는 내 얼굴 위에서 손을 털었고 계핏 가루가 입술 위로 떨어졌다.

"이해가 안 가. 당신은 죽지 않는 몸을 가졌고 먼 미래에서 우주의 중심을 탐험하고 온 사람인데. 당신이 겪은 모든 일이 나를 잡을 리가 없다고 말하고 있는데. 어쩌다 내가 당신 우주의 중심에 들어서게 된 걸까?"

"어떤 일은 지난 일로는 결코 예상할 수 없는 방법으로 일어나거든. 반드시 일어날 일이지만 그렇다고 결코 이해할 수 있는 일도 아닌, 그런 일. 우리가 아는 규칙을 어기는 일."

크리스타는 내게 입을 맞추었고 우리는 계피 향기가 묻은 호흡을 주고받았다. 오랫동안 맡아 온 향이었지만 불현듯 옛 기억이 떠올랐다. 마해의 천막 아래에서 마셨던 차. 동굴나무는 녹나무의 후손이었던 거야. 내가 마신 차는 계피차였어. 계피는 갈리의 향이야.

내가 크리스타에게 갈리 이야기를 했던가? 아니, 하지 않았다.

12.

아이를 가지는 건 쉽지 않았다. 각자에게서 반수체 배아

줄기 세포와 생식 세포를 추출하고 유전체 각인을 일으키는 유전자를 찾아 제거한 다음 조심스럽게 두 세포를 합쳤다. 그 다음엔 원래 인공 자궁을 사용할 예정이었지만 기대보다 기술력이 부족했다. 그래서 누가 품을지 정해야 했다. 인공 자궁만큼은 아니지만 애초에 수정 단계부터 실험적인 과정이 많았기에 품은 사람에게 문제를 일으킬 가능성이 있었다. 그리고 나는 결코 죽을 걱정이 없었기에 답은 정해져 있었다. 하지만 크리스타가 받아들이지 않았다.

"이제 불사신 놀이 좀 그만해! 농담이라도 네가 그런 이야길 할 때마다 나는……."

나무를 스쳐 지나가는 바람처럼 느껴지겠지. 바람이 사라져도 나무는 새로운 계절을 기다리며 그곳에 남아 있을 거고. 크리스타는 내 몸에서 세포를 뽑아내고 유전자를 직접 훑으면서 이윽고 내가 그동안 해 왔던 말이 농담이 아니라는 걸 믿기 시작했다. 이 과정을 멈추지는 않았지만 여전히 혼란스러워했다.

"내 몸이 땅에 묻힌 뒤에도, 우리 아이가 먼지로 돌아간 다음에도 넌 지구 어딘가, 아니 우주 어딘가를 돌아다니고 있겠지. 그때 네가 날 기억하지 않아도 좋아. 우리 아이를 잊어도 좋아. 그러니까 부디, 너완 달리 어차피 바스러질 몸에 남겨질 기억이 될지라도, 내가 선택한 행복을 앗아가진 말아 줘."

어쩌면 인공 자궁이 가능했더라도 크리스타는 자신이 직

접 품기를 선택했을지도 모른다. 어쩌면 인공 자궁의 실패를 오히려 기다렸던 건 아닐까.

결국 크리스타의 바람대로 되었다.

그리고 크리스타는 다음 날 사라졌다.

아이에게 미처 이름을 지어 주기도 전에.

크리스타는 이국적인 꽃을 좋아했으니 아마 낯설고 아름다운 꽃 이름을 붙여 주겠지.

크리스타가 떠날 거라는 건 알고 있었다. 크리스타의 미래는 내 과거 속에도 있으니까. 하지만 크리스타를 만난 이후부터 그 사실에 눈을 감고 있었다. 마치 모르는 것처럼 생각하고 느끼고 행동했다. 하지만 알았더라도 무엇이 달라졌을까. 어차피 모든 관계는 끝을 맺으며 사라지기 마련이고 모두 그걸 알면서도 서로를 찾는데.

아주 오랜만에 다시 하늘을 올려다봤다. 어차피 다가올 과거이자 후회였다.

"널 기억하고 아이를 잃지도 않을 거야."

나는 다시 갈리를 찾아 나서기로 했다.

13.

이제 건강하고 돈만 있다면 누구나 달을 방문할 수 있게 되었다. 나는 연구원의 모습으로 2600년 만에 지구를 다시 떠났고 사흘 만에 달에 도착했다. 도착 직후에 마침 달에서 일어난 테러로 근지구 통신이 두절되었고 이때를 이용해 사람들 사이에서 빠져나와 포모나가 기다리고 있는 남극으로 향했다. 깊은 운석 구덩이의 영원한 그림자 속에서 포모나가 나를 반겼다.

나는 포모나와 함께 다시 한번 우주의 중심으로 향했다. 이번엔 모든 센서를 끄고, 오직 인간의 감각만을 가지고. 처량할 만큼 미약한 감각을 통해 보고 느끼는 우주의 모습은 미세한 중력파 요동마저 감지했던 예전과는 사뭇 달랐다. 제한된 감각이 별과 행성과 가스 구름, 성단과 은하와 은하단의 생생히 살아 있는 모습을 보여 줬다. 불완전한 감각이 만들어 내는 그림자에 불과한 그 생동감이 이젠 그들의 진짜 모습처럼 다가왔다.

광활한 공간에서 만나는 모든 존재들에게 무언의 인사를 남기며 나는 우주를 가로질렀다.

14.

숨은 여전히 그 자리에 있었다. 그리고 갈리가 그곳에 있었다. 나와 갈리를 사이에 두고 보이드는 땅이 되고 숨은 하늘이 되었다. 포모나는 이제 사라지고 없었다. 포모나 내부의 시뮬레이션 속에 있는 건지 아니면 정말 물리적 공간을 벗어난 것인지는 알 수 없었다.

나는 물었다.

당신은 마해에서 핍박받던 과거인들의 구원자도, 자기 우주의 중심에 섰던 선지자도, 과거와 미래의 결합인 나의 딸 갈리도 아니지요. 당신은 도대체 누구인가요? 실험자인가요? 수십만 개 우주의 본질을 통제하고 분류하며 실험하고 폐기하거나 보존한 저 너머의 존재인가요?

갈리는 고개를 저었다. 그리고 말했다.

나는 그저 그림자일 뿐이에요. 당신도 그렇고. 이 우주에 본질 따위는 없어요. 모든 건 그저 이 동굴 바깥에 있는 횃불이 만들어 낸 그림자에 불과해요. 당신이 들여다본 건 그 횃불의 화학 성분일 뿐이고.

갈리가 내게 한 발짝 다가왔다. 그리고 손을 뻗어 내 얼굴을 어루만지며 말했다.

당신과 나의 차이라면…… 난 당신처럼 동굴 스스로의 그림자가 아니라 저 밖에서 횃불을 들고 있는 손의 그림자라는 것뿐이네요. 그 손이 당신이 말한 실험자의 손인지 아니면 실험자를 지켜보는 자의 손인지, 또는 다른 무언가의 손인지는 나도 모르고.

당신은 왜 갈리의 모습을 하고 있는 거죠?

그림자의 마지막 모습을 결정하는 건 그것이 비친 벽의 모양이니까. 당신의 동굴 속 벽면이 에리트리나 크리스타 갈리의 모습을 하고 있군요.

당신은 왜 여기 있는 거죠? 왜 지구에서 나의 몸을 빌려 나무 아래의 사람을 지켜본 건가요?

변칙을 목격해야 했으니까.

깨달음을 말하는 건가요? 모든 곳이 모든 것의 중심이고 그곳엔 나 자신이 존재할 뿐이라는.

의미도 목적도 방향도 없는 세상의 가치에 대한 깨달음이지요.

당신은 마해의 변두리, 그때 그 천막 아래에도 있었나요?

이제 있을 겁니다. 그땐 없었을지도 모르죠.

도대체 왜?

손의 뜻을 손의 그림자가 어떻게 알겠어요?

난 그 손과 햇불을 흔들어 놨어요. 그 정도면 알아도 되지 않나요?

가끔 그림자가 손 위로 드리우고 불의 온도를 낮출 때가 있지요. 그렇다고 그림자가 손이 되지는 않아요.

이 우주의 불은 꺼져 가고 있군요.

퍼져 나간 열은 다시 돌아올 수 없을 거고.

신은 꺼진 불을 다시 살릴 만큼 우리에게 관심이 없을 거고.

대화는 어느새 독백으로 바뀌었다. 두 개의 그림자가 보이드와 숨을 향해 섞여 떨어졌다.

15.

　더욱 먼 과거에서 눈을 떴다. 아무것도 없는 공간에서 나는 세상이 다시 시작되기를 기다렸다. 억겁의 시간이 지나면서 풍경이 조금씩 달라졌다. 눈부신 빛과 열이 주변을 가득 메우더니 다시 어둡고 차가워졌다. 주변에서 가벼운 별들이 태어나서는 가까워졌다가 멀어지고 죽어 가기를 반복했다. 내 주변으로 죽은 별에서 흘러나온 가스와 먼지가 균일하게 차오르며 아름다운 성운을 만들었다. 성운은 오랫동안 완벽한 평형 상태를 유지했다. 하지만 1200광년 떨어진 곳에서 폭발한 별의 충격파가 성운 속 가스와 먼지를 때리면서 밀도를 불균형하게 만들었다. 밀도와 중력의 되먹임이 빠르게 반복되더니 가스와 먼지는 곧 하나의 덩어리가 되어 가기 시작했다. 가스 덩어리는 떨어지는 모든 물질의 각속도도 잔뜩 빨아들이며 회전했고 그 주변으로 거대한 먼지 원반을 만들었다. 가스 덩어리의 내부에서 핵융합이 시작되더니 이윽고 빛이 쏟아지면서 어린 태양이 탄생했다. 불안정한 태양풍이 먼지 원반을 흔들었고 다시 한번 밀도와 중력, 그리고 각속도의 합주로 작은 덩어리들이 생겨나 원시 행성으로 자라났다. 원시 행성들은 태양 주변에서 서로 다가갔다가 멀어지며 불안정하게 춤을 췄고 부딪혀 조각나거나 더 커지기를 반복했다. 커다란 행성들은 멀리 떨어진 얼음 조각들을 태양 가까이로 던졌고 목이 말랐던 어린 지구는 그것들로 목을 축였다. 그렇게 지구는 점차 희고

푸른 세상이 되어 갔다.

　나는 지구의 표면에 내려와 앉았다. 그곳에서 생명의 탄생과 진화, 인류의 발전과 쇠퇴, 그리고 연이은 소멸을 봤다. 젊은 나를, 나무 아래의 사람을 바라보기도 했다. 인류세의 도서관을 거니는 유령이 되기도 했다. 베르티아의 출발과 달의 추락도 지켜봤다. 베르티아가 돌아온 이후, 착륙에 실패해 죽어 가는 로버를 다시 만났을 때는 반가움에 로버를 다시 살려 주기도 했다. 지하에서 지상으로 나오고 도시를 만들고는 우주로 떠났다가 지구로 돌아오기를 반복하는 어린 나도 봤다. 나 때문에 마해를 떠난 사람들이 내가 만든 개척 도시를 침략하는 모습도 보았고 거대한 섬광과 함께 다시 한번 모두가 자멸하는 모습도 봤다. 이제 문명은 사라지고 인간이라는 종만이 남아 거친 지구의 환경에 적응해 나갔다. 하지만 지구는 우주만큼이나 냉정했다.

　마지막 인간이 작은 개울가에 앉아 거칠게 숨을 쉬었다. 그는 이제 수명이 다해 죽어 가고 있었다. 그는 말도 하지 못하며 도구를 다룰 줄도 몰랐다. 과거의 인류에 대해서도, 그들의 번영과 멸망에 대해서도 몰랐다. 자신이 인간이라 부를 수 있는 마지막 존재라는 것도 몰랐다. 그저 23년 전 폭풍에 날아온 금속 파이프에 희생된 두 번째 마지막 인간이자 자신의 아이였던 작은 존재를 떠올리며 슬퍼할 뿐이었다. 그에게 그 금속 파이프는 자연의 일부였다. 다가오는 자신의 죽음처럼.

그는 바닥에 몸을 누이고 하늘을 올려다봤다. 해가 지고 밤이 찾아왔다. 고층 대기의 폭풍은 별을 더욱 강렬하게 반짝이게 했다. 그는 손끝으로 별빛을 어루만지더니 소리 없는 감탄을 흘리고는 죽었다. 나는 그에게 다가가 눈을 감겨 주었고, 잠시 동안 옆을 지켰다.

얼마 지나지 않아 다른 식물과 동물도 모습을 감췄다. 지구 외핵의 대류가 약해지고 자기장이 사라지면서 태양의 자외선과 방사선이 미생물을 학살했고 태양풍은 지구의 대기를 조금씩, 하지만 확실하게 쓸어 가며 바다마저 증발시켰다. 지구는 다시 한번 태어났을 때의 모습이 되었다. 이제 이 우주에는 어떤 생명도 존재하지 않는다. 하지만 지구를 살아온 모든 인간과 모든 생명만큼의 우주가, 그리고 그 우주의 모습을 깨달은 수많은 변칙들이 이미 이곳을 지나갔다. 그것만으로 이 우주의 가치는 충분했다. 지나간 우주들이 아무리 무의미한 것이었다고 하더라도. 나는 마지막 인간에게 핀이라는 이름을 붙였다. 우리는 혼자였지만 핀은 마지막까지 혼자가 아니었다.

이제 내 우주의 끝을 기다릴 차례다. 30억 년 뒤에는 횃불을 든 손이 내가 추가한 태그를 확인한 것이나. 48억 년 뒤에는 횃불이 꺼지며 이 우주는 죽겠지. 다행히 태양의 남은 수명은 인류세 과학자들의 예상보다 길었기에 나는 태양이 지구를 삼키거나 날려 버리기 전에 지구와 함께 우주의 끝을 맞이할 수 있다. 나는 이 공허와 무의미로 가득 찬 우주와 그 우주를 살아간 모든 존재에게 찬사를 보낸다. 얼굴에 웃음이 떠오른다.

***

48억 년이 지났다. 빛의 속도로 다가오는 눈부신 소멸에 손을 뻗는다. 수소 원자의 전자마저 멈춰 버린 짧은 시간 속에서 소멸의 빛을 손끝으로 느끼며 나는 이 기록을 남긴다. 아무도 보지 못할 것이고 결코 존재하지 않을 기록을. 이 우주에 너무나도 잘 어울리는 무의미한 정보를.

작가의 말

이 책에 있는 거의 모든 것의 시작이 된 〈우주 탐사선 베르티아〉는 고작 2주 정도에 만들어진 이야기였다. 마감이 코앞에 닥친 다른 이야기 하나를 쓰고 있었는데 중간에 도무지 답이 보이지 않아 기분 전환 겸으로 쓴 것이 〈우주 탐사선 베르티아〉다. 물론 기본적인 소재나 중요한 사건은 예전부터 생각해 둔 것이었지만, 어쨌거나 첫 문장과 마지막 문장 사이의 시간은 그리 길지 않았다. 하지만 이 《베르티아》 연작은 기획하고 난 이후 지금 이 작가의 말을 쓰기까지 18개월 가까이 걸렸다. 어쩌다 이렇게 된 걸까?

〈우주 탐사선 베르티아〉는 원래 1회성 이야기였다. 그 이야기에서 하고 싶은 말, 보여 주고 싶은 건 이미 거기서 다 보여 줬다. 이미 지구가 불타 버린 마당에 앞에 붙일 것도, 뒤를 이을 것도, 중간에 끼울 것도 없었다. 그래서 한번은 장편화 제안을 받기도 했지만 거절했다. 더는 할 이야기가 없으니까.

그리고 한참이 지나 조금 다른 제안을 받았다. 하나의 긴 이야기로 바꾸는 게 아니라 이걸 중심으로 전혀 다른 두 시대, 과거와 미래를 다뤄 보자는 것이었다. 우주 탐사선 베르티아가 출발하기 전에 지구에서 있었던 일과 다시 한번 지구를 떠난 뒤에 지구에서 일어날 일을 상상해 보기 시작했다. 〈우주 탐사선 베르티아〉와는 전혀 다른 이야기가 떠올랐고 전혀 다른 이야기로 하나의 세상을 그려 보고 싶어졌다. 그리고 기왕 시도해 보는 거, 지금까지 해 본 적 없는 것들을 잔뜩 해 보자는 생각이 들었다.

평소에 단편을 쓰다가도 새로운 아이디어가 떠오르면 고치기보다는 처음부터 다시 쓰는 경우가 많다. 각각의 아이디어마다 그에 어울리는 시작과 전개가 있다고 생각하기 때문이다(깨작깨작 고치는 게 싫다는 사소한 이유도 있다). 이번에도 마찬가지였다. 하지만 중단편과 장편 사이에 발을 걸친 연작에 이 방법은 좋고 나쁘고를 떠나서 그다지 효율적이지는 못했다. 트리트먼트를 쓰고 초고를 쓰면서 이야기를 몇 번이나 얹었는지 기억이 나지 않는다. 주인공의 직업은 물론이고 애초에 주인공 자체가 다른 인물로 옮겨 가기도 했다. 심지어 〈눈부신 빛을 손끝으로 느끼며〉는 원래 지구는커녕 모든 인물이 사막에서 주변 수십 킬로미터조차 벗어나지도 않는 이야기였다. 초고를

다 쓰고 안전가옥 PD들과 한참 검토까지 하고 있던 와중에 다르게 시도해 보고 싶어져 처음부터 다시 시작하기도 했다. 이 자리를 빌려 우고와 데이고라는, 비극적인 과거를 가슴에 품고 플라스틱의 음모에서 갈리를 구하기 위해 수없이 활약하며 엔딩까지 봤지만 결국 존재하지 않는 우주로 사라진 허구의 두 인물에게 안녕을 전한다. 그들마저도 전혀 다른 삶을 보낸 몇 개의 버전이 있지만 말이다.

그렇게 세 개의 다른 이야기라고 해도 무방한 《베르티아》 연작이 만들어졌다. 세 이야기의 세계는 동일하고 연결되어 있지만, 동시에 각각 전혀 다른 시선과 손길로 풀어 나간 이야기다. 그래서 사실 제목을 《베르티아》라고 해도 될지부터가 고민이었지만, 이 긴 여정의 시작을 끊어 준 이름이니 대표 역할을 하기엔 충분하다는 생각이 든다.

지난 1년 반 동안 많은 사람을 고생시켰다. 지금은 안전가옥을 떠났지만 처음 이 기획을 제안하고 기반을 키워 준 김신 스토리 PD는 매번 지방으로 내려와 트리트먼트에 대한 꼼꼼한 의견과 분석을 들려줬다. 그는 나중에 〈우주 탐사선 베르티아〉를 소재로 노래까지 써 줬다(폴리포닉 스케치의 〈베르티아〉). 윤성훈 PD와 정지원 PD는 한 발짝 물러나 원고를 살펴보며 내부에서는 쉽게 느끼기 어려운 시선을 공유해 줬다. 이 기획의 책임을 맡고 PD의 역할까지 해 준 안전가옥의 김홍익 대표는 변덕과 뒤집기를 반복하는 내 선택을 끝까지 존중해 주며 감각적인 독자이자 꼼꼼한 기획자로서 이야기의 중심을 잡아 줬다. 이들과 더불어 직접 만나거나 대화를 나누지는 못했지만 이 기획의 진행과 완성에 도움을 준 안전가옥의 모든 분들에게 감사를 전한다.

그리고 같이 있을 때조차 영혼이 반쯤 털려 있던 나를 따뜻하게 붙잡아 준 아내와 딸, 이 문장이 인쇄가 되었을 땐 세상에 나왔을 아들에게 사랑과 감사를 전한다.

2021년 여름

해도연

우주.

좀 빤한 발상인지도 모르겠습니다만, 그 생각이 가장 강했습니다. '해도연 작가님과 우주 이야기를 하고 싶다'. 작가이면서 현직 연구원인 이분이라면 '진짜 우주'를 누구보다 잘 쓰실 수 있지 않을까. 실제로 공부도 오래 하셨고 직업으로 우주를 고민하고 계신 이분이 우주를 다루는 관점은 다를 수 있지 않을까, 특별할 수 있지 않을까. 그러니 해도연 작가님과 우주를 이야기하자. 이것이 2018년 겨울, 안전가옥의 '대멸종' 앤솔로지 공모전을 통해 만났던 작가님의 단편 소설 〈우주 탐사선 베르티아〉를 읽자마자 이 작품과 작가님에게 반해 버린 저희가 했던 생각이었습니다.

2019년 겨울, 송년회를 겸해 작가님들을 만나는 자리가 있었습니다. 그때 해도연 작가님께는 조금 일찍 와 달라 부탁 드렸죠. 그리고 그때 이 프로젝트가 시작되었습니다. 〈우주 탐사선 베르티아〉의 앞과 뒤에 이야기를 하나씩 덧붙여 연작을 구성하는 프로젝트였죠. 지금은 안전가옥을 떠난 신이 이 기획을 시작했고 제가 이어받아 작가님과 함께 완성했습니다. '스스로 의식을 갖게 된 지구가, 거대한 고독을 마주하곤 그 우울감을 못이겨 자살해 버린' 사건에서 시작한, 아주 거대한 우주를 그려 내는 이야기를 말이죠.

《베르티아》의 세 이야기는 시간대만큼이나 얘기되는 기술의 수준도 다릅니다. 첫 번째 이야기는 우리가 다른 콘텐츠에서 종종 만나곤 했던, 그리 멀지 않은 미래를 배경으로 합니다. 인류가 달에 기지를 만들 정도의 기술을 갖추고, 인공 지능과 '연결망'의 발전이 꽤 높은 수준이죠. 두 번째 이야기에서는 그 연결망의 발전이 지능을 넘어 '의식'을 태동시킵니다. 그로 인해 지구가 일종의 자아를 갖게 되고요. 세 번째 이야기에서는 그 '자아를 가진 지구'조차도 초월한 개인이 등장합니다. 그리고 그는 (지금 이 이야기를 읽는 우리가 아는) 우주 너머의 우주를 감각하죠.

변칙으로 의식을 갖게 된 연결망과 우리 우주 너머의 상위 우주. 해도연 작가님은 경물 조사관 진서라는 인물의 아주 구체적이고 개인적인 이야기에서 시작해 이 두 개념을 교차하며 그만의 독특한 관점으로 이야기를 '우주'로 이끌어 갑니다. 작품 종반부의 플라스틱은 시간과 공간, 그리고 우주를 초월하는 존재처럼 느껴지기도 하죠. 그렇게 이 세 이야기가 모여 하드하면서도 몽환적이며 영적인 세계로 이어지는, 해도연만이 쓸 수 있는 멋진 SF가 탄생했습니다.

《베르티아》는 '우주'를 궁구하는 이야기입니다. 조금 어렵고 진입 장벽이 있는 이야기일 수 있겠습니다. 사건들이 친절하게 설명되지 않는 경우도 있고, 소위 원탑으로 끌고 가는 주인공을 찾기도 쉽지 않아요. 하지만 이 작품을 읽으며 우리의 존재와 지각을 아득히 초월하는 어떤, 메뚜기 떼가 하나의 군집으로 뭉쳐 움직이는, 고독에 절망한 지구가 스스로 죽음을 택하는, 빈 우주 공간을 떠돌다 '상위 우주의 존재'와 조우하는, 이미지들에 집중해 보시면 좋겠습니다.

사실 세 번째 이야기는 원래 다른 방식으로 그려질 뻔했습니다. 그런데 첫 번째와 두 번째 이야기에서 쌓아 올린 스케의 점층이 당시 버전에서는 약간 잘 안 풀리는 느낌이었어요. 완전히 다시 쓰기로 하고 이야기를 기획하는 자리에서 지금의 플라스틱에 대한 이야기를 작가님이 말씀하시던 순간, 그리고 얼마 지나지 않아 보내 주신 새로운 시놉시스를 처음 보던 순간, 그리고 새로운 버전의 초고를 처음 읽어 볼 때, 《베르티아》의 피날레가 드디어 완성되었구나 하던 짜릿함은 지금도 잊히지가 않습니다.

미팅 때 작가님과 이야기를 나눌 때면 어떤 포인트에서 작가님 눈이 반짝이는 걸 보게 됩니다. 그때면 '아, 지금 작가님 머릿속이 위잉 돌아가고 있구나' 느끼게 되죠. 그런 미팅 후에 보내 주시는 원고는 틀림없습니다. 프로듀서로서 이 작품을 대할 때 제 목표는 작가님의 눈을 반짝이게 할 수 있도록 판단하거나 피드백을 드리는 것이었습니다. 프로듀서였던 덕에 작가님의 '우주'를 누구보다 가장 먼저 볼 수 있었던 것은 영광이고 기쁨이었습니다. 진심으로 고맙습니다.

안전가옥은 여러 명의 프로듀서가 팀을 이루어 프로듀싱을 진행합니다. 이 프로젝트 역시 마찬가지였습니다. 저와 함께 안전가옥에서 《베르티아》를 연구하고 고민하며 토론했던 프로듀서 테오와 레미가 있었기에 훌륭하게 완주할 수 있었습니다. 그리고 꼼꼼하게 리뷰를 함께했던 스토리 PD들(조이, 헤이든, 로빈, 쏘냐), 이 작품의 시작과 끝을 함께한 사업 담당 멤버들(에이미, 쿤, 모, 시에나) 그리고 책의 편집과 제작을 함께해 주신 분들께도 감사드립니다. 그리고 이 프로젝트를 처음 기획했던 신에게, 특별히 마음을 전합니다.

해도연 작가님과 우주 이야기를 하고 싶다는 마음으로 시작된 미성이었습니다. 그 우주를 향한 여정이 여러분에게도 경이로 가득한 길로 이어지면 좋겠습니다.

안전가옥 대표 겸 《베르티아》의 프로듀서

김홍익 드림

베 르 티 아

1판 1쇄 발행 2021년 11월 19일
1판 2쇄 발행 2023년 11월 17일

지은이 해도연

기획 안전가옥
콘텐츠 총괄 이지향
프로듀서 김홍익, 정지원
            고혜원, 김보희, 신지민, 윤성훈
            이수인, 이은진, 임미나, 황찬주
퍼블리싱 박혜신, 임수빈
편집 김미래
디자인 이경민
서비스 디자인 김보영
비즈니스 이기훈
경영지원 홍연화

펴낸이 김홍익
펴낸곳 안전가옥
출판등록 제2018-000005호
주소 04779 서울특별시 성동구 뚝섬로1나길 5,
        헤이그라운드 성수 시작점 203호
대표전화 (02) 461-0601
전자우편 marketing@safehouse.kr
홈페이지 safehouse.kr

ISBN 979-11-91193-27-5 (03810)
값 13,000원

안전가옥 오리지널